黎明の仏師 康尚

防鴨河使異聞《ぼうがしいぶん》㈢

西野 喬

郁朋社

黎明の仏師　康尚／目次

【平安京図】

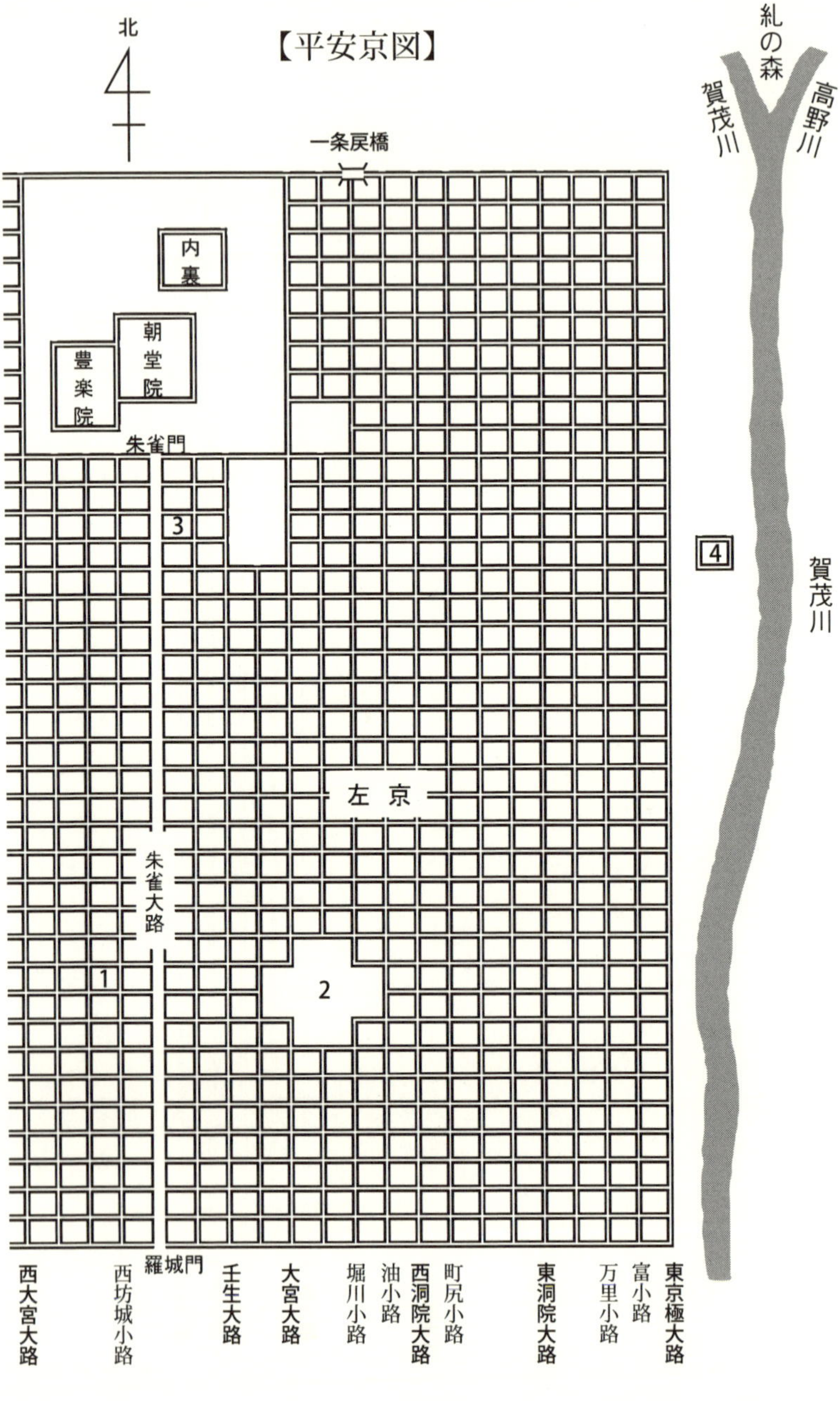
北
一条戻橋
糺の森
賀茂川
高野川
内裏
朝堂院
豊楽院
朱雀門
3
4
賀茂川
左京
朱雀大路
1
2
羅城門
西大宮大路
西坊城小路
壬生大路
大宮大路
堀川小路
油小路
西洞院大路
町尻小路
東洞院大路
万里小路
富小路
東京極大路

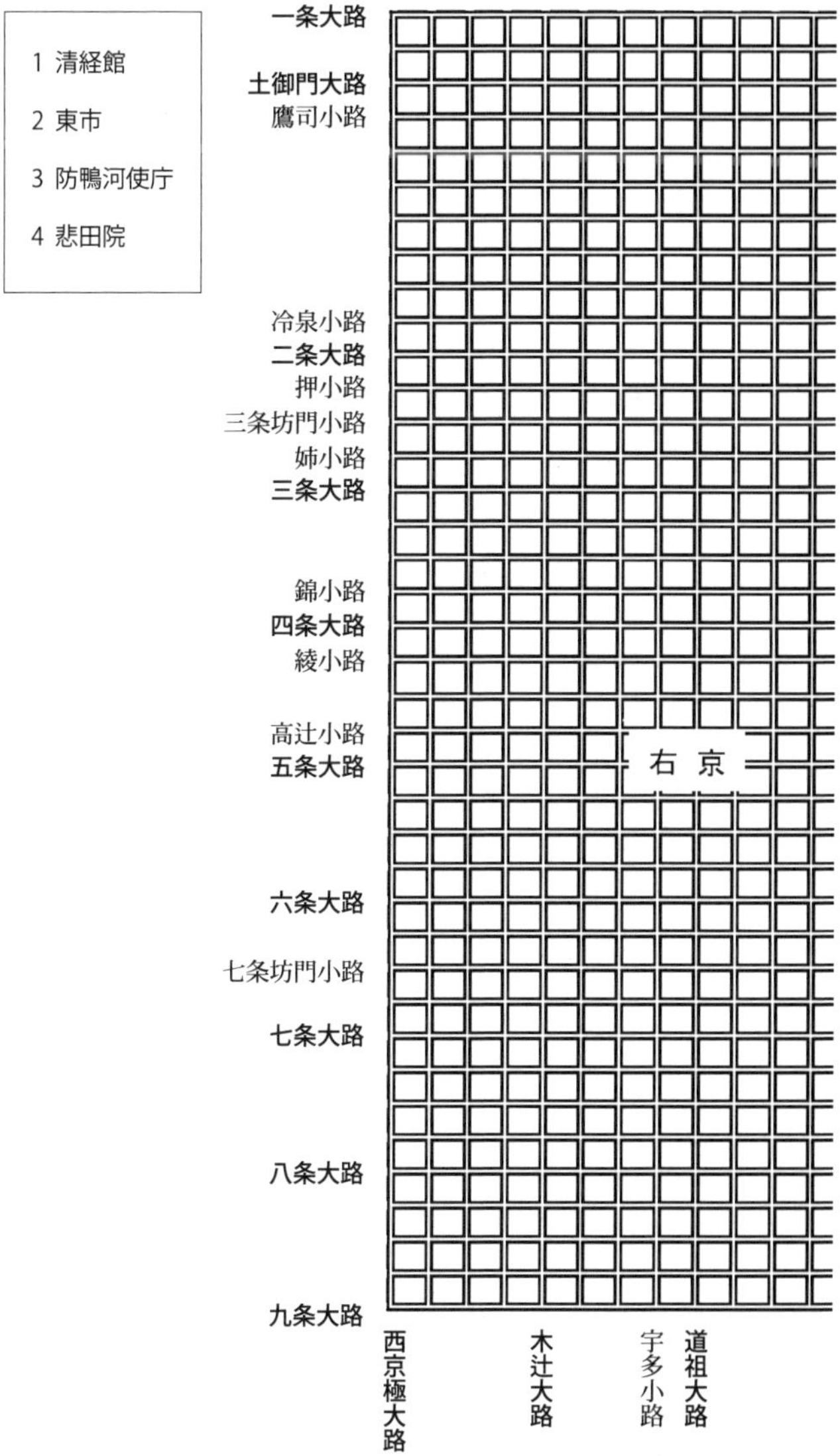
1 清経館
2 東市
3 防鴨河使庁
4 悲田院
一条大路
土御門大路
鷹司小路
冷泉小路
二条大路
押小路
三条坊門小路
姉小路
三条大路
錦小路
四条大路
綾小路
高辻小路
五条大路
右京
六条大路
七条坊門小路
七条大路
八条大路
九条大路
西京極大路
木辻大路
宇多小路
道祖大路

カバー画像／大倉集古館蔵普賢菩薩像（国宝）
装丁／宮田麻希

黎明の仏師　康尚

——防鴨河使異聞（三）——

第一章　一条末路

（一）

ひと夜かけて彫り続けた阿弥陀如来像が仕上がったのは未明であった。

一尺に満たない像、粗彫《あらぼり》であるが、一刀一刀の切れ込みの鋭さと的確な線刻から浮かび出た尊顔はかすかな憂いを秘めていた。

康尚《こうじょう》は像をしばらくの間、食い入るように見ていたが、やがてその目を傍《かたわ》らに臥している女に移した。

袿《うちぎ》を着付けた女は目を閉じ、両手を胸元で合わせている。その枕辺に稲縄と綿の袋が置いてある。

康尚は如来像を女の枕頭に安置して座したまま目をつぶった。

すると今まで気にもかけなかった風音が聴こえてきた。風は板葺き屋根を揺るがして、さながら龍が走っていくように荒々しく吹き抜けていく。

康尚はひとしきり風音に耳をかたむけてから、目を開けると女にいざり寄り、合掌している女の手を解いて、袿の襟を開いた。

「これを身に着けていくとよい」

呟いて、阿弥陀如来仏を手にとると、女の懐深くに押し込んだ。それからひとつ頷いて女を抱き起こした。かすかに女の口がひらいて息をしているように思えた康尚は、おそるおそる女の口に己の口を合わせたが、すぐに顔をしかめて口を離すと咽せるように咳をした。康尚は女をもとのように横たえた。口内に腐臭が残っていた。

康尚は深く息を吐くと稲縄を手に取り、再び女を抱き起こし、女の脇の下に二重に通して己の背に負い、堅くくくりつけると綿袋を手に取った。

「乙妙女《おとたえ》、御許《おもと》は袿を着付けてさえ、こんなにも軽くなってしまったのか」

綿袋を懐にしまって立ち上がった康尚が聞き取れぬほどの声で語りかける。綿で仕立てた袿は表着（上着）の下に着付けるもので、それなりの重さがあった。

土間に降り、ワラで作った舌地沓《したじぐつ》を履くと戸口に立て掛けてある太い杖を手に取り、音を立てぬように戸を開けて外に出た。

夜は明けておらず、郷《さと》はまだ眠ったままで人影はない。

康尚は郷を貫く路を歩き始める。路は郷よりさらに北の山奥から流れ下《くだ》る清滝《きよたき》川に沿って作られ、平安京、一条大路に通じている。郷人はこの路を一条末路《まつじ》と呼んでいる。

末路は牛馬も通れぬほど狭くて急坂な難所が多く、人の往き来はあっても大量の荷を運べるほどには拓けていない。郷にはこの一条末路しかない。脇道も廻り道もないのだ。

後世、明智光秀がこの路を整備して周山《しゅうざん》街道と呼ぶようになる。

周山街道は平安京の北西端から梅《うめ》ケ畑《はた》、御経坂《みきょうざか》峠を越えて高雄、槙尾《まきのお》、栂尾の三尾をさかのぼり、中川、小野、細野を過ぎて、周山に至り、周山から深見、堀越の二つの峠を越えて若狭の小浜に至る。

五十戸ばかりの郷を抜けた先に続く路は細い急な下り坂となる。

明けやらぬ急坂を康尚は乙妙女を背負ってゆっくりと下る。

物心ついてからずっとこの路を歩き続けている康尚であってみれば、闇の歩行もさしたる苦ではない。

山の斜面を吹きくだる風音《かざおと》が康尚の耳を圧する。しばらく歩くと路はやや平坦になる。

谷底を削りながら流れる清滝川はここで向きを変え、一条末路を横切って左側から右側に移る。早春の今、河水は底をついていた。

朝ぼらけ、川中に置かれた石の列が見える。康尚は飛び石伝いに舌地沓を濡らすこともなく川を渡った。

その先に苔むした石段が現われ、槙尾の西明寺《さいみょうじ》山門が浮かび上がる。傾むいた四足門の屋根瓦は割れ砕けて、むきだしの軒板が黒く朽ち落ちている。

郷人はこの寺を『槙尾の腐れ寺』と呼び、気味悪がって近づかない。

西明寺は空海の弟子智泉《ちせん》が天長九年（八三二）に建立したと言われているから、百七十年ほども前に建てられたことになる。

康尚は瀬音に押されるが如くに歩を進める。路に沿って流れる清滝川は谷や沢から流れ込むせせらぎを集めて水量を増していく。

西明寺が朝靄にかすむと清滝の流路は弧を描いて北から南に反転する。ここで一条末路は川と離れて山の中へ続く狭い急坂となる。

康尚は歩をゆるめずに坂を登る。一足ごとに瀬音は遠ざかり、風音ばかりが康尚の身を包む。急坂を登り切ると峰の鞍部へ出る。路はここで引き返すように南から北に進路を変え、老楓《ろうふう》に囲まれた急な下《くだ》りがどこまでも続いている。

「難儀な路《みち》だ」

乙妙女に言葉を投げかけて康尚は坂を下る。下った先で末路は清滝川に出合い、再び寄り添って続く。肩に乙妙女の重みを感じながら進むと高尾神護寺《じんごじ》へ通ずる路と交わって路幅はやや広くなる。参道は背の高い枯れ草で覆われ、久しく人が訪れた痕跡はない。

康尚は立ち止まり己の身体を揺すり立てて背負った乙妙女を勢いよく上方に押し上げて、肩にかかる縄の位置をわずかにずらした。縄で擦れた肩からは血が流れ出て止まりそうになかった。

「乙妙女は神護寺を見たことはなかったのだな。それは立派な山門であった」

康尚は乙妙女に見えるように腰をかがめ背を前にだす。だがそこに山門はない。

十一年前の正暦五年（九九四）春、出火、おりからの強風に煽られて神護寺は瞬く間に焼亡した。

康尚は昔あったであろう堂宇に向かって頭《こうべ》を垂れ、それからおもむろに歩き始めた。山門跡が楓林に隠れると、山容は良く手入れされた杉木立に変わった。

一条末路はここで清滝川から離れて山の奥へと入っていく。もう清滝川と一条末路が交わることはない。

しばらく杉木立の細い路を辿るとそそり立つ峠が行く手を塞いでいる。御経坂峠と呼ばれ、郷《さと》から京への道のりで一番の難所だ。

康尚は峠を仰ぎ見た。朝陽は峠の稜線に隠れて空だけが抜けるように青く寒々としていた。

「背に負うものがなければこの坂を登るにさしたる労苦はないが、今は御許《おもと》を背負っている。ここは心して力を込めなくてはなるまい」

乙妙女に語りかけ、それから己を鼓舞するように杖を握り直して一歩を踏み出した。

梯子を登るようにせり上がってゆく急坂である。顎を突き出し、顔を坂につけるほど腰を曲げ、握った杖を頼りに歩幅を小さくして、一歩一歩と登る。鼓動がはやくなる。足を止め、荒い呼吸が収まるのを待ち、再び登る。それを何度かくり返して峠の頂きにたどりついた。

康尚は膝を折り、杖を投げ出し両手を地に着けて御経坂を見下ろした。急坂が乱れた帯のように曲がりくねって望めた。暫くそのままの姿勢で風に吹かれていると荒い呼吸は収まり汗もひいていった。

「まだまだ先は長い。だが御許の望みだ。行かねばなるまい」

背負った乙妙女に首をねじって話しかけ、投げ出した杖を手に取った。

峠を越えると一条末路は梅ケ畑の集落に入る。

小さな集落は直ぐに尽き、その先にいく枚もの田と畠が広がっている。どの田も荒起《あらお》こしが終わったのか地肌は凹凸で黒みを帯び、朝の陽に濃い影をつくっていて、一見すると荒れ地のようである。

「田起こしが終わればすぐに苗代《なわしろ》作りがはじまり、田に水を張る。水を引いた田は水鏡のように美しい。その様を一度見たいと御許《おもと》は申していたが、とうとう見みられなかったの」

康尚は己の背に振り返り、詫びるがごとくに呟く。

末路は田畠の真ん中を割って平安の都に続いている。平地でさえぎるものがなくなったのか風が勢いを増していた。

康尚は集落のはずれ、木々に囲まれた社《やしろ》をみつけると、そこに向かって歩いた。

社に着くと縁に腰掛け縄を解いて乙妙女を背から下ろした。乙妙女は足も腕も背負った時のままの形で硬直していた。仕方なくそのままの形で社の板壁に乙妙女の背を凭《もた》せかけて座らせた。

「これからまだまだ歩かねばならぬ。腹ごしらえをするのでしばらく待っていてくれ」

康尚は済まなそうな顔で、家を出るときに懐にしまった綿袋を出すと中から竹皮の包みと竹筒を取りだした。包みには干飯《ほしい》（米を蒸して乾燥させたもの）、竹筒には水が入っている。包みを解き、干飯をつまんで口に含むとゆっくりと噛みながら竹筒の栓を抜いて水を口に少量流し込む。すると硬い米と水分が口中で混ざり合い柔らかくなり甘みを帯びてくる。康尚はその甘みをゆっくりと味わう。

風は一向に収まりそうになかったが社を囲む木々が風勢を弱めてくれるのか寒さは感じられない。干飯を噛みながら康尚はときどき乙妙女に目をやる。板壁に凭《もた》れた乙妙女は仏像のように全く動かない。

干飯を食べ終えた康尚は竹筒を綿袋に戻し懐に収めた。

「待たせたな。行くぞ。それにしても御許を軽いと思ったのは誤り。ほれこのとおり背負った肩から血が出てとまらぬ。これからまだ先は長い。せめて肩の血が止まるよう御許も祈ってくれ」

康尚は乙妙女の顔をのぞき込み軽く頭を下げてから再び乙妙女を背にしっかりくくりつけ、社を後にして一条末路に戻った。

陽はすでに高く、芽吹く気配すらない木々の細い枝々に陽光を注いでいる。

社からおよそ半里（二キロ）、一条末路は二手に分かれる。康尚は右手の広く整備された路に進路をとった。人の往来はまだ少ないがそれでも行き交う人もあって、康尚が女を背負っている姿を奇異な目で見る者はいても、確かめようと話しかけてくる者はいなかった。

やがて一条末路は仁和寺道と交わる辻に出る。康尚は迷うことなく辻を渡り直進する。

四半刻（三十分）後、平安京の北西部、一条大路と西京極大路《にしきょうごくおおじ》の起点にでる。この三叉路が一条末路の終着地である。

「東へ辿れば人混みな一条大路。御許を背負って歩くわけにもいくまい。となれば南に向かうこちらの西京極大路を行くしかないが、果たして大路は今でも通れるのか」

康尚が進もうとする南方は葦やススキの枯れ草で覆われた荒野である。

遷都当初、平安京の最西端に北から南にまっすぐ敷設した幅十二丈（約三十六メートル）の西京極大路は二百余年を過ぎた今、往時の道筋を偲ぶよすがはない。

「右京の荒れ様は目をおおうばかり。だが御許のため、この大路を通り抜けるぞ。乙妙女、わたくしの加護を頼む」

康尚は己の背に祈るような顔を向ける。

平安京は道幅二十八丈（約八十五メートル）の朱雀大路で東西に分けられている。

朱雀大路の西側が右京、東側が左京である。右京は湿潤で各地に小泉が点在してもともと居住地として不適であった。

しかし、遷都当時は官の規制が厳しく、右京に住む民衆は左京の高燥地に移転することは難しかった。

雨降れば沼地と化し、少しでも土地の手入れを怠ると葦やススキが容赦なく密生し、庭や家を押し包む。

夏ともなれば湿地から蚊や毒虫の大群が発生し、人畜に襲いかかり、眠ることはおろか息をするのさえ困難な日々を強いられる。

いくら官が強権をもって右京からの移住を押さえつけても、遷都後、半世紀もすると右京の荒廃が目立つようになる。

そして二百年経った今、右京の西半分は地方から食詰めた浮浪者や盗賊等が横行する荒野と化していた。

康尚は西京極大路と思しき跡地に足を踏み入れた。しばらく進むと湿地になった。康尚は杖を湿地に突き立て深さをはかり浅い箇所を選んで歩む。二月だというのに枯れ残った背高の葦が風をさえぎって、むせるような息苦しさだ。

「ここはまこと、その昔、西京極大路だったのか」

行く手をさえぎる葦を杖で払いながら歩を進めると廃屋《はいおく》が葦を通した先にかいま見え、そこになにか動くものを認めて康尚は歩みを止めた。

杖を握り直し軒下を窺う。人が背を向けてうずくまっていた。

その背がむくりとまわり、康尚に顔を向ける。顔は男女を見定めがたいほど痩せていた。体が小刻みに震え、荒い呼吸をしながら手を泳がせる。康尚にはそれが、おいで、おいでをしているように思えて、誘われるように近づく。その者はなにか語りかけているようだがうめき声としか康尚には聞こえない。聞き分けようとさらにそばに寄る。その者の声が細くなり手の動きが止まる。康尚はそこで歩をとめる。その者の手がゆっくり垂れさがり、荒い呼吸が絶えて一切の動きは消滅していた。

「南無阿弥陀仏」

合掌した康尚は踵《きびす》を返して葦原に歩を転じた。

「はて、噂ではあぶれ者がこの一帯に住み着いて、誰彼かまわず通る者を襲い、身ぐるみ剥がす、とのことだがそれらしき者に会わぬ」

康尚は乙妙女に案じるように語りかけ、それから耳を澄まし四方に気を配り、葦をかき分けて進む。

前方の葦が異様な動きをした。康尚は杖を握り揺れる葦を窺う。再び葦が揺れる。息をつめ耳を澄ます。黒い影が葦の間を過ぎた。

「人でなくなにやら獣《けもの》のようだ」

康尚は葦を揺らす正体がわからぬ不安におびえながらなおも進む。やがて葦原は尽き、背の低い草に覆われた平地になった。すると今まで葦や枯れ草にさえぎられてわからなかった黒い影があらわになった。

「あれは犬、いや狼か。狼がここに群れているとは聞いたことがない。もし狼なら乙妙女もわたくしもそれまでだ」

康尚の顔は不安から恐怖の色にかわった。

犬が獲物を襲うときはほとんど単独だが狼は群れで一挙に襲うことを康尚は知り抜いている。もし狼なら十数頭が総掛かりで康尚と乙妙女に飛びかかる。護身用の杖一本では防ぎきれるはずもなかった。

康尚は杖を胸元に引きつけ、息を詰めて歩を進める。ひらけた草地を獣の群れは康尚の歩みに合わせてついてくる。康尚が立ち止まる。獣達もとまる。康尚は群れの中で特別に大きな灰色の一匹に目を合わせる。犬であるのか狼であるのか見分けがつかない。にらまれた獣は牙をむいて威嚇の吠え声をあげた。

「犬だ」

紛れもなくその吠え声は犬であった。

「狼ではない」

康尚の声に安堵が宿る。

灰色の犬は康尚に目を合わせて怖じることもなく近づき、三間（約五・四メートル）ほどになった。康尚が犬を睨みつけたまま歩みをとめて胸元に引きつけた杖の端に右手を移したその時、灰色の犬は乙妙女めがけて飛跳した。一閃、康尚がくり出した杖がうなりを生じた。鈍い音がして犬は一声を残して跳ね上がり大地に横転した。康尚は杖を素早く胸元に引きもどし次の備えに移っている。

群れはわずかに康尚から離れる。だが逃げだす気配はない。

「どの犬が頭目か」

先頭を行く数匹に視線を送りながら康尚はゆっくりと歩を進める。犬達は移動しながら再び康尚との距離を縮めてきた。康尚は踵を返して群の前に立ちふさがった。

「こなたが頭目か」

康尚は群れを率いると思しき犬を睨み据え挑発した。犬は地に着くほど体を低くした。康尚は杖を中段に構えて一歩前にでる。犬は前足を地につけ、後ろ足をたわめて力を四肢にため込んだ。康尚と犬がしばしにらみ合う。康尚が半歩さがる。犬は唸り声を発すると地を蹴りまっしぐら、康尚に襲いかかった。

刹那、康尚の腕からしなやかに繰り出された杖は狂いもなく犬の頭部を打ち砕いていた。犬は一声も発せずに口から血を吐いて数度痙攣すると動かなくなった。

康尚は再度、杖を胸元に引きつけて次に襲ってきそうな犬を睨みすえていた。睨まれた犬は一歩後ずさりする。康尚が一歩前に進む。群れが押されてさがる。さらに康尚は一歩進む。群れがばらける。

康尚は杖を水平に構えると一気に進んだ。犬達は康尚から離れていった。

康尚は溜めていた息を大きく吐いた。

いつの間にか草地が尽きて前方に背の高い林が望めた。

康尚は林へと進む。

林まで行き着いた康尚はそこで四周に目をやる。

「どうやら西京極大路はここで尽きたようだ」

康尚の前方（南）は密生した林で、そこに進むべき路はなかった。

西側も葦と雑木が生い茂っていて路らしいものはない。東に目を転じた康尚は踏みならされた細い一筋の路を認めた。康尚はその細道を東に辿る。

歩くに従って細道は少しずつ広くなってくる。

「この路は九条大路に違いない」

いつの間にか風はやんで黒雲が陽を遮っていた。

東に進むにつれて枯れ草も葦も失せて路は乾いた地肌に変わってきた。

みはるかす先に大きな廃屋が現われてくると康尚の表情がはじめて和らいだ。

「あれは羅城門《らじょうもん》だ。やっとまともな路を歩けるぞ」

近づくに従って腐れ折れた数本の大柱が康尚の目に映った。荒廃し放置された羅城門の姿は異様で不気味であったが、それでも荒れた右京と比べればはるかに穏やかな光景として康尚に映った。

羅城門を過ぎれば西の京（右京）から東の京（左京）に入る。大路は見違えるほど整備されて、路に沿って家が建ち並んでいるが京の南端であってみれば、さすがに人影はまばらである。

「見えるか、あれが東寺の五重塔だ。乙妙女も数年前までは京に住んでいたからあの塔を見るのはなつかしかろう」

康尚は九条大路を東へと向かう。郷を出てからすでに三刻半（約七時間）は過ぎている。康尚の足取りに疲労の影は濃いが平坦で整備された路に助けられて歩みが遅くなることはない。

大宮大路の辻を過ぎ、施薬院の大屋根を左手に見つつ、さらに半刻（一時間）ほどを歩き通した。

およそ十貫（約三十七・五キロ）の乙妙女を背負って歩き通した康尚の体力は極限に達している。肩の肉に食い込んだ背負い紐（荒縄）は当初出血で赤く染まっていたが、時が経つにつれて、乾いて黒色に変わっていた。それは出血が止まったことの証であったが、痛みは増していた。

「とうとう九条大路の東の端まで来たぞ。ほれ、ここから北に向かう大路が見えるだろう。東京極大路《ひがしきょうごくおおじ》だ。その大路に沿って堤が見えるだろう。あれが賀茂川の堤だ」

賀茂川の流れは堤防が眺望をさえぎっているため望めない。康尚と堤防の間に広がる空地に道がつけられている。

康尚はその道を進む。やがて瀬音が微かに聞こえくる。歩くに従って瀬音は大きくなり、堤防が康尚の行く手をさえぎった。

「この堤は九条堤。とうとう賀茂川に行き着いたぞ」

康尚は乙妙女に話しかけ九条堤の斜面を乗り越えると賀茂河原にでた。

冬枯れで賀茂川の水流はやせ細り、代わって河原が広々としている。

張りつめていた気持ちがゆるんだのか康尚は急激な疲労に襲われた。

康尚は大きくて平らな岩を目にするとそこに向かった。着くと縄を解いて乙妙女を岩の上に置く。

乙妙女は背負ったままの形で両手を前に突き出した姿である。康尚は軽くなって開放された体を左右に振り、大きく息を吸った。

「流すのかい」

背後からの不意の声に康尚は振り返った。

「どなたかな」

「名乗ったとて主《ぬし》はあたしを知るはずもなかろう」

女の声であった。康尚は上から下に値踏みするように女を見た。

肩までの髪は艶がなく乱れ、着付けている衣服は所々がほころびていた。

「その骸《むくろ》はぬしの縁者か」

女の視線は乙妙女に注がれている。

「吾妹《わぎも》（妻）だ」

「ぬしの装束をみれば妻君《めぎみ》を賀茂川に流すほど貧しいとは思えぬ」

「そなたには関わりのないことだ」

「賀茂川に骸を流すのは禁じられている」

「存じている」

「それを知っていて流すのか」

「京内《みやこうち》で流してはならぬ、と聞いている」

「ここは京内」

「なるほど、九条河原だからの。だがここから一町（約百十メートル）ほど下流は京から外れた山城の国。ここから流してもすぐに京の外に流れ出る」

「袿《うちぎ》を着せたままで流すのじゃないだろうね」

「裸にして流すわけにも参らぬ」

「冬枯れの賀茂川は見ての通りさ。こんな少ない河水で袿を着せたまま流せば、岸辺に生える木の枝に帯や袖が巻き付いて流れはしない」

「ならばどうすればよい」

「流すのは諦めて化野《あだしの》か清水寺の裏山にでも葬るんだね」

「そのような無惨なことは考えておらぬ」

「無惨？　連れ添った妻君を賀茂川に流すほうが無惨ではないのか」

「吾妹は賀茂川を流れ下り、難波の海へ、それから南の海に浮かぶ補陀落《ふだらく》浄土に流れ着くはずだ」

乙妙女の懐深くしまい込んだ阿弥陀如来仏に導びかれて浄土に逝って欲しい、そう願いながら康尚は言った。

「だったらあたしの言うことを聞いて裸にして流しな。そしたら骸《むくろ》は難波の海へ流れていくかもしれない」

「裸では身体のあちこちが岩にぶつかり傷つくのは必定。それに……」

それに裸にすれば阿弥陀如来仏を乙妙女の身に添わせられない、そう思って康尚は口をつぐんだ。

「それに、なんなのさ」

「いや、いいのだ」

「川に流せば、岩や浅瀬にぶつかって傷だらけさ。流すということはそういうこと。難波に流れ着く頃には腐り、そげ落ちて白い骨だけになっている。そんなこともわからないのかい」

「もうよい。そこもとに関わりのないことだ。わたくしの思うとおりにさせてくれ」

康尚はうんざりした顔を女に向けた。

「悪いことは言わない。肌付《はだつき》（下着）だけにして流してあげな」

「川中を見れば、人を流すに十分な河水があるようにみえる」

「なんにもわかってないんだね。九条から先は山城の国。そこには堤なんかない。岸辺には木がたくさん生えている。その木の枝に骸の装束が絡まる。行ってみればわかるけど、賀茂川縁《ぶち》に住む山城の百姓は迷惑をしている。海に流れてなんかいかないよ」

「そなたはこの袿が欲しいのであろう。だからそのようなことを申すのだな」

「その袿は金糸銀糸を織り込んだ高価な品。東市《ひがしのいち》に持っていって売れば、ひと月はなにもせずに暮らせる。だけど欲しいから言っているんじゃない。ほんとうさ」

「吾妹《わぎも》のたっての願い。その願いを叶えなければならぬ」

康尚は女を疎ましげに見ると乙妙女を後ろ抱きにして川中に入った。思っている以上に河水は冷たかった。

水深はすぐに康尚の腰ほどまでになった。乙妙女が河水に浮く。乙妙女を支えていた康尚の腕が急に軽くなった、と思ったとき康尚は身体の均衡を失った。どこかに掴まろうとして乙妙女を抱えていた腕を大きく泳がせる。康尚の腕を離れた乙妙女は流れに乗って遠ざかっていった。

康尚は乙妙女を引き戻そうとして一歩前にでた。そこに河底はなかった。康尚は深みにはまって川底に引き込まれていった。

水面上に顔を出そうとして手足を動かすが身体は沈むばかりである。苦しくなって口を開け息を吸った。口中に大量の河水が入ってきた。康尚はむせながら大声をあげて助けを呼んだ。だが声にはならなかった。鼻から入った河水が頭の芯を貫くように刺激した。康尚は必至で手足を動かしつづける。

岸辺でそれを見ていた女は男が流れていく骸を惜しみ、しばらく骸に寄り添って流れにのって泳ぎ下っているのかと思った。

だがよく見ていると男と骸の間は離れていくばかりか、いたずらに男が手足をばたつかせている。

「おぼれてる。おろかな男だ」

呟いた女は流されていく男に向かって駈けだしていた。

女は恐れる様子もなく、流れに入ると本流の深みへと泳ぎはじめた。危なげのない巧みな泳ぎである。流れに乗ると男を追った。ふたりの距離が見る間に縮まってゆく。女はもがく男に片方の手を差し出した。男はその手を無我夢中で握りしめた。

「身体の力を抜くんだ。手足を動かすな」

したたかに河水を飲み、窒息しかけている康尚に女の声が聞こえるわけもなかった。

溺れる者が藁をもつかむように康尚は無意識のうちに掴んだ女の腕を引き寄せ、女に抱きついた。

「離れろ。あたしの腕だけを握って身体を浮かすんだ」

女が叫んだ。康尚は薄れ行く意識に抗いながら女を浮き代わりにして水面に顔を出そうと、さらに女を全身で抱え込んだ。女は康尚の拘束から逃れようと足で康尚の下半身を蹴った。だが康尚はますます強く女にしがみついてくる。

両手足の自由を奪われた女は康尚と共に河底に引き込まれていった。

（二）

平安京を山背《やましろ》（旧地名）の地に造ったのは延暦十三年（七九四）のことである。中国の長安を範にして造られ、その規模は長安の三分の一ほどである。大路、小路を長安と同じように真北から真南、真西から真東に等間隔で碁盤の目のように真っ直ぐに敷設した。

長安は広大な平地であったからこそ、そのような直線道路の敷設が可能であった。

しかし山背は何万年もの間、賀茂川が網の目のように縦横に流れる谷口扇状地である。土地は平らでなく北西から南東に傾斜して、至るところから地下水が地表に噴き出し、大池や小池、さらに湿地を造りだしている。

そのような地に南北、東西に真っ直ぐ走る大路、小路を敷設するには、山背の地勢のことごとくを無視するしかなかった。

賀茂の流れは雨が降れば流路を変える。時々に変わる流路の地に直線道路を敷設するのは無謀といってよかった。そこで幾筋にも分かれて流れていた川筋を京の東端に押し込めるために堤防を築造する。

堤防の長さは約五キロ、京の最北端一条から最南端の九条にわたって連続して構築された。日本の河川の堤防が連続して築かれるようになるのはおもに明治以降のことで、その千年も前にこのように長い堤防が秦氏などの渡来人によって造られたのは希有なことである。

まさに山背への平安京遷都は高度の土木技術があったからこそなしえたのである。

もし長安に固執せず山背の地勢の特色を生かした都づくりをしたならば、おそらく南北、東西に通ずる直線道路は一つも敷設されなかったであろう。

大路、小路は池や遊水池を迂回し、さらには賀茂川の流れに沿って、様々に曲がりくねって敷設されたはずである。

そうなれば自然と調和した、あるいは自然に寄り添った住みやすい都となったに違いない。

そうは言っても自然を押し曲げた大土木工事の甲斐あって、遷都当初の平安京は新都にふさわしい景観を人々に見せつけた。

朱雀大路の起点、終点に建つ、朱雀門《すざくもん》と羅城門は平安京を訪れる地方の者や大陸からの来訪者の目を輝かせるに十分だった。

その一方で、地下水が湧き出す池や湿地を埋め立てた上に造られた家や道路は雨が降れば浸水を繰り返した。

特筆すべきは賀茂川の氾濫である。

降雨で河水が増すと京内に流れ込もうとする濁水、それを阻止する堤防。

この土木技術の粋を集め、国力を傾けた賀茂川堤でも氾濫は防げず、平安京は遷都直後から人と川が対峙することを運命づけられることとなる。

賀茂の氾濫は京に住む人々に溺死と家屋流失と疫病をもたらした。

決壊した堤防はそのたびに作り直し、それによって京はかろうじて荒廃を免れている、といってもよかった。

もちろん朝廷は賀茂川の氾濫を見過ごしていたわけではない。

『防鴨河使《ぼうがし》』という庁を設立して賀茂川堤防の維持管理にあたらせた。

しかしそれはあくまでも維持と管理であって、洪水で崩壊した堤防の再築造は五畿内すなわち大和、山城（山背）、河内、和泉、摂津から徴集された男達が担った。

再築造には多大な人力が必要で、少人数で組織されている防鴨河使庁では対応しきれないこともあるが、堤防の再築造は大宝律令で五畿内の男達が担当すると定められていたからである。

つまり、京に接する五畿内の成人男子（二十歳から六十歳）は平安京の公的施設（大内裏の建造物、大路、小路、賀茂川の堤防等）の、築造、修復作業に従事することを義務付けられていた。

それを雇役《こえき》と称した。

長保六年（一〇〇四）七月、京を強大な台風が襲った。

これにより四条河原の堤防が決壊する。

濁流は一挙に四条以北の京に流れ込み、溺死者四百余人、流失家屋二百二十余軒、さらに賀茂川沿いの田畠が収穫を前に押し流された。洪水の被害が片づかぬ京に追い打ちをかけるように疫病が流行する。裳瘡《もかさ》（天然痘）である。

流行はすさまじく、罹病者は万を数えた。大路、小路、辻々はうち捨てられた病死者達で足の踏み場もないほどであった。

朝廷はこの厄災を払拭するかのように七月二十日、年号を寛弘《かんこう》に改めた。

翌、寛弘二年（一〇〇五）一月早々、疫病が下火になったのを機に、雇役を司る役所（民部省《みんぶしょう》）は令（大宝律令）に則り、五畿内の国司に堤防の修復を命じた。

しかしどこの国司も断ってきた。

京で流行した裳瘡はひと月遅れで五畿内にも蔓延し、国司はその対応で雇役を引き受ける状況になかった。

民部省は今年の夏、台風で賀茂川が増水すれば、決壊したままの堤防から再び濁流が京を襲い、甚大な被害がでるとして、五畿内の国司に再度、雇役を要請した。

それでも応じる国司はいなかった。

民部省は再三、国司達に要請するが応じる国司はない。あきらめかけたとき、山城国の国司がその要請を受け入れた。

京人は安堵したが、その一方で、今回のように五畿内の国情によって堤防の再築造が左右され、まして築造には高度の土木技術が要求されるのであってみれば、寄せ集めの雇役者達でなく防鴨河使の官人に堤防の再築造を任せた方がよい、と思う者も多かった。

防鴨河使は長官《かみ》、判官《じょう》、主典《さかん》の管理職の下に四十五名の下部《しもべ》で組織されている。五十名に満たない防鴨河使庁が流失堤防の再築造という大規模な土木工事を施工するには五畿内の雇役者の力を借りるしかなかった。

もちろん再築造を雇役者だけに押しつけたわけではない。

土木技術に疎い雇役者達の素人集団を強力に指導し監督するという重要な役目を防鴨河使は担っていた。


寛弘二年二月一日。

賀茂河原に朝靄がたっている。靄は寒さがゆるんだときで、春の訪れを思わせた。

決壊した堤防を前にして山城国から集められた三百人ほどの百姓(雇役者)が、持籠《もちこ》(モッコ)、鍬、突き棒などを携えて集まっていた。その中には防鴨河使下部達も混じっている。

下部が百姓を技術指導しながら流失した堤防をもとのように築造復元していくのである。

その集団から距離をおいた川縁にふたりの男が立っていた。

「百姓八名の逃亡が判明した」

そう話しかけたのは伴教通《ばんのりみち》である。教通は百姓を束ね、衣食の世話をする山城国の国司の家人である。ちなみに百姓という呼称は臣《おみ》や連《むらじ》など多くの姓《かばね》をもつ人々の総称で、今で言う一般庶民全般を指す。それが田畠を耕す農民を指すようになるのは、後世の室町時代以降である。

「八名は共謀して逃亡したのか」

応じたのは防鴨河使庁の主典《さかん》、蜂岡清経《はちおかきよつね》である。

「わからぬ」

素っ気ない口ぶりに清経は一瞬鼻白む。

「逃亡は昨夜か」

「昨日、百姓らの出面《でづら》を確かめたところ三百が二百九十二人に減っていた」

「逃げ出すような心当たりは？」

「まだなにもわからぬ」

心当たりはあるが清経に告げる必要はない、と言いたげの教通である。

「このまま放っておくわけには参らぬぞ」

「代わりの百姓を国から呼び寄せる。断っておくが、この逃亡は山城国の内情によるもの。民部省はもとより防鴨河使にも関わりはない。そうお心得願いたい」

教通の口調には他の者に干渉されたくないといった強い意志が露骨にみえた。

「心得た、と申したいが、今一つ得心しかねる」

「得心をしていただかぬともよい。これからそのことで参らねばならぬところがある」

教通はもうこれ以上、伝えることはないと言いたげに軽く頭を下げると、踵を返してその場を後にした。その背を見ながら、行く先は国司の館であろうと清経は推察した。

山城国の国司は藤原孝忠《たかただ》である。孝忠は国許《もと》へは赴任せず京に在住している。京は山城国の中にあるようなもので、わざわざ山城の国府（地方官庁）に赴任する必要はなかった。

清経は下部達が集まっている四条河原に戻った。一条河原から途切れることなく築造された堤防が四条河原付近で二十間（三十六メートル）にわたって流失していた。

「教通殿となにやら言い争っていたようですが」

清経を待っていたのは下部を束ねている亮斉《きょうさい》であった。

「早くも逃亡者が八名でた」

「でましたか、それにしても多いですな」

亮斉は驚いたように行き来する百姓達に目をやる。

「で、逃亡はなぜ」

「教通殿は、山城国の内情、防鴨河使には関わりがないと一蹴された」

「逃亡の因はわたくし達の追い回しが厳しかったのかもしれませぬ。そうなら関わりがないとは言えませんぞ」

「吾等が百姓等に厳しく当たったことなどないのは亮斉がよく知っているはずだ」

「確かにかれらには懇切丁寧に教え、やさしく追い回しておりますな」

「それにしても教通殿はなにかを隠しているような気がしてならぬ」

「隠したい何かがあるのでしょう。防鴨河使に関わりないのなら、捨て置きなされ」

「そうもならぬだろう」

「なりませぬぞ。清経殿はすぐになんにでも首を突っ込みたがる。山城国のことは山城国に任せなされ」

上司の清経に亮斉が遠慮会釈なく口がきけるのは、ふたりが五十近くも歳が離れているからである。七十二歳になる亮斉は長きにわたって賀茂川の維持管理に携わってきた。卓抜した土木技術と賀茂川への深い造詣は同僚の下部達から絶大な信頼と尊敬を得ていた。

それに比して蜂岡清経は防鴨河使庁の主典として登用されて四年の歳月しか過ぎておらず、亮斉の補佐がなければ主典の職を全うするのは難しかった。

「堤築造にかかわることだ。首を突っ込んでなぜ悪い」

「そのなんにでも首を突っ込みたくなる性格は時として周りの者に迷惑がかかります。その件は教通殿にお任せなされ」

きつい言葉と裏腹に亮斉は孫を見るような優しい顔である。

「ところで今日の河原の見廻《みまわし》（巡視）は誰だ」

清経は話をそらした。

「お忘れですか、清経殿と宗佑《そうすけ》のはず」

亮斉は困ったお方だ、とでも言うように首を振る。

河原の巡視は堤防の異常をいち早く見つけだすため欠かせない日課で下部総出でおよそ一里半（約五キロ）の堤防を詳細に観察、検分する。それが流失した堤防を再築造する期間はふたりでの巡視となる。他の下部達は再築造に忙殺されるからである。

「おお、あそこに宗佑がおりますぞ」

亮斉は手を振り、大声をだして宗佑を呼びつけた。

「心得てますぞ。見廻のことでしょう」

駆けつけた宗佑は亮斉の先を制して心得顔に頷く。

「清経殿との見廻、清経殿によく学んでいただくよう、心がけなくてならぬぞ。それから清経殿が見廻を放《ほか》すようなことがあったら、かならず諫めるのだぞ」

亮斉は清経が逃亡の謎解きに職務をそっちのけにして動き出すのではないか、と心配なのだ。

宗佑は頷いて、清経を先導するように川下に向かって歩き出す。清経はしぶしぶ宗佑の後に続く。

「早く参られませ」

宗佑の声は軽やかだ。それは清経の前任者が下部達を見下して威張りくさり、いつも命令口調だったのに対して清経にはそうした権高《けんだか》なところがなく、誰とでもうち解けて話しかけ、しばしば軽口さえ叩くからであった。

ふたりは堤防の裾に沿って注意深くゆっくりと歩いていく。宗佑の目線は堤防の斜面にするどく注がれている。清経も宗佑に習って堤防の斜面に目を凝らすが、斜面の異常を見つけられる知識も経験も少なかった。しかし清経はそれを恥じてはいなかった。一人前の防鴨河使になるには十年も二十年もかかる、主典に就いてたった四年とちょっと、そのうちなんとかなる、とのんびり構えていた。

「この時節が最も賀茂川が静かなとき。ゆるりといきますか」

宗佑はそう言って斜面から目を離した。

冬季の賀茂川の水量は少なく、堤防と本流の間には広い河原が広がっていて、堤防の異常が河水によって誘発されるようなことはないといってよかった。

それを十分にわかっている宗佑には今日の清経との巡回は気が楽であった。

「清経殿が見廻を放《ほか》すようなことを亮斉殿が申しておりましたが、そのようなことがありますのか」

「百姓八名が逃げ出したことはもう存じておろう」

「朝から雇役の百姓達がそのことで騒いでおりました」

「なぜ逃げ出したのか探りたい、と亮斉に申したら、おまえはなんにでも首を突っ込みたがる、やめろ、と辛い口ぶりだ」

「下部達のあいだでは誰ひとり清経殿の詮索好きを知らぬ者はおりませんからな」

「詮索好きではない、物事を知りたいだけだ」

「知らねばならぬのはそうしたことより防鴨河使としての才覚ですぞ」

「宗佑、おぬし、だんだん亮斉に似てきたな。そのように口うるさいと他の下部達から嫌われるぞ。嫌われたくなかったら、教通殿は百姓達からどのように噂されているのか吾に聞かせてみよ」

「教通殿はひどく恐れられているようです。教通殿の役目は百姓等の逃亡や諍いを監視する立場。恐れられても仕方ありませんな」

いつの間にか宗佑は清経の話に乗せられている。

「やはり教通殿を恐れての逃亡か」

「堤が洪水で流失するたびに五畿内から多くの百姓達が造り直すため京に送られてきます。そのなかのひとりかふたりはかならず逃げ出します。別に珍しいことではありませぬ」

「一度に八名だぞ。なにかあるとは思わぬか」

「いかん」

突然、宗佑は首を振って声を高めた。

「なにがいかんのだ」

「危うく清経殿の口車に乗せられるところでした。そのようことに首を突っ込むと抜き差しならぬ、と亮斉殿が申したではありませぬか。見廻《みまわし》に精をだしましょうぞ。でないと亮斉殿にしかられます」

宗佑は清経を促して、堤防の斜面に顔を向けた。


一刻（二時間）後、ふたりは八条河原に入った。

つい二ヶ月前、すなわち昨年末まで、八条から九条河原にかけては裳瘡に罹って死んだ者の骸が累々と横たわっていた。それを下級省庁の官人や私度僧《しどそう》（寺を持たぬ僧）、奉仕者達で二ヶ月かけて、ある骸は川に流し、ある骸は燃やし、またある骸は運んで山に捨てた。そうして河原はやっと本来の姿に戻ったばかりだった。

裳瘡の流行が衰えたとはいえ、まだ終息したわけではなかった。心ない者が時として骸を捨てに来るとも限らない。防鴨河使の河原巡視には、そうした者を監視する役目も新たに加わっていた。

「いつになれば賀茂の河原すべてが四季折々、京人がこぞって楽しめるようになるのでしょうな」

宗佑の思いは防鴨河使下部達の願いにほかならない。

「吾が生きているうちに叶うとは思えぬ」

清経には裳瘡の流行が今回で最後だとは到底思えない。

「それにしても昨年の裳瘡は恐ろしかったですな」

宗佑が顔をしかめて身を縮めた。

裳瘡《もがさ》とは今で言う疱瘡《ほうそう》のことである。現代人には長い年月をかけて免疫が体内に育成され、感染しても重篤に至ることは少ないが、この頃は罹病する者の半数近くが為す術もなく死んでいった。

平安京を疫病が初めて襲ったのは遷都後十四年、大同三年（八〇八）の正月である。

この年、街角は罹病して骸と化した京人で埋め尽される。朝廷は新年間もない正月十三日、京中の路傍に捨て去られた死骸を埋葬させたが、なお疫病は衰えをみせず、再度、二月に死体の埋葬を命じなければならなかった。各神社や寺々で祈祷を再三行い疫病神の退散を祈ったが霊験は現われず、終息したのは五月であった。

さらに十年後の弘仁九年（八一九）、大飢饉をきっかけに再び京は疫病に襲われ、餓死者と疫病死の屍が大路小路、辻々に溢れた。

飢饉や賀茂川の氾濫によって引き起こされる疫病の流行はほぼ十年おきに繰り返される。

正暦四年（九九三）及び長保二年（一〇〇〇）の疫病の時、死者は路頭に満ち、その腐臭はすさまじく、往き来する人々は鼻をふさいで通りすぎた。また鳥や犬は疫病死した者の腐肉を食するのに飽き、食べ散らした骸骨が巷をふさいだ。賀茂川には掻き流さなければならないほどの死体が浮かび、一万を超える人々が死んだ。疫病は貴賤を問わず万人を襲った。

このころ疫病は鬼形の疫病神がもたらすものと信じられており、朝廷は祈祷を盛んにしてその退散を祈った。

疫病神が巷を横行するという日は門戸を堅く閉ざして息を潜め、餓死者と疫病者の横たわる京の街は不気味な静寂につつまれた。


九条河原を前にしたとき申の刻（午後三時）を告げる木鐘が聞こえてきた。

「なんと、もうそのような時刻か。宗佑、今日はこれにて散会にせぬか」

官衙《かんが》（役所）の冬季の勤務時間は卯刻の半刻後（午前七時）から未の刻末（午後三時）と決められている。

「そうは参りませんぞ。あと残すは九条堤のみ。心弾みませぬが手は抜けませぬ。急ぎ終わらせてしまいましょう」

宗佑は足早に九条堤の基底部に沿って歩を早める。その後を清経がしぶしぶと従う。

西に傾いた陽が連山の頂きをなめるように少しずつ落ちてゆく。河原に堤防の影が連綿とはるか下流まで続いていた。堤防が尽きた先は京郊外、山城国の石原郷である。

清経は歩をとめて、九条堤の尽きる所に目を走らせた。

と、その堤防が尽きる手前の川中で何かがはねたようだった。はねたものが何であるのか清経の立っている所からでは遠すぎて見定め難い。清経はさらに川中に目をこらす。尋常でない河水のはね方だ。

「いかん、いかんぞ」

呟くと清経は下流へと走りはじめた。

「なにがいかんのですか」

宗佑が問う声を背に清経は走り続けた。近づくに従って、川中で水しぶきを立てているのが人であることが明らかになってきた。

「いかん、いかんぞ」

清経は同じ言葉をくり返しながら、帯を解き、上衣を脱ぎ捨てて上半身裸になって、さらに疾駆した。

水しぶきを上げている川中にもっとも近い岸辺まで走りつくと、今度は素早く袴を脱ぎ捨て、ふんどし一つになると躊躇せずに川中に入った。全身を締めつけるような河水の冷気が肌に痛い。しかし清経は意に介さず、巧みに川の流れに乗ると水しぶきに向かって泳いだ。みるみるうちに距離は縮まる。飛沫を上げているのは紛れもなく人だった。溺れて必至にもがいているのは明らかだ。

さらに清経は近づいた。すると溺れている者がひとりでなくふたりであることに気づいた。しかもひとりがもうひとりにしがみついて身体の自由を奪っている。しがみつかれた者はしがみついた者を引き離そうと懸命にもがいている。だがしがみついている者の両腕はしかりとしがみつかれている者にからみついていた。ふたりはもつれ合い絡み合って水中に何度も浮き沈みをくり返して力つきようとしていた。猶予はならなかった。

清経はふたりの間に割り込むように泳ぎつくとふたりに覆いかぶさって自らの体重をふたりにか

け、両者の頭部を力いっぱい水中に押し込んだ。そうして清経も水中に潜るとふたりをさらに河底へと引っ張り込んだ。するとしがみついた者が水面に浮き上がろうとして両腕を解いて激しく振った。解放された者はそれを待っていたように水面に浮上する。だが腕を振ってもがいていた者は急に手を振ることをやめ、そのまま動かずに河底に沈んだ。清経は一度水面に顔を出し、大きく息を吸い込むと再び水中深く潜った。溺れた者の襟口を掴むと河底を思い切り蹴り上げる。ゆっくりとふたりは水面に浮いた。清経は襟口を離さずに浅瀬に向かって泳ぐ。背の立つところまで泳ぎ着くとその者を岸辺まで引きずっていった。

そこに宗佑が待っていた。宗佑は清経が脱ぎ捨てた衣装を拾い集め、両腕に抱えていたが、それを河原に置いて、清経に手を貸して溺れた者を河原に引き上げて横たえた。

「溺れた者はもうひとり居る」

清経は川中に目を凝らす。しかし水面に飛沫もたたなければ、助けを呼ぶ声も聞こえなかった。

「流されたか。それとも水底《みなそこ》に沈んだか」

清経は呟いて再び川中へと泳ぎだそうとした。

「おやめくだされ」

宗佑が強い口調で引き留めた。

「もうひとりの行方がわからぬ」

「この寒さ、再び清経殿が水に入れば凍えて手足の動きは思うにまかせられなくなりますぞ。泳ぎの達者な清経殿でも溺れるのは必定。この宗佑に溺れた清経殿を助ける力はありませぬ。もうひとりの者はあきらめなされ」

清経はしぶしぶ宗佑の忠告に従った。

岸辺に引き上げられた者は壮年の男だった。

「息はしているか」

清経は身体からしたたる河水を気にもせず心配そうに男を窺う。

「しておりますが、したたかに水を飲んでおります。すぐに吐かせなければ命にかかわります。清経殿、この者の足首を持ってくだされ」

宗佑は心得顔に清経に頼んだ。清経は男の両足首を握って宗佑の次の指示を待つ。

「そのまま両足を目の高さまで引き上げてくだされ」

清経は男を抱えるようにして両足を引き上げる。宗佑は男の腹部に手のひらを当てると思い切り強く押した。

すると、ゲボッとものを吐くような声をたてて男は大量の水を口から吐いた。

宗佑は何度も男の腹部を押して水を吐かせ、吐くものがなくなるのを確認すると清経に男を横たえるように促した。

「気を失ったまま。それに水に濡れた装束を着たままでは、一刻後には凍え死にます」

「ならばこの者を裸にするぞ」

清経は男の上半身を起こすと男が纏《まと》っている衣服を脱がしにかかった。

「どうなさるつもりですか」

宗佑が訊く。

「吾の装束をこの者に着せる」

「清経殿が凍えますぞ」

「なに、四半刻（約三十分）の辛抱だ。吾ならばそのくらい裸でいても死ぬこともあるまい」

「四半刻の辛抱？」

「この者を吾の館まで運ぶ。ここから吾が館までは四半刻。宗佑、手を貸せ」

「手は貸しますが……」

宗佑はそこで口ごもり、清経に疑わしげな顔を向ける。

「余計なことにまた首を突っ込むのではないかと思っているのであろう。ならばよい。吾ひとりで館まで運ぶ」

清経が声を荒げた。

「そのようには思っておりませぬ。一緒に参ります」

宗佑は清経の剣幕に押されてしぶしぶ首を上下に振った。

清経は宗佑に頷くと、己が脱ぎ捨てた衣服を男に着せた。

「これほど手荒く装束を着せかけても正気が戻りませぬな」

宗佑が心配そうに己の頬を男の口元に触れるばかりに近づける。

「息はしているが、弱まってきておりますぞ」

宗佑の顔がわずかに曇る。

「急がねばならぬ。宗佑、吾の背にこの男を背負わせよ」

宗佑はしゃがみ込んだ清経の背に男を背負わせた。

「宗佑、吾の館まで参るぞ」

「しかたありませぬな」

宗佑はため息とと共に頷くしかなかった。

宗佑にとってみれば清経の行いは要らぬことに首を突っ込んでいるとしか思えない。疫病で死んだ骸をやむを得ず川に流すがことはしばしばあるが、罹病者が川中で溺れているのをわざわざ助けるのは余計なお節介にしか思えなかった。

宗佑は男が纏《まと》っていた衣類を丸めるとそれを小脇に抱えた。

清経の館は七条坊門小路と西坊城小路の一郭にある。

清経が男を背負って一歩、歩み出したとき不意に背後に人の気配がした。

清経が振り返って見ると、着物から水を滴らせた者が胸の前になにやら丸めた物を抱えて立っていた。

「これを背負った男に持っていっておやり」

濡れそぼった者は胸に抱えた物を河原に投げ出した。投げ出された物が一瞬で河原に広がった。

鮮やかな色彩が施された袿《うちぎ》であった。

「これは?」

清経が袿の色彩に目を奪われながら訊く。

「溺れた者の妻君《めぎみ》のもの」

声からすると濡れそぼった者は女らしかったが清経には肩までしかない髪とぞんざいな言葉使いからそうとは思えない。

「妻君？　その妻君はどこに？」

「今ごろは賀茂川の流れに乗って山城国に入っているさ」

「なんと、やはり溺れたのか」

「骸。この男は妻君の骸を流したのさ」

「この袿はその妻君のものと言うのだな。それより、そなたは何者だ」

「その者に溺れかけされた者」

「おお、では無事であったのか。案じていたぞ」

「案ずることはない。あたしは泳げる」

「この袿をどこで手に入れたのだ」

「ぬしがこの者を岸辺に引き上げているときに、あたしは下流に泳いでいった」

「下流に？」

「骸から袿を剥がすため。思ったとおり、骸は袿の袖を川中の石に絡ませて沈んでいた」

女は河原に広がった袿へ顎をしゃくって指した。

清経はふてぶてしい物言いに驚きながら、あらためて女に目をやった。細くとがった顎と鋭い眼差しは京の市井の女とは思えなかった。

「どこの者だ」

清経が訊いた。

「答える前にそちらが先に名を明かすのが礼儀だろ」

清経はなるほど、と頷きながら、名を告げる。

「それじゃあ、賀茂の堤をいじり廻して一度で済む賀茂川の氾濫を二度、三度と増やしている、あの防鴨河使かい」

清経はあっけらかんと言い放つ女をにらみすえた。すると女は震えながら後ずさりした。清経は威嚇したために震えたのかと思った。ふたりの間に妙な沈黙があった。

突然、清経は顔をゆがめると食べたものを口からはき出すように笑いだした。笑い声は高くなり、実に楽しそうに続いた。

なにがおかしいのか、といった宗佑の不機嫌な顔を尻目にさらに清経は笑い続けた。やがて笑いを納めると、

「おぬしの申すとおり、防鴨河使は賀茂川の氾濫を増やしているのかもしれぬ」

と真顔で答えた。

女の震えはとまらず、さらにひどくなってゆく。

「おぬし、凍えているのではないか」

清経は女の震えが寒さからきているのに気づいた。河水に浸かり、濡れた着物で厳寒の夕暮れの河原に立っているのだ。凍えるのは当たり前だった。

「宗佑、おぬしの装束を全部、脱げ。脱いで吾のように褌《ふんどし》一つになれ」

清経が大声で命じた。

「な、なんと」

宗佑は驚愕する。

「脱いだ装束をこの女性《にょしょう》に着てもらおう」

「わたくしも裸のまま清経殿の館まで行け、と申されますか」

憤懣やるかたないといった顔で宗佑は女と清経を交互に見やる。

「この者、このままでは凍え死ぬぞ。装束を着せ掛けてやらねば、おぬしがその者を殺したことになるぞ」

何とも無茶な清経の言いぐさに宗佑はしぶしぶ衣服を脱いで褌一つになった。

清経は宗佑が脱ぎ捨てた衣服をひとまとめにして女に押しつける。

「濡れた着物を脱いで、これに着替えろ」

女は宗佑の衣服を手にして、どうしてよいものかと迷っているようであった。

「案ずるな、吾等はおぬしの着替えをのぞき見るようなことはせぬ。宗佑、背を向けて九条堤の向こうに沈む陽に顔を向けよ。吾もそうする」

宗佑は言われたままに西に向く。山の端に半分ほどに沈んだ太陽が九条堤の頂をあかね色に照らしていた。

「着終わったら、声をかけてくれ」

そう言って清経は宗佑と肩を並べて堤防の彼方に目をやった。西の連山の低い稜線がどこまでも続き、その上に空が広がっている。逢魔《おうま》が時《どき》にはまだ少し間があるが空にはすでに弱い闇が入り込んでいた。

清経はこの時刻がなんともやりきれない。なぜか知らぬが哀しくなるのだ。それは父母を早く失った独り身の寂しさゆえかもしれないと思うのだが、それがなぜ、あかね色の空と結びつくのか清経には得心がいかないのだ。

「着替えたよ」

女の声に清経はゆっくりと振り向いた。

「なんともはや……」

清経はそこで絶句した。宗佑の衣服に着替えた姿はどう見ても男そのものだった。

「このててれはあたしにくれるのかい」

「返してもらう」

宗佑がすかさず口を入れた。ててれ、とは京人が好んで使う、着物の総称である。

「いつ返せばいいのさ」

「すぐに返せとは言わぬ」

清経は同意を求めるように宗佑を窺う。

「そうは参りませんぞ。わたくしが持っている装束は数が少ないうえに今は冬、重ね着で家中の装束をかき集めて着ているのです。それにこの者が装束を返しに来るとは限りませんからな」

貧しい者にとって食べ物の次に大事なのは衣服である。富貴者はともかく、京人のほとんどは衣服を遊ばせておくほどの枚数を持っていない。夏ならばともかく、冬は持っている衣服をすべて着込んで寒さをやり過ごすのが当たり前だった。

「ならば、今脱いだあたしのててれをまた着るよ。あっちを向いとくれ」

女は声を荒げて着たばかりの衣服を脱ごうとした。

「構わぬ、構わぬから、そのまま着ていてくれ。そうでないとわたくしが人殺しということになる」

宗佑が両手を前に出して女を押しとどめた。

「もうすぐ、陽が落ちる。おぬしがなぜ川中でこの男ともみ合っていたのか、吾は知るところではないが、この男は未だに気を失ったまま吾の背に負われている。この男をこのまま吾に預けて知らぬ振りは情が薄いのではないか」

「たまたま河原でみかけただけ。情が薄いなんて言わるるのは心外だね」

「袖振り合うも多生の縁、と申すぞ。これから吾の館まで参って、その濡れた装束を乾かしたらどうだ」

思わぬなりゆきに女は一瞬逡巡した。

「そうなされ。清経殿の館はここより四半刻の地」

宗佑が良い思いつきだ、といわんばかりに女を促す。宗佑にとってみれば女に貸し与えた衣服が戻ってくるか否かが何より心配なのだ。

（三）

男を背負う裸形の若者、濡れた袿《うちぎ》を抱えた褌だけの男、そして性別を判じがたい者が清経の館に着いたのは陽が山の端に沈んだ時であった。

清経と宗佑は寒さのために歯の根が合わぬほどであったが、宗佑の衣服を纏った女は額に汗さえ浮かべていた。

清経の居宅は九十坪（百八十畳）ほどで土地の広さは三百坪である。四周を低い泥塀で囲ってあるが崩れ落ち、もはや塀の役割を果たしていなかった。正面には出入り門が備わっているがこれも扉はとうに腐って撤去され、板葺きの門庇も崩れ落ちていた。

門から入るのが面倒で清経はふたりを促して崩れた土塀を跨《また》いで敷地内に足を踏み入れた。

枯れのこった背の高い雑草が庭全体を覆っていて久しく手入れされてないのが見てとれた。

それでも館の出入り口へ続く通路は雑草が取り除かれていて、歩くのに支障はなかった。館に入ると、そこは広い土間で、奥は板敷きの部屋になっている。

清経は男を板敷きの間に横たえた。

すかさず宗佑が男の口元に己の耳を近づけ、さらに胸に手を置いた。

「息はしておりますが、すっかり身体が冷えております」

「猶予はならぬ」

清経はそう言い残していつもは使ってない奥の部屋に急いだ。

部屋に入ると、閉じられている蔀《しとみ》の隙間から西の空に傾いた斜陽のいく筋かが室内をかすかに明るくしていた。清経は壁際に設えた棚の前に行った。棚には両親の衣服や綿布が保管してある。清経は手際よく棚から衣服と綿布を取り、両腕で抱えられるだけ抱えて、板の間に戻った。

「宗佑、この装束に着替えさせ、布でこの男の身体を擦り上げるのだ。おお、おぬしも手を貸せ」

頼まれた女はどうしたものか逡巡している。

「気恥ずかしがっている時ではない。人ひとりが生きるか死ぬかだ。それにそろそろ陽も落ちる。この暗さでは裸形《らぎょう》も定かには見えにくい」

清経のくだけた物言いに安堵したのか、女は素直に布の一枚を手にすると男の脚を擦りはじめた。

清経は頷いて、

「宗佑、これ以上女性《にょしょう》を迷わしてはならぬ。これは父《てて》が残した装束だ。遠慮なく着てくれ。吾も着付けるぞ」

と宗佑に笑いかけた。

「尊父殿の装束を着付けるなど畏れ多いこと。わたくしは清経殿の着古した装束で結構です」

「遠慮はいらぬ。はやく着付けぬと凍え死ぬぞ」

言われるままに宗佑は神妙な顔で衣服を身に着けた。清経も衣服を着るとやっと人心地がついたような気持ちになった。

女はその間、手を休めることなく男の裸体を擦り続けている。

清経は土間に下りると隅に備えてある大きな竈《かまど》に行った。

竈脇に用意してある火箸《ひばし》を手にし、焚き口に突っ込んで、灰に埋まった種火を探り出した。それから竈の横に積み上げてある枯れ柴《しば》を数本ひき抜いて、種火の上に乗せる。しばらくすると柴が竈のなかで勢いよく燃えはじめた。

「手慣れたものですな」

宗佑が男の胸を布で擦りながら感心する。

「この館を離れて寺に引き取られたのは七歳。それから十二年、寺での竈焚きは吾の役目だった。米粒ほどの火種があれば、たちまち火事になるような火を熾《おこ》してみせる」

「自慢にはならないさ。女なら誰だって髪置《かみお》きが終わった時から、竈の火を米粒より小さな火種で焚きつけられる」

清経は女の辛辣な物言いに少しも腹がたたない。むしろ小気味よくさえ思えた。

幼児は五、六歳まで頭髪を剃って育てる習わしになっている。その後、髪置き、といって頭髪を伸ばしはじめる。髪置きは幼児から少女になる証でもあった。

清経は土間に並べてある幾つかの土鍋のなかからもっとも大きいのを選び出した。それから竈脇に常備してある大きな水差《みずさし》を手にした。水差には常に水が満たしてある。清経は水差を傾けて土鍋に水を注いで満たし、竈に設けられた二つの煮炊き口の片方に置いた。

次に土間の棚に貯蔵してある米を持ってきて小さな土鍋を選んでそこに米を半分ほど入れると、再び水差から水を注いで、それをもう一方の竈の開口部に乗せた。

「腹が減った。夕餉を摂って、男の正気が戻るのを待とうではないか」

清経は言いながら蓄えてある干し野菜を刻み、買い置いた干し魚を手際よく調理していく。

「まだおぬしは名を告げておらぬぞ」

清経は調理の手を休めて訊いた。

「すてめ」

女は短く答えた。

「すてめ、とは捨てるという字を当てるのか」

「そう、捨女《すてめ》」

「親はもっとましな名をつけられたであろう」

清経が呆れた声をあげた。

「親が何とつけたか知らないよ」

「親がつけたのではないのか」

「母《おも》はあたしが生まれてすぐに死んだ。産後の肥立ちがいけなかったって。あたしさえ生まなければ母は死なずにすんだはずさ」

「父《てて》がそなたを育てたのか」

「父が育ててくれたのかどうか。父は乳母にあたしを預けたままだったからね」

「たとえそうであっても父が居るなら、そのように浮浪になるはずもなかろう」

「父はあたしが六歳の時、死んだ。そしたら乳母はあたしをほったらかしにして家から出ていった。それはそうだろう。乳母は父からあたしを育てる見返りに銭をもらっていたはずだからね。その見返りがもらえないとなれば、誰だって他人の子などの面倒なんかみないさ」

「六歳からひとり。なにやら吾の生い立ちと似ているな」

「なにが似ているというのだ。このような広い館に住んでいる者があたしに似ているはずもない」

「吾は四歳で父《てて》を亡くし、七歳で母《あも》も疫病で身罷った。似ているではないか」

「だがぬしは路傍に捨てられたわけではなかろう」

「捨てられなかった。捨てられていれば吾も捨男《すてお》と名付けられたかもしれぬ。で捨女殿は、どこに身を寄せていたのだ」

「あたしが路傍で震えているのを見かねたお坊様が悲田院に連れていってくれた。そこでいつの間にか捨女と呼ばれるようになった」

「いっそ拾ってくれた坊主に名をつけてもらえばよかったのだ。気の利かぬ坊主だな」

「坊主なんて呼び捨てにすると承知しないよ。あたしの命の恩人なのだからね」

「その命の恩人とはどこの寺の和尚なのだ」

「知ってどうするのさ」

「どうもせぬ。吾も寺で育った身だ。それで訊いてみたまでだ」

「太秦《うずまさ》にある寺の和尚様」

「太秦?」

「広隆寺の勧運《かんうん》和尚様さ。ぬしも寺で育てられたのなら広隆寺の勧運和尚様の名は知っているだろう」

「広隆寺の勧運和尚？」

清経は竈の焚き口から漏れてくる炎が照らし出す捨女の横顔をあらためて見た。

「吾が引き取られた先は広隆寺。勧運和尚は吾の大叔父だ」

「勧運様が大叔父」

捨女は驚いた様子で急に居住まいを正した。

「どうしたのだ」

清経が不審げに訊ねる。

「勧運様が大叔父。知っていれば、あのようなぞんざいな口利きはしませんでしたものを」

またも清経が大声で笑い出した。宗佑もつられて笑う。捨女はふたりの笑いに困惑する。

「なにがおかしいのだ」

再び捨女の口調がぞんざいになった。

「いや、笑って悪かった。だがな捨女殿、おぬしにはその丁寧な口利きは似合わぬ」

そう言って清経は竈の焚き口から燃え残る薪を一本取り出して、横たわった男の近くに置いてある灯台に火を入れた。

竈の焚き口から漏れた灯りだけだった板の間が灯台の火でにわかに明るくなる。たった一灯であるが闇に慣れた目にはそれなりの明るさである。

灯台は木製の台の上に油皿を置き、灯心を立てて火をともす照明器具で当時にあってはひろく利用されていた。

湯が沸くと、清経はそれを桶に移した。

「湯に布を浸し、かたく絞って、この男の身体を拭いてくれ。血の巡りをよくすれば失せた気ももとにもどろう」

しばらく三人は無言で男を拭き上げる。

竈にかけた土鍋の蓋がカタカタと高い音をたてている。土間内に米が炊き上がった甘い匂いが漂ってきた。

その匂いに触発されたのか、男がかすかにうめき声をあげた。

「気がつかれましたぞ」

宗佑が男を拭き上げる手を休めて顔を覗き込む。

男が目を開けた。

「寒い」

男はそう呟いて再び目を閉じた。

宗佑が男の額に手を当てた。

「随分と熱いようですな」

宗佑は男の額から手を離して、それからその手を己の額にあてて比べると顔をしかめて、

「もしや、清経殿は厄介なものを背負い込んだのかもしれませぬな」

と清経に不安の目を向けた。

「厄介なこと百も承知だ」

清経が憮然として言い返す。

「いえ、この者を助けたことを難じているのではありませぬ。この男の額が熱いことがなにか恐ろしいことになるのではないか、と思っているのです」

宗佑はおぞましいものでも見るように横たわった男からわずかに身を離した。

「つまりは、裳瘡《もがさ》に罹《かか》ってるというのかい」

捨女が男を綿布で拭く手を休めて険のある声を出した。

「そうでなければよいのだが」

宗佑は聞きたくない言葉を聞いてしまった時のように眉のあたりをかすかに曇らせた。

「裳瘡が怖いのかい」

捨女が宗佑を責めるように訊いた。

「いや……」

宗佑は恥じるように首を横に振る。

「怖いんだろう。官人は裳瘡と聞くと震え上がって逃げまどう。ぬしも官人だからね」

「昨年、夏に猛威をふるった裳瘡は年を越して下火になったはず」

宗佑が言い訳がましく呟く。

「下火になったのは京内だけさ。京の外に出れば山城国でも摂津国でも大和国でもまだ勢いが衰えてない」

捨女は容赦なく言い返し、宗佑を押しのけるようにして、男の額に手をやった。

「たしかに熱がある」

捨女は宗佑に頷いた。

「どうすればよい」

宗佑は怯えたように捨女を窺う。

「裳瘡の罹りはじめは全身の震え、それから高熱。そうならないように祈るだけさ」

捨女は男の額に手のひらを押しつけてしばらくじっとしていた。

「裳瘡であると決まったわけではない。ともかく、夕餉を終えてからこの者のことは考えよう」

清経は己がもたらしたお節介が思わぬ成り行きになりそうなのを案じながら男から離れて竈に架けた土鍋の所へ行った。土鍋の蓋を開け、米が炊き上がったのを確かめると、竈の火を落とした。それから土間の壁際に備えてある棚から木椀三個と木製のしゃもじ、それに竹箸を取り出し、板の間の床に並べた。

「ここで夕餉にしよう」

清経は椀としゃもじを持って土鍋から手際よく飯を盛りつけ、三椀を床に並べた。それから小皿に盛りつけた漬け物とさきほど調理した干し野菜と焼いた干し魚も添えて出した。

三人は木椀と箸を手にとる。宗佑はつましやかに、清経はいつものようにゆっくりと、箸をすすめていく。しかし捨女の食欲は清経と宗佑を呆れさせるほどすさまじかった。漬け物に清経も宗佑も手をにつけぬうちに捨女が食い尽くした。幸い、焼いた干し魚はそれぞれに分けて出したので、ふたりの分を食われることはなかった。

「飯は味わって食うものだ」

とうとうたまりかねた宗佑が苦言を呈した。

「白い米は悲田院を出てからめったに口にしてない。こんなに甘く、こんなに旨く、こんなに温かく、こんなに柔らかい飯は久しぶり」

こんなに、を何度も繰り返し、捨女は遠慮もなく三度も椀を清経に突きだしてお代わりを頼んだ。

清経は四人分の飯を用意したつもりであったが、二椀めは食わずに遠慮した。一椀分を男に残しておかなければならなかったのである。清経に満腹感はなかったがそれでも捨女の無遠慮な食欲には腹がたたなかった。

清経と宗佑が一《ひと》椀めを食べ終わったとき、捨女は三椀目を完食していた。

おそらく、この無遠慮さ、食えるときは人に先駆けて食い尽くす、そうした習い性が骨身にしみ込んでいるのだろうと清経は思った。そうであるからこそ、こうして女ひとりで悲田院を出た後、誰にも頼らず生き抜いてこれたのだ。天涯孤独、働いて食い扶持を得られるあてもない世情で生き抜いていく捨女のような境遇の女は京内にたくさん居る。その女達はほとんどが捨女と変わらぬような日々を強いられてきたはずである。他人の食する分を考えて己の食い分を遠慮したりすれば、たちまちやせ衰え、体力をなくし、やがて病に罹るか飢えで路傍に屍を晒すことになる。裏を返せば、捨女のような係累のない、それゆえ誰からの救済も援助者もない女が生きのびてこられたのは他人のことなどに斟酌せず、奪えるものは迷うことなく奪い、食べられるときは人に先んじて、人の食する分まで食べ尽くしたからこそであるのだ。

「この装束を着たままわたくしの居宅に戻るのは気がひけますな」

夕餉が終わり、木椀に注がれた白湯《さゆ》を一口飲んだ宗佑が未練たらしく捨女が着付けている己の衣服に目をやる。

「すぐ着替えるから待っていてくれ。わたしのててれはまだ生乾きだが、着ていればそのうち乾く」

捨女は白湯を一気に呑み干すと立ち上って床に置いたままになっている己の衣服を腕に抱えた。

「乾くはずもない。吾の母《おも》が着ていた装束が幾枚かある。それに着替えればよい」

そう言い残して清経は男のそばに置いた灯台を手にして、衣服が納めてある部屋に再び行った。棚に置かれた母の衣服を灯台の明かりを頼りに選び出し、小脇に抱えて土間に戻った。

「どれでもよい、これから選んで着替えてくれ」

清経は衣服を捨女の前に置いた。

「これを東市《ひがしのいち》に持っていって売りさばけば、たいそうな量の米が買える」

捨女は灯台に照らし出された衣服に感嘆の声をあげた。

「なんとはしたない。このような者に清経殿の母堂の装束を貸し与えるのは、いかがなものでしょうな」

宗佑が心底苦々しげにつぶやいた。

「なに、このままでは誰も着付けずに朽ちてしまう。捨女殿に着てもらえれば母《あも》も喜ぶであろう。それに宗佑は捨女殿が着付けている己の装束を返してもらいたいのであろう」

宗佑は苦笑いしながら頷く。捨女はふたりのやり取りに頓着せず、置かれた衣服、全てを左脇に抱え、

「ちょっと灯りを借りるよ」

と右手で灯台を持つと、板の間に続く隣の部屋に消えた。

「いやはや」

宗佑は闇となった板の間に座したまま呆れた声をあげた。

しばらくして捨女が戻ってきた。

「こんなてて着れを身に着けるのは初めて」

捨女は灯台をもとの所に置くと恥じらうように板の間に座した。清経と宗佑はその姿を見て、おもわず目を疑った。今までの野卑とも思えた捨女の影は失せて、妙齢の遠慮がちな女が灯台のほのかな明かりの中に座していたからである。

「いやはや」

宗佑は先ほどと同じ言葉を発したが、その響きは明らかに違っていた。

「宗佑様の装束をお返しします」

捨女はかるく頭を下げて、きれいにたたんだ宗佑の衣服を床に置いた。

「いやはや、女性《にょしょう》とは装束でこんなに変わるものなのですかな」

ふたたび、いやはや、を呟いた宗佑は捨女が脱いだ衣服を手に取り、その場で後ろ向きになると、清経の父の衣服を脱ぎ、己の衣服に着替えた。

その時、男がうめくような声をあげた。捨女がすかさず男の額に手のひらを当てる。

「熱い。熱いよ。ぬしは桶に水を汲んできてくれ」

清経に性急にたのむ捨女の口振りは着付けた衣服と全くそぐわなかった。

清経は土間に下り、隅に常置してある桶を抱えると、

「手間をかけた。後のことは捨女殿と何とかする。家に戻ってくれ」

と宗佑を促し、共に土間口から屋外に出た。

上弦の月が東の低い山の端《は》から上がっていて、あたりをかすかに照らしている。庭は凍れる厳冬の月の微光にさらに荒れてみえた。

「大変な女性《にょしょう》ですな。わたくしは帰宅しますが、くれぐれもあの女性に用心なされ。油断なされば金品を盗られて逃げられますぞ。それでは、明日、四条河原でお待ちしております」

宗佑はそう忠告すると七条坊門小路、富小路の一郭にある居宅に帰っていった。清経は庭の中央にある井戸に月の光を頼りに近づき、つるべを使って桶に水を満たし、それを持って土間に戻った。

「この者はまことと裳瘡に罹っているのか」

板の間に桶を置きながら清経はおそるおそる訊いた。

「三、四日経たなければ、わからない」

捨女は先ほど使った綿布を桶の水に浸し、かたく絞るとそれを男の額に置いた。

「明日ではわからぬのか」

「高い熱は二、三日間でひく。それから体中《からだじゅう》が水膨れになる。それが裳瘡」

「詳しいのだな」

「悲田院で育ててくれた恩もあるからね、昨年の暮れは悲田院に戻って裳瘡に罹った者を取り見ていた。詳しくもなる」

「裳瘡をまき散らす疫病神は取り見る者（介護者）にも取り憑くというぞ」

「あたしは仏や神から見放されたようなもの。そんなあたしに疫病神は取り憑かないさ。ぬしは裳瘡が怖いのか」

「怖い。世にこれほど恐ろしいものはない」

清経は思わず本音をもらした。

「ぬしは幸《さいわ》い者《もん》だね」

「幸い？」

「そうさ、裳瘡より恐ろしいものがないなんて」

「それより恐ろしいものがあるのか」

「飢え。飢えることの方がずっと恐ろしい」

「飢え。なるほどの」

そうは応じてみたが清経は飢えることを知らないで今日まで生きてきた。だから裳瘡の恐ろしさと飢えの恐ろしさを比べようもなかった。

「この者、裳瘡かもしれない。どうするのさ」

「それは……」

清経は絶句する。

「男は皆同じだね。いつも威張って強がりばかり言ってるけど、いざ命にかかわるようなことにあうと、おろおろと逃げ回る」

「吾は逃げ回りなどせぬ」

清経が心外だとばかりに言い返す。

「逃げ回らないなら、この者をどうするのさ」

「吾がこの者を取り見る」

「吾がする？　明日も明後日も官衙《かんが》（役所）に出向くのだろう」

「確かに四条河原の堤の築造に出向かねばならぬ」

「逃げないと言ったね。じゃあ、官衙に出仕している間、誰がこの男を取り見るのさ」

「それは……」

清経は再び言葉に詰まる。

「そう言うのを逃げるというのさ。取り見ることもできないくせに、助けだして、家まで運ぶ。それもあたしや宗佑様をまき添えにしてね。この男を助けたかったら、誰の手も借りず、ひとりで家に運び、誰も頼らず取り見ればいいのさ」

「たとえ、吾ひとりの手に負えぬのがわかっていても、おぼれて気を失った者を河原に置いていけると思うか」

「置いていけばいいんだよ。その男が河原で死んでも、ぬしにもわたしにも痛くもかゆくもない。まして哀しむことなどないはずさ。だって、通りすがりの見知らぬ者じゃないか。今の世は親《しん》（親族）

であっても取り見れずに河原や大路、小路の路端に捨てる者達で溢れてる。それをぬしが後先見ずに背に負うてここに運んできた」

「後先見ず」

清経はいささかむっとしながら呟いて、亮斉を思い出した。

なんにでも首を突っ込むことはくれぐれもつつしみなされ、そう亮斉が渋い声で言っているのが聞こえるような気がして清経は思わずため息をついた。

「ため息をついたって、なにもならないさ。案ずることはない。あたしがこの男を取り見る。ぬしには借りがあるからね」

「借りなどないはずだが」

「旨い飯を食わせてもらった。それにこのててれをしばらく着ていたいからね」

捨女は腕を水平に上げて清経に袖柄が見えるようにした。清経は難しい顔で黙って頭を下げた。それは捨女に男の介護看病をよろしくたのむ、という意思表示でもあった。

「そのかわり、あたしに毎晩、今夜のような白米を食わせて欲しい」

捨女はそう言って清経に笑いかけた。

第二章　問民苦使

（一）

如月《きさらぎ》（二月）。

賀茂川上流から川筋に沿って寒風が吹き抜けていく。賀茂川の支流である高野川上流の叡山や鞍馬山から吹き下ろす冷気は平安京をすっぽりと包んで、水があるところ全てが氷結する。

四条河原の水際にも氷が張っていた。

二月二日、雇役者《こえき》（百姓）と防鴨河使下部達が参集していた。

「あの方の様態はいかがですか」

清経を待ちかまえていた宗佑が厳寒に背を丸めながら訊く。

「高熱が続いている」

清経は憮然とした顔だ。

「あの女性《によしょう》がまさか装束などを持ち逃げした、というのではないでしょうな」

清経の顔つきから、それ見たことか、と言わんばかりだ。

「そのようなことはない。今朝も吾が飯を炊き、捨女殿に食べてもらった」

「また、三杯も喰らったのですか」

「いや、ひと椀であった」

「ほう、あの女性にも遠慮というのがあったのですな」

「捨女殿のことをそのようにあしざまに申すのでない」

「ただあるがままに申しただけ」

「捨女殿は昨夜一睡もせず、男の枕辺で何度も水で冷やした布の取り替えをしていた」

「で、かの者は気がつかれましたか」

「いや、昏睡したままだ。だが捨女殿は骨身を惜しまず水に浸した布で額を冷やし続けている。そればかりではない。男の装束が高熱の汗で濡れてしまったのを脱がせ、身体を拭いて着替えさせてもいた」

「清経殿も寝ずに手当をいたしましたのか」

「いや、吾は寝所にひきとって寝てしまった」

「それは賢明でしたな。清経殿に裳瘡に感染《うつ》った者の手当は無理でしょうからな」

「裳瘡か否かは、まだわからぬ」

「罹っていなことを祈りたいものです」

「このまま高熱が続けば裳瘡。それにしても宗佑にはいらぬ手間をかけた」

清経は宗佑に神妙に頭を下げた。

「気色が悪い。おやめなされ。清経殿が下部のわたくしに頭を下げて謝るなど、どうみてもいつもの清経殿と違いますぞ」

「捨女殿に吾の甘さ、独りよがり、何にでも首を突っ込む、それらのことをこっぴどくののしられ、叱られた」

叱られましたか、と突然、ふたりの背後からの声に清経は振り返った。亮斉が立っていた。

「聞いていたのか」

清経は不機嫌な声で応じた。

「こっぴどくののしられ、叱られた、とだけ聞こえましたぞ。清経殿をののしり、叱咤できるお方が居るとすれば広隆寺の勧運和尚だけ。勧運様になにを叱られましたのか」

「和尚に叱られたのではない。それに叱るのは和尚だけではなかろう。亮斉、おぬしもそうであろう」

亮斉の声を聞いて、沈みがちだった清経の気持ちが少しだけ楽になった。

「わたくしは叱ってなどおりませんぞ。わたくしは清経殿をお諭《さと》し申しているのです。それもこれも清経殿が余計なことに首など突っ込まずに早く一人前の防鴨河使主典《さかん》になっていただくため。で和尚様以外に清経殿を叱った者とはどなたなのですかな」

亮斉は興味津々といった顔で清経をのぞき込む。

「亮斉に告げれば、ののしられるのは必定」

清経はそこで口を結んで横を向いた。

「それがうら若き女性《にょしょう》にです」

宗佑が秘密を隠しきれないといった顔で亮斉に耳打ちする。

「教通殿はみえているか」

清経は宗佑を睨みながら亮斉に訊いた。

「うら若き女性？」

亮斉は目を丸くして訊き返し、

「清経殿もお若いですからな」

と思い入れたっぷりに破顔した。

「亮斉が思っているような浮ついた話ではない。それより教通殿はどうしたと訊いているのだ」

清経の顔が怒りで赤くなる。

「それが今朝はまだ姿を現わしておりませぬ」

清経が短慮であることを身にしみてわかっている亮斉は真顔に戻って応じた。

「姿をみせないのだな」

「おそらくは件《くだん》のことで忙しいのでしょう」

亮斉は用心しながら応じた。件とはもちろん逃亡した百姓達のことである。

「教通殿が不在となれば、誰が百姓等を束ねるのだ」

「教通殿が居なくとも堤の作り直しに差し障りはありませんぞ」

亮斉は自信ありげに頷く。そのとき、卯刻を半刻過ぎた時（七時）を報せる木鐘が街中から聞こえてきた。その音を聞いた百姓達は防鴨河使下部達に導かれて、前日と同じように三十の班に分かれた。その各々の班に下部一名が配属される。

ひとりの下部が十人の百姓を指導して流失した堤防跡地に新たに堤防を築造をするのだが、それと同時に百姓等の逃亡や諍いを監視する役も兼ねているのは明らかだった。

「亮斉、底石《そこいし》の運び込みは終わったのか」

清経は昨日、宗佑と共に河原の巡視で四条堤の現場を離れていたので、進捗状況を把握していなかった。

「二十間にわたりすべての底石を敷き終わりました」

底石とは堤防の基礎部分に敷き詰める頭大の川原石のことで、堤防の構造中、最も重要な部分であり、堤防を構築する最初の作業である。

「いよいよ土を盛るのだな」

「ここまでこぎ着けるのに十二日間。これからがわたくし達下部等の腕のみせどころ」

亮斉は自信ありげに百姓と下部達に目をやる。

百姓達は、近隣の休耕地や対岸の粟田近辺から土を掘り起こし、それをモッコに積み、担ぎ棒に吊してふたりで底石を並べた所まで運んでくることになっている。

百姓と下部達が土取りに向かうのを見送っていた清経の背に、

「主典殿、蜂岡殿」

と聞き慣れた声が届いた。振り向くと、防鴨河使長官《かみ》の秘書官が近づいてくるところであった。

それと気づいた亮斉と宗佑が嫌な顔をする。前触れもなく秘書官が現場を訪れるときはろくな事がないことをふたりはよく知っていた。

「なにか急な用でもありましたか」

清経は秘書官をそれとなく注視する。

「すぐに民部省まで参じて欲しいと長官《かみ》からの命です」

「民部省？　防鴨河使庁ではないのか」

主典職の者が単独で民部省に呼び出されることなど滅多にない。

「長官も民部省に参じることになっております」

「長官はなにゆえ民部省に参じるのか申していなかったか」

「いえ、なにも」

「宗佑、民部省から呼び出しを受けねばならぬようなことに心当たりはないか」

「呼び出されるような不首尾はなにもしておりません」

宗佑は首をかしげ､不安げである。民部省と聞くと宗佑はその場から逃げ出したくなる気分になる。

宗佑は上級官庁が苦手なのだ。

「もしや、逃亡の件での呼び出しではありませぬか。そうであるなら、清経殿はひたすら、知らぬ存ぜぬ、で関わりになってはなりませんぞ」

亮斉が厳しい顔で清経に言い添える。

「案ずるな。吾はこの件に首を突っ込む気はない」

清経はそう言いながらも民部省の呼び出しは百姓逃亡の件であることに間違いないと思った。

（二）

大内裏《だいだいり》には省諸司の官舎が軒を接して建っている。

その一郭、美福門《びふくもん》内に民部省の庁舎がある。

民部省の一室に防鴨河使長官《かみ》大江諸行《おおえもろゆき》と主典《さかん》蜂岡清経が座していた。

「なにか堤の築造で民部省から詰問されるようなことがあったのか」

諸行は急な呼び出しに不安を隠そうともしない。

「亮斉や宗佑等にも質しましたが、心当たりはありませぬ」

「ならばよいのだが」

諸行は清経の落ち着いた物言いに安堵したのか、大袈裟に息を吐いた。

諸行が民部省に気を遣うのはひとえに己の人事評価を高くして欲しいためである。

防鴨河使長官の任免は太政官で行うのだが、任免の基準となる人事評価表は民部省が作成することになっている。民部省の意に添わぬ言動があれば評価は低くなり、出世の途は閉ざされる。それが諸行には怖くて仕方ないのだ。

首根っこをしっかりと民部省に押さえ込まれて、民部省の言うなりに動くしかないと覚悟している諸行の心情を思うと清経は哀れになってくる。

「待たせました」

そう言ってふたりの前に現われたのは秘書官を伴った民部省の権大輔《ごんだいふ》藤原是兼《これかね》だった。

「これは是兼様」

座していた諸行ははじかれたように立ち上がり深々と頭を下げ、清経が坐したままなのに気づいて、追い立てるようにして立たせた。

権大輔は民部省で卿《かみ》、大輔《だいふ》につぐ高官である。

民部省は中務省《なかつかさ》、式部省とならぶ重要な省（役所）で、その長である民部卿は正四位以上の者で中納言の位階をもつ公卿が就くことになっている。その民部卿を補佐する権大輔は諸行など足元にも及ばない高位高官である。

清経が是兼と顔を合わせるのは初めてだった。

是兼が座し、秘書官がその横に坐すの待って、諸行は清経を促して坐した。

「山城国の百姓七名が一昨夜、民部卿の館に押し掛けて、賀茂川の堤築造に従する三百名の任を解いて直ぐに山城国に帰して欲しい、と訴え出ました」

是兼は、それはすでにわかっているはず、といった顔をした。

「下部等が不当な扱いを百姓等にいたしたとは思えませぬ。清経、そうであろう」

諸行は助けを求めるように清経に質す。

「確かに数名の百姓が四条堤の現場から逃亡しました。しかしこのような逃亡は過去《こぞ》の堤築造においてもあったこと。訴えられるような不首尾に心当たるものはありませぬ」

清経は教通に会って問いただささねば、と思いながら答えた。

「例年、流失した堤の築造は年明け早々から手を着けることになっている。しかし昨年の凶作、疱瘡流行などで、今年は着手がひと月遅れた。この時期、すでに百姓等は繁多の時節を迎えている。つまりは堤の築造などに関わっておられぬ、ということらしい」

是兼は表情を変えずに話した。

「そうした諸事情を承知で山城国の国司、藤原孝忠様は百姓等を京に送ったのではないでしょうか」

諸行は防鴨河使が原因でないことに安堵しながら応じた。

「訴え出たのはそれだけではない」

そう告げて是兼は、事の経緯《いきさつ》を話すよう隣りに座す秘書官に命じた。

秘書官は頷くと次のような話をした。

七名の百姓が申し立てたのは、山城国の国司孝忠の子息、頼方《よりかた》と郎党（従者）による過酷な税の取立てと不当、不法な物品の収奪に関するものだった。

「つまりは越訴《おつそ》でございますな」

諸行が困惑しながら念を押す。

越訴とは地方（山城国）の官庁を越えてより上級の官庁（民部省）に正規の手続きを踏まずに訴え出ることで、後世の直訴《じきそ》に当たる。

民部省では訴えを無視することもできず、事の真偽を明らかにするため孝忠を民部省に呼びだした。

孝忠は、『百姓等が言い立てている事柄は全くの虚言、心当たりはない、たった七名の百姓の讒言《ざんげん》をなぜ民部省は取り上げるのか』と尋問に憤慨しながら突っぱねた。

さらに、『民部省の再三の要望に応えて農繁期直前の百姓等を四条堤築造に徴集したために百姓等の不満が高まった。ひとえに民部省の要請に応えようとしたもので、それを民部省は推しはかることもなく、まるで己が悪政を敷いているような物言いは心外である。もしそのように苛政があるなら、軽々しい百姓等でなく郡司や里長らが解文《げぶみ》を携えて訴え出るはず』と抗弁し、解文があるなら見せてくれと申し立てた。

解《げ》とは下級官庁から上級官庁、あるいは目下の者から目上の者への報告、という意で、解文とは嘆願書のことである。

百姓等に解文について質すと、携えていた者が不意に姿をくらましたが、それはおそらく国司孝忠の家人が連れ去ったに違いない、と訴えた。もちろん孝忠はこれを即座に一蹴し、百姓等は己を不当に貶める者ども、直ぐに引き渡せ、と民部省へ逆に申し入れた。

民部卿は百姓等を引き渡していいものかどうか迷ったが、身柄を民部省内にひき留めて孝忠に渡さなかった。孝忠は引き渡さなければ、賀茂川の堤防築造に山城国から徴集した百姓全てを引き上げさせる、と脅しをかけた。

「そのようなことがあってはならぬ。堤の築造は京人の切なる願い」

是兼は秘書官のあとをひきとって苦々しげに告げた。

「申されるとおり流失した堤の築造は続けなければなりませぬ」

諸行が得たりと同意する。

「そこで、民部卿は孝忠殿を再び呼び出し、事の真相を糺す、と申し渡した」

すると孝忠は、どうのようにして糺すのかと怒りをあらわにして民部卿につめ寄った。民部卿は憮然として、山城国に問民苦使《もみくし》を遣わして、政の内情を調べ、あわせて解文の所在を突きとめる、と孝忠に伝えた。すると孝忠は、よろしい、おやりなされ、と声高に言い返し、民部卿を睨んで席を立った。

国司の圧政にたいする百姓の反発は平安京遷都のはるか前、奈良平城京の時代から頻発し、朝廷は手をやいていた。

そこで太政官では『問民苦使《もみくし》』あるいは『問見苦使《もみくし》』という役を臨時に新設し、紛争の地方に遣わし、その内情を探らせた。つまり問民苦使とは、民の苦を問う使のことで、今で言う地方行政監察官のようなものである。

問民苦使は天平宝字二年（七五八）、孝謙天皇の命により任じられたのが最初で、平安京に遷ってもしばしば任じられたが徐々にすたれて、花山天皇の御代に一度任命されただけで、今上帝（一条天皇）のもとでは忘れ去られた『使』といってよかった。

「それにしても孝忠様は強気ですな」

清経は民部省の弱腰がなんとも歯がゆくてならない。

強気なのは孝忠のしたたかな賄賂政策があったからである。

孝忠は様々な国の国司を渡り歩いている。国司に再任され続けているのは、孝忠が任国地で不法に徴収した絹布や牛馬、稲などを左、右大臣等に毎年貢いで国司の重任《ちょうにん》（再任）を願い出て、それが認められているからである。

公卿達が国司から重任を目的とした貢ぎ物を受けるのは違法でなく当たり前のように行われていたが、孝忠の貢ぎ物は他の国司のそれとくらべると桁違いに多かった。

「ともかく、堤の築造は続けなくてはならぬ。それには一日も早く問民苦使を山城国に遣わし、事を詳らかにすることが肝要。さいわい京は山城国の中にあるようなもの、かの地に赴くのも小半日ほど。おそらく三日、いや二日もあれば問民苦使は京に戻れる」

そこまで話した是兼はひとつ頷き、

「その、問民苦使を兼務して欲しいのだ」

と諸行に眼差しを向けた。

「問民苦使を兼務？　このわたくしに兼務せよと申されましたのか」

諸行の顔が一変した。

「孝忠殿が席を立ったのを見届けた民部卿は、太政官に出向き、左大臣道長様と諮って、公卿並びに参議の方々を招集なされた。そこで決まったのは、ことの発端は防鴨河使庁の堤築造にあるとして防鴨河使長官もしくはそれに準ずる者を問民苦使に任じよ、ということだった」

「では道長様が直々にお決めになったことでございますか」

諸行は信じられぬといった顔をした。

「山城の疑惑が片づかなければ賀茂堤の築造は覚束きませんからな。防鴨河使長官が問民苦使に任じられるのは適任」

「わたくしは武力と縁遠い一門の出。道長様や公卿の方々の意に添うような役務をこなすことは叶いませぬ」

諸行は額を床につけるほど平身した。

元来、防鴨河使長官は検非違使《けびいし》別当（長官）が兼務することになっていたが兼務を外して貴顕、すなわち藤原一門の子弟が出世の通過点として一時的に務めるようになったのはおよそ二十年前である。その長官職に藤家一門でなく大江姓の男（諸行）が着任し、すでに四年半が過ぎていた。

大江一族は平城《へいぜい》天皇の末裔で、代々学者の家として知られている。今上帝（一条天皇）の侍読、侍従を勤め、文章博士でもある一族の長、大江匡衡《まさひら》は諸行の叔父でもある。

いわば全く畑違いの任官で諸行自身も漢学や和歌に秀でている反面、防鴨河使の職務内容には興味もなく疎かった。民部省の気にさわるようなことはできるだけ避けて波風立てず平穏無事に勤め上げて大江家本来の学者に適した職に昇進することしか頭になかった。

しかし問民苦使のような荒事を引き受けるくらいなら、民部省の評価が下がってもやむを得ない、そう諸行は思い致った。

逃れる術《すべ》はないか諸行は心中で思いを巡らせた。そうして諸行は是兼が先程述べた——長官もしくは、それに準ずる者——というひと言に救いを求めるようにすがりついた。

「一の方、道長様がお決めになったこと。断ること、叶いませぬぞ」

秘書官が強い口調で告げ、さげすみの視線を諸行に投げかけた。

「今、四条堤はやっと底石を敷き並べ終わったところ。京はことのほか危ない状況にあります。防鴨河使長官《かみ》の本旨は賀茂川の溢水から京を守ること。わたくしが京を離れることは京を危うくすることになります。そのこと聡明な是兼様にはよくおわかりのはず。先ほどのお言葉では、防鴨河使長官もしくはそれに準ずる者、とお聞きしました。どうか問民苦使はわたくしに準ずる者にお命じくだされ」

なるほど、と清経は諸行のいい訳に感心する。賀茂川の洪水から京を守っているのは亮斉や宗佑等防鴨河使最下級の下部達であり、決して諸行ではない。それがさも己が居なければ京は賀茂川の決壊で甚大な被害を受けるような口ぶりは、生死をかけて賀茂堤を維持管理している下部達を侮辱しているとしか清経には思えなかった。

「その築造を成し遂げるには問民苦使が山城国に赴き、事を詳らかにすることしかありませんぞ。それとも諸行様に準ずる者でも居るのですか」

秘書官は半ば呆れ顔で訊き返した。

「はい、居ります」

諸行はことさら声を大きくした。

「ほう、問民苦使として諸行殿より適任の者が居る？」

秘書官が諸行に身体を傾けた。

「ここに控える蜂岡清経に問民苦使をお命じくだされ」

平身したままの諸行は今にも泣きそうな声だった。清経は、やれやれ、と思い、泣きたくなるのは己の方だと、思いながらもひと言の断りもなく己に問民苦使を押しつけた諸行に不思議と腹はたたなかった。

「主典殿が」

秘書官は清経にあらためて目をやった。

「長官《かみ》がそう申しておりますれば、吾がお受けいたします」

清経はそう告げながら、

――清経殿はひたすら、知らぬ存ぜぬ、で関わりになってはなりませんぞ――

と厳しい顔で諫めた亮斉のことが頭をよぎった。

「主典殿は確か、従六位下の官位でしたな。そのような下級官位の者が未だかつて問民苦使になったことはない。道長様や民部卿がなんと申されるか」

是兼は苦笑いしながらしばらく思案した。おそらくこのような臆病者の諸行を問民苦使として山城国に差し向けても事の真相を明らかにできない、と判断したのであろう。

「事は急を要する」

そう告げて是兼は秘書官に、

「これから民部卿の住まう二条邸に急ぎ参り、この件をお話し申し、甘心《かんしん》（同意）を得て参れ」

と命じた。秘書官はあわただしく立ち上がると、部屋を後にした。

「おそらく、民部卿は甘心してくださるだろう。そこで話を先に進めることにする。問民苦使には馬一頭、馬丁ひとり、民部省より少録《しょうさかん》一名、史生《ししょう》二名、使部《しぶ》七名、検非違使庁より少志《しょうさかん》一名、看督長《かどのおさ》十名、案主《あんじゅ》一名、下部《しもべ》三十八名が配属されることになっている。それと問民苦使を証する木契《もつけい》」

是兼は机の上に置かれた絹布の小さな包みを清経に示した。すでに用意周到に問民苦使の構成は民部省でなされていた。

「木契？」

清経には初めて聞く言葉であった。

「問民苦使を証する大事な札だ」

是兼はそのようなことも知らぬのか、といった顔をする。

手のひらに収るほどのうすい板を二つ割りにしたものを木契と呼んだ。一片を問民苦使に、もう一片を査察先となる山城国の国司に渡す。二つを合わせると『贈山城国』と墨書した文字が読みとれる。査察先に遣わされた問民苦使の真贋を証するもので、後世の割り符のことである。問民苦使がさかんに地方に派遣されていた頃に、偽の問民苦使が横行し、査察を名目に国司側から多大な賄をだまし取ったことがあったからである。

「一片はすでに孝忠殿のもとに昨夕、届けられた。おそらく孝忠殿は家人に木契を預け、夜を徹して頼方殿のもとに届けたはず」

是兼は木契を包んだ絹布を清経に手渡した。

「山城国は小半日もあれば行けます。馬と馬丁、それに検非違使庁、民部省からの供揃えはお断りいたします」

「問民苦使派遣は帝の御意志でもある。帝の命を受けた問民苦使が馬にも乗らず、供も連れずに山城国に行くとなれば、それは帝の権威をないがしろにするに等しい」

是兼はいかにも不快そうに清経を一瞥した。

「帝の御意に沿うよう努めるつもりでおりますが、やはり馬も供もお断りいたします。供として防鴨河使下部を一名だけ伴いたいと思っております」

「蜂岡殿は庸調（税）の取り立ての仕組みや租税の率などの才覚がおありか」

「租庸調、何一つ分明ではありませぬ」

「それでは山城国に赴いたとて、孝忠殿の老獪な不法を詳《つまび》らかにすること叶わぬ。民部省の者を伴えば、蜂岡殿のよい補佐となろう」

「吾は孝忠様の不法を詳らかにしようと思ってはおりませぬ。山城国に赴き、百姓の心内《こころうち》を聞き出し、解文の在処《ありか》を突きとめるだけ」

清経が供も馬も要らぬと言い張るのは、検非違使の看督長《かどのおさ》等は常日頃から防鴨河使を下に見ているからだった。そのわけは検非違使庁官人の栄転先が防鴨河使庁の判官や主典であったからで、いわば上級官庁の平職員が役職を得て下級官庁に天下るようなもので、防鴨河使長官ならいざしらず、主典の地位である清経に検非違使の少志や看督長等がおとなしく従うとは思えず、問民苦使の一行に彼らが加われば統制がとれないのは目にみえていた。

「主典殿が窮地に陥ったとき、検非違使官人等の助力を受けられぬことになるが、それでもよいのか」

「問民苦使は帝の命を受けて赴く者、と申されました。ならば帝に弓引く者など居るはずがありませぬ。そうであれば吾が窮地に陥るようなことはないと思っております」

「越訴の七名はいずれも山城国、紀伊郡の百姓等であった。解文を認《したた》めた者は紀伊郡、拝志郷《はいし》の里長であると百姓等は申している。まずは拝志郷に参り、百姓等の申し立ての真贋と解文の有無を詳《つまび》らかにして参られよ」

是兼は頑なに拒み続ける清経に厳しい口調で告げた。


民部省を清経と連れだって出た諸行は、ばつが悪いのか無言で朱雀門まで歩いてくると、

「なんと申してよいのやら」

と清経にわびるように呟いた。

清経は不機嫌を隠して朱雀門を出ようとしたとき、昼を告げる太鼓の音が大内裏から聞こえてきた。ふたりは門の内側で立ち止まって音が鳴りやむのを待った。

朱雀門を通して見はるかす朱雀大路は南にどこまでも真っ直ぐに続いている。陽は低いながらも天中にあって、寒々とした青い空に雲一つなかった。

（三）

四条堤築造の手を休んで集まった下部達に清経は民部省での顛末を掻い摘んで伝えた。

「なぜ、長官殿の薦めをお断りしなかったのですか。これから百姓の追い回しが難しくなりましょう。このような時に主典殿が抜けるとなれば、堤の再築が遅れるかもしれませぬ」

宗佑が苦言を呈した。

「こちらのことはこの亮斉がなんとかする。山城国には心して参りなされ」

亮斉は問民苦使の役務がそれほど楽なことではない、とわかっているような口ぶりだ。

「いや、堤築造の指揮は宗佑が執れ。亮斉は吾と共に山城国に行ってもらう」

「なんとわたくしが清経殿の供ですと」

亮斉は思いがけぬ成り行きに曲がった背を伸ばして顔をしかめ、

「わたくしは七十路《なそじ》を二つ超えた老体ですぞ。清経殿のお役に立てるとは思えませぬ」

と首を横に振った。

「老体だが口だけは達者。それだけで十分だ」

「口だけが達者ですと、身体も足も目も腕も、それに何よりも堤を造り直す技は誰にも引け取りませんぞ」

亮斉は真顔で言い返した。

「ならば、吾の供をして、腕も足も頭も達者なところをみせてくれ」

「よろしい、おみせいたしましょう」

亮斉は憤懣やるかたないといった態《てい》で大きく頷いた。

「亮斉殿、みごと清経殿の口車に乗せられて山城国まで供をすることになりましたな」

宗佑が今にも吹き出しそうに相好をくずした。


堤の築造を宗佑等に任せた清経は、いつもより早い時刻に河原を後にし、四条大路を西に向かった。まだ未《ひつじ》の刻（午後一時）をすこしまわったばかりの四条大路は、寒さが緩む今が人の往来がもっとも多い。

清経は四半刻（約三十分）ほど歩いて大宮大路の辻に出る。大路と大路が交差する辻は広々として行き交う人も心持ちゆったりと辻を横切っていく。

辻を左に曲がって大宮大路に入り、南に向かう。進むほどに人通りが多くなる。

清経は京人にまじり、五条大路の辻を渡り、六条大路の辻に行き着いた。

その一郭が京の台所と言われている官営の東市《ひがしのいち》である。

東市には麻、綿、絹、糸などの衣類をはじめ薬、塩、干魚、生魚、さらには牛、馬、太刀まで売る店が軒を連ねている。

洗濯や水汲みを終えた女達は東市に競って出かけ、必要な品々を買い求める。売値は官営であるため決められているが、それは建前だけで、売り手と買い手の掛け合いの声が市場にあふれていた。

女達が作ったキウリやナス、クワイ、カブラなどの畑作物と店の品々が物々交換されることも珍しいことではなかった。だが冬の今は畑作物が出まわることは少なく、女達の掛け合いも心なしか覇気に欠けている。

京人ばかりでなく、近郷近在の者をはじめ、宮中に仕える女官達や公家なども牛車《ぎっしゃ》を連ねて絹物や食べ物などを求めに集まってくる。

まさに貴賤、貧富、老若、男女を問わずあらゆる人々が東市におし寄せていた。

清経は慣れた足取りで東市の雑踏に入り込んだ。

それもそのはずで、清経は、防鴨河使庁の官人になる四年前までこの一帯では名の通った若者であった。

東市では売り手と買い手で価格の折り合いがつかないことが多かった。

店の主は女が多い。買い手は店主が女と侮って、品物の値を大幅に値切ろうとする。たいていはしたたかな老女店主の巧みな口に言い負かされて折り合いがつくのだが、なかには横暴な者もいて、わずかな銭を置いて腕力にものをいわせ、売り物を持ち去る者もいた。

そんなとき、老女店主はきそって清経に仲裁を頼んだ。

清経は品物を持ち去る男のあとを追いかけ、追いつくと何も言わずにいきなり男の胸ぐらをつかみ、げんこつをかためて、思いっきり男の顔面を殴りつける。逆上した男は清経に挑みかかる。男は再度、顔面に清経のげんこつを見舞われて大地に転がるはめになる。男は恐れ入って、売り手の示す価格とおりの銭を支払わされることになる。

老店主は感謝して、いくらかの銭をさしだすが清経は笑って受け取ろうとはしなかった。

清経は加冠（成人式）をすませたばかり、身の丈も六尺に近く、しかも目が切れるように長く、気品のある顔立ちである。老店主達からは孫のように扱われ、信頼と人気を博した。いつの間にか清経は老女達のあいだで『悪《あく》清経』と呼ばれるようになる。悪、とは強い、という意で尊敬の対象であるが同時に乱暴者という意も込められていた。


清経は魚を扱う小さな店先で足を止めた。

「おや、めずらしや、清経様ではありませぬか」

清経に気づいた店の主である老女が驚いたように声をかけた。

「防鴨河使、そつなくこなしているのかね」

満面に笑みを浮かべる老女の上から下へ走る目線は、清経の成長ぶりを確かめているようだ。

「お婆《ばば》、店で一番大きな鯖を売ってくれ」

「ひとり者に鯖一尾は食いきれぬ。切り身にした鯖にしておきなされ」

「いや、一尾まるまる欲しい」

「さても清経様の館で宴でも催すのですかな」

「それほど財力はない」

「では妻女を娶られましたか」

老女はいかにも興味深そうに清経を覗き込む。

「あいかわらず、ひとりだ。だが病人《やまいびと》を抱え込んでいる。その病人を取り見る者もいて、どうしても生魚が欲しいのだ」

「今朝、若狭路を一昼夜で駆け抜けた男からひと塩の鯖が届けられたばかり。それを持っていきなされ」

老女は慣れた手つきで板戸に並べてある鯖の中から一番大きなのを選んで、尾のくびれに細い藁紐を結わえ付け、吊り下げられるようにして、

「銭は要らないよ。四年前までよく助けてもらったからね」

と笑顔で清経に渡した。

若狭路は鯖街道とも呼ばれ、若狭湾で獲れた鯖に塩を一振りし、一昼夜かけて京に送った。京にとっては新鮮な魚を供給する大事な街道であった。

若狭へは賀茂川の源流である高野川沿いに八瀬、大原とさかのぼり、丹波高地と比良山地の間の花折り峠を越えて、近江の朽木に出て、保坂で敦賀に至る路と別れてさらに西にたどり、水坂峠を越えて小浜に至る。およそ二十五里（約九十八キロ）の道のりである。

「そうはいかん。吾はそれなりの糧米を官から頂いている」

清経は懐から銭入れを取り出し、銭を選んで老女の手に押し込むようにして渡した。

「これは多すぎる」

老女は恐縮しながらも瞬時にして銭の多寡を見抜いたようだった。口でそう言いながらも躊躇する

ことなく手に掴んだ銭を懐に押し込んで、思い切りの笑顔をみせた。

「はやくよい女《ひと》をみつけて、娶りなされ」

老女は去っていく清経の背に向かって上機嫌な声をあげた。


清経は鯖のほか乾《ほ》し野菜、漬け物などを抱えきれぬほど買い込んで東市の喧噪からぬけて七条坊門小路を西にたどり、朱雀大路の辻を横切った。そこからは右京（西の京）である。人の影はめっきりと減り、喧噪が嘘のようだ。

しばらく歩くと土塀が崩れた清経の館が見えてくる。いつもは誰も居ない館に戻るのだが、今日は病人とそれを看病する者が館に居る。たとえ病人であっても帰る家に人が居るのが清経には何となく心はずむ。

「戻ったぞ」

清経は大きな声で帰宅を告げると土間口から館内に入った。

「早いね」

土間で迎えてくれたのは捨女であった。

「ほう、逃げ出さなかったのか」

留守の間に病人をほっぽり出し、金目となりそうな衣服を持ち出して姿をくらますかもしれない、と清経は心のどこかで懸念していた。捨女は見もしらぬ者を一睡もせずに看病したのだ。衣服を持ち逃げしても、捨女を誹るようなことはしまい、と清経は決めていた。

「逃げる？　あたしが逃げるってどこから？」

「見しらぬ者、それも瘡瘡に罹っているかもしれぬ男を取り見ることなど一文の徳にもならぬからの」

「主《ぬし》が袖振りあうも縁、と申したからあたしはあの者を取り見てるんだよ」

捨女は床に臥している男に目をやった。男はひたすら眠り続けている。

「あの者の熱は下がったのか」

「額に置いた布を何度も何度も水で冷やして替えるのだけれど熱は下がらない。二、三度目をさましたけど、すぐにまた眠りはじめる」

「ということはあの者はなにも食べていないのだな」

「食べていない」

「これが食べられるようになればよいのだが」

清経は東市で買い求めた鯖や野菜を捨女にみせてから土間の竈脇に置いた。

「ときどき、東市でそれに似た大きな魚を見るが、こんなに近くで見るのははじめて」

「病後に魚を食すれば回復が早いと聞いたことがある」

「あたしはそんな大きな魚に触ったこともない。だから捌《さば》けない」

「夕餉は吾に任せよ。捨女殿はそのまま男を取り見てくれ」

清経は土間から庭に出て、井戸までゆくと木桶に水を汲んで顔を洗い、それから手と足を洗った。

夏は手が切れるように冷たく感じる井戸水だが冬はいつまでも手をつけていたくなるほど温かく感じられる。

井戸水や湧き水は一年を通して水温が変わらないと言われているが、清経にはそのことがどうしても信じ難い。ならば賀茂川の河底から絶えず湧水があるのだから冬場でももう少し水温が高くてもいいような気がする。温かければ防鴨河使下部達の河川管理ももう少し楽になるのに、と清経は井戸を使うたびに思う。

半刻後、清経と捨女はほとんど話を交わすこともなく夕餉を終えた。

捨女は今夜も三椀の飯を食べ、清経が料理した鯖を食い尽くした。鯖は切り身にしてのこらず煮込み醤醢《ひしお》で味付けしたものである。夕餉で食した鯖は一尾の四分の一ほどで、残りは醤醢で煮付けてあるので日持ちがよい、しばらくはそれで飯をおいしく食べられる、冬の寒さには閉口するが、食料の日持ちが良いのが清経には救いでもあった。

「頼みがある」

夕餉の食器を洗いながら清経は眠り続ける男の傍で看病している捨女に顔を向けた。

「吾は明日からしばらく家を空ける。捨女殿にその男を取り見らせたままで、家を留守にするのは心苦しいがどうしても山城国に参らねばならぬ」

「それはずいぶんな言い方だね。あたしに病人《やまいびと》を押しつけて家を空けるなんて。で、いつ戻ってくるのだ」

「いつになるのかわからぬ。だがそれほどかからんだろう」

「その間にこの男が死んでしまったらどうすればいいのさ」

「それは……」

清経は男が留守の間に病死するとは考えてもみなかった。

「骸の始末まであたしに押しつけるつもりかい」

清経は食器を洗う手をとめて、どう答えたらよいか逡巡した。

「黙っているのは、あたしに押しつければ何とかなると思っているんだろ。ぬしは七歳で二親を亡くしたと言ったね。あたしは六歳でひとりぼっち。そこまでは同じだけど、そのあと広隆寺で飯の心配などしたこともない毎日を送ったんだろう。あたしは悲田院を十歳で出ていった。それから今まで、飯をどうして食うか、どうやれば明日まで食いつなげられるのか、それだけを考えて生きてきた。見もしらぬ男を取り見る閑なんてないのさ」

捨女の言うように広隆寺、勧運のもとで清経は日々の飯の心配などしたこともない。朝夕二度の食事をなんの苦労もなく摂ることは当たり前のことと思っていた。捨女に言われて今さらながら己は恵まれていたのだ、と清経はあらためて思った。

「ぬしがここを留守にするなら、あたしはここを出ていくよ」

「出ていけば、この男は遠からず死ぬぞ」

「今でも、路傍や賀茂河原には大勢の人がうち捨てられている。防鴨河使なら九条河原に置き去りにされた病人を見飽きているはず。ぬしはその病人を今まで、見て見ぬ振りをして通り過ぎてきたのだろう。それがよりによってなんでこの男を助けたのさ」

「溺れていたからだ。そう言う捨女殿もこの男を助けようとしたのではないか」

「あたしは骸の装束を剥ぎ取ろうとしただけ」

「口ではそのように申しているが、この男を助けようとしていたことは明らか。それに目の前で溺れているのを、指をくわえて見ていられると思うか」

「指をくわえて見ていればよかったのさ。ぬしは防鴨河使、今まで河原で病人が死んでゆく様を指をくわえて見ていたんだろ」

「それは違うぞ。決して指をくわえて見ていたわけではない」

「この男を家に運んだのが指をくわえて見てなかった証しとでも言うのかい。あたしが勧運様のことをぬしに言うのはおかしいけど、勧運様が救った行き倒れの病人や飢えた者の数は二千人を超えていると京内では噂されている」

「そのようなこと一緒に十年も暮らしたのだ。存じている」

「ならば、指をくわえて見ていたわけではない、と言える方は勧運様のように一身をなげうって病人を救済する方であることぐらいわかるはずだ。ぬしが勧運様のもとで育てられたとはあたしにはとても信じられないね」

勧運は京で広隆寺の高僧として名を馳せていた。今でこそ穏やかな風貌であるが、およそ四十年前の勧運は黒く長い髭を顎にたくわえ、がっしりとした体躯に太い首、濃い眉毛の下には赤みがかった双眼が憂いを含んでおさまっていた。

洗いざらしの衣に身を包んだ勧運は早朝から陽が落ちるまで京の辻々に立ち、喜捨を受けながら路地や軒先、河原に行き倒れた病人達を介護してまわった。喜捨で得た米や布は総て病人達に施された。

本来なら喜捨で得たものは寺の維持や補修に使われる。しかし勧運は喜捨物の総てを病人救済に使い果たした。その結果、二百年前に建てられた広隆寺の修復は後回しになり雨漏りや床が腐り落ちて仏像の保存にも苦労するほどに寺は荒廃した。しかし勧運は寺の荒廃を歯牙にもかけず、惜しげもなく病人の救済に喜捨物をあてた。

やがて京では勧運に介護された病人は必ず治癒するという風聞が流れた。

十年間を広隆寺で勧運と共に暮らした清経がそうした実情を知らないはずはなかった。清経が広隆寺に引き取られたとき、勧運は七十に近い高齢であったが、それでも老躯をおして京の辻々に立ち喜捨をお願いしていた。

「言われてみれば、その通りだ。ことの起こりは吾が要らぬことに首を突っ込んだため。捨女殿がこの男を取り見てくれたことに礼を申す」

清経は捨女に頭を下げ、洗い物で濡れた手を着物の袖で拭くと、懐から銭入れを取り出して捨女の前に置いた。

「これはその男を取り見た礼だ。これを持って好きなところに去《い》んでくれ」

「今度はあたしを厄介払いするのかい。あたしが出ていったらぬしは山城国に行かず、この男を取り見るんだろうね」

「いや、知り人のお婆にこの男の面倒をお願いするつもりだ」

「裳瘡《もがさ》かもしれない病人をまた他の者に押しつける気なんだね」

捨女は立ち上がり、己が昨日まで着付けていたボロに等しい衣服を抱えて板の間に続く奥の部屋に入っていった。

知り人のお婆、と言ってしまったが、清経に確かな当てがあるわけではなかった。だが亮斉の妻女なら頼めば引き受けてくれるように思えた。

「銭は要らないよ」

板の間に戻ってきた捨女は最初に出会ったときの男か女か区別がつかない姿に戻っていた。

「この装束は温かかった。ぬしの母堂が着ていたんだものね。きっと母堂は温かい人だったんだろうね。それからその男が運良く目覚めたら、あたしがその男の妻君《めぎみ》が着ていた装束をもらっていった、と言っといてくれ」

捨女は今まで着ていた衣服を床に置いて、そこに先ほど清経が押しつけた銭入れも添えた。

「銭はあっても邪魔にはならぬ。取っておいてくれ」

「温かい飯を三度も食わせてもらった。あの魚は一刻《ひととき》の贅沢。それだけで十分さ。それにこの装束を売ればひと月は食いつなげる。銭は悲田院に寄付するか、それとも勧運様に喜捨するんだね」

捨女は装束を脇に抱え、土間に下りると裸足のまま戸口から出ていった。その姿後はどう見ても男としか清経には見えなかった。

男を看病すれば山城国へは行けない、山城国に行けば男の看病は覚束《おぼつか》ない、清経は板の間に座して己の詰めの甘さをつくづく情けなく思った。

「――ううっ――」

男の唸る声が背後から届いた。清経は男の枕元までいざり寄った。

「気がつかれたか」

清経は男からできるだけ顔を離して窺った。

「水を……」

男は清経にすがりつくように両手を出した。清経はその手を避けるように立ち上がると土間に降《お》り、洗ったばかりの椀に瓶《かめ》から水を汲んで、男の枕辺に戻った。

男は起き上がろうとするが、腕にも身体にも力が入らず、何度か身体を動かしたが、あきらめてうつぶせになると、片方の手の平を上に向けて清経にさしだした。清経はその手に椀を置く。男はその椀を口に持っていこうとするが、その姿勢で椀から水を飲める力は残っていないようだった。

男は清経に目線を合わせ、無言で上半身を起こしてくれ、と訴えた。だが清経の腕は動かなかった。待っても応じない清経を諦めたのか、男は椀をおそるおそる口の端につけ、口中に流し込んだ。

男が目をむいて、げぼっ、と声を発し激しく咳き込んだ。手にした椀が転げ落ち、水が床に飛び散る。誤飲をしたのだ。身体をエビのように曲げてひきつるような咳が続く。息を吸込めないのか男の顔はみるみる赤くふくれ上がってゆく。

清経はなすすべもなく、男の苦しむ姿を見ているしかなかった。

「どきな」

背後から突き飛ばされて清経は土間に転げ落ちた。

捨女が男の背を抱えて、男の上半身を起こすとその背を激しく叩いた。

ぴたりと咳が止まった。しかし咳で息ができなかった分を取り返すように男の胸は激しく上下している。

「水を早く」

捨女が怒鳴った。清経ははじかれたように立ち上がると、転がった椀を拾い、瓶《かめ》まで行き椀に水を満たし、それを捨女に渡した。

捨女は椀の水を口に含むと男の口に己の口を合わせて少しずつ含んだ水を男の口中に流し込んだ。男ののど仏が何度も上下するのを清経は不思議なものでも見るように眺めているだけだった。

荒い息が収まったのを確かめた捨女が男をゆっくりと横たえた。

「戻ってきてくれたのか」

「ちがうよ。あたしが持ち出したこの装束はやはり、その男のもの。だから返しにきた。そしたらこの始末だ。あたしが戻ってこなかったらこの男は息を詰まらせて死んでたよ」

「頼む、どうかここにとどまってこの男を取り見てくれ」

清経は土間に正座すると拝むように捨女に頭を下げた。

第三章　山城国

（一）

かつて朱雀大路の南端に羅城門は建っていた。

三彩の鬼瓦と緑釉瓦《りょくりゅうがわら》で飾られた重層の屋根と朱塗りの柱で建てられた楼門は半里（二キロ）先からでも望め、地方から京に入る者にその美しさと荘厳さをみせつけていた。

羅城門から出る道は鳥羽作道《とばのつくりみち》となり、草津と呼ばれた鳥羽の河港に続いている。

京から西国に叛徒や海賊の征伐に赴いた武士《もののふ》は、この門から出て、この門に向かって凱旋してきたのである。

だが二十五年前、すなわち天元三年（九八〇）、京を襲った野分（台風）で羅城門はその姿を一変させる。

楼門は倒壊し、主柱と腰壁、小屋根などがかろうじて残った。

官は何度か再建を試みようとしたが、あまりに膨大な建設費がかかるので放置した。

それをよいことに浮浪者や無宿者が住みついて、冬ともなれば暖をとるため床や壁の板は全て燃やし尽くて、その荒廃ぶりは目を覆うばかりであった。


翌二月三日、早朝、羅城門を背にして鳥羽作道を南にたどり始めた清経は肩に錫杖を担ぎ、まるで物見遊山に行くかのような身軽な出で立ちだった。

「拝志《はいし》郷までどれ程かかるのだ」

「およそ三里（約十二キロ）、三刻（約六時間）で着きましょう」

応じた亮斉の声は明るい。

「ならば日の暮れぬ前には行き着ける。ゆるりと参ろうか」

清経はもともと問民苦使の役目の重さなどさして深く考えていない。山城国の百姓に現状を訊けば、孝忠の言い分が正しいのか否かわかる、そのうえで解文の在処を探り出し、みつからなければ新たに作成してもらい、それを手に京に戻ればよい、と気楽に考えている。

「ゆるりと参るならば錫杖など携えなくてもよいのでは」

「この錫杖はお守りのようなものだ。吾が広隆寺に預けられていた十年、修行僧が毎日欠かさず錫杖の使い方を教えてくれた。持っていって邪魔になるものでもあるまい」

「錫杖を担いでいる姿、なんとも軽々しいですな」

「軽々しいのは歳をとれば失せる。それまで辛抱いたせ」

「この分では清経殿が思慮深くなるには十年はかかりますな」

「十年ではもう亮斉は黄泉《よみ》の国に旅立っているであろう。となれば亮斉は死ぬまで吾に小言を言い続けなければならんぞ。どうだ、このへんで諦めたらどうだ」

「小言？　小言ではありませぬぞ。清経殿の短慮となんにでも首を突っ込む軽挙心根はこの亮斉が戒めなければ、収まるものも収まらなくなりますからな」

「そうでもあるまい。下部四十五名をそれなりに束ねているとは思わぬか」

「束ねてきたのはこの亮斉、そしてその後を継ぐ宗佑等。清経殿が下部達から慕われ頼りにされるようになるのはまだまだ先のこと」

「吾はそれほど愚鈍か」

「申される通り」

亮斉は笑顔で即座に応じた。こうして孫にも等しい清経に遠慮なく説教がましい口をきけるのが亮斉になんともうれしいのだ。

「やはり、愚かか」

清経は昨日、捨女に言われた諸々の言葉を思い出す。そう言えば捨女の物言いは誰かに似ていると思ったが、亮斉に似ているのだ、と気づいた。するとあそこまできつく言われても腹が立たなかったのは、亮斉の小言と重なっていたからだと合点がいった。

――後先《あとさき》も考えずになんにでも首を突っ込む。突っ込んだはいいが、身動きがとれなくなる――

亮斉の言葉は優しさにあふれている。孫に話しかけるようなその優しさが清経にしみじみと伝わってくる。

「なるほど、亮斉の申す通りだ」

溺れた男を救ったはよいが、家に連れ帰り看病までする。それも捨女や宗佑を巻き込んでのことである。

「そう思われるならその心根を直すよう少しは心がけなされ」

「日ごと、心がけているぞ」

「情けない。心がけた末がこれですか」

「ひどい申しようだな」

「ひどいのは清経殿。問民苦使などという厄介な役を諸行様から押しつけられ、ひとりでは心細いのでこの亮斉を供連れにしているではありませんか」

「心細いなどと申しておらぬ。それに供連れにしたと申すが、それがうれしくてたまらぬと亮斉の顔に書いてあるぞ」

「書いてありますか」

亮斉は崩れるばかりの笑顔をつくった。

「亮斉は諸行殿が吾に厄介な役を押しつけた、と申すが、諸行殿が問民苦使として拝志郷まで出張《でば》れると思うか」

「あのお方は防鴨河使の長官《かみ》には不向きな方。和歌を詠み、文を認め、漢学にいそしむ、それが似合うお方。とてもとても問民苦使の役など務まるとは思いませぬ」

「であろう。となれば吾が長官の代わりになるのもやむを得ぬこと」

「それが後先考えず、なんにでも首を突っ込む、ことなのですぞ」

「では、どうすればよかったのだ」

「断ればよいのです」

「断れば長官殿が困るであろう」

「それは長官殿が対処すればよいこと」

「長官殿が問民苦使を拝命いたせば、吾か亮斉が供をすることになろう。いや諸行殿のことだ、吾も亮斉も、さらに宗佑等さえも供を言いつかったに違いない。そうなれば堤の築造は誰が担うのだ」

「長官殿の供、考えただけでも気がふさぎますぞ」

亮斉はそう言って、大げさに身を震わせる。

「であろう。吾も長官殿の供はまっぴら。となれば、吾と亮斉がこうして共に拝志郷へ向かうのはよかった、と思わぬか」

「愚かな者ほど人を言いくるめる術《すべ》に長けていると申します。いつ、そのような術を覚えたのですかな」

清経は亮斉と話していると亡くなった父に教え諭されているような温かく切ない気持ちにさせられる。どんなにきつい言葉を投げかけられても、亮斉の言葉の底には温かい優しさがあふれているように思えるのだ。

亮斉には防鴨河使下部を継ぐべき子息がいない。おそらく亮斉は己を孫のように慈しんでくれているのかもしれないとも清経は思う。

鳥羽作道は羅城門から真南に向かって作られている。京外ではあるが京の一部といってよいほど道沿いに家々が建ち並んでいる。むしろ荒れた西の京よりずっと人の往来も多い。

二刻（四時間）ほど歩くと、行き交う人の姿も京人と違ってほとんどが野良での作業に適した袖の短い動きやすい着物姿に変わってきた。

ここから東に半里ほどの地を流れる賀茂川は向きを変えて鳥羽作道に近接する。その賀茂川沿いに清経等が目指す紀伊郡の拝志郷があるはずだった。

沿道に並んでいる家もまばらになり、代わって畠や荒起こしの終わった田がふたりの前に広がっている。

「山城国の国衙（地方官庁）に問民苦使の来訪は報されておりますのか」

老いの身で二里の路を休みなく歩き通した亮斉が荒い息を吐きながら訊く。

「孝忠様に木契の片方を渡してあるとのことだ」

「ならば木契はすでに孝忠様の子息、頼方様に届けられていると考えられますな」

「おそらく渡っているだろう」

「頼方様の郎党は今や遅しとわたくし共を待ち構えているのですな。なにやらうそ寒くなりますぞ」

「亮斉、怖くなったのなら、ここから引き返してもいいぞ」

「老い先短い亮斉に怖いものなどありませぬ」

強がる亮斉に清経は思わず破顔する。

「まこと、怖いものなどありませぬぞ」

亮斉は笑われたことが心外だ、とばかりに同じ言葉を繰り返す。

「妹《いも》（妻）が怖い、怖い、と口癖のように申していたではないか」

「清経殿の供をすることになって、これでしばらくは家をあけて鬼から逃れられると心底思いましたぞ」

妻女を鬼と呼ぶ亮斉の表情は穏やかそのものだ。亮斉が妻女を誹《そし》るときは形を変えた惚気《のろけ》であることを清経は十分にわかっていた。


ふたりは鳥羽作道から東に逸《そ》れた小道に入る。拝志郷はこの先にあるはずだった。小道は畠や田を分けるようにうねうねと東に続いている。

四半刻（三十分）ほど歩いたふたりの前に五人の男達が路を塞ぐようにして立っていた。

「蜂岡殿と亮斉殿ではないか」

なかのひとりが清経に声をかけた。

「なんと、おぬしは……。京に居るのではなかったのか」

驚く清経の前に現われたのは四条河原で堤の築造に従事する百姓等を束ねているはずの伴教通で

あった。

「蜂岡殿こそなぜこのようなところに。ここは山城国」

「この地にいささか所用ができた」

「所用？　あの時も申したが、山城国と清経殿はなんの関わりもない。ここに所用などあるはずもなかろう」

「生来の詮索好きが高じた所用」

「蜂岡殿は己に関わりのないものでも首を突っ込む、と宗佑殿が嘆いていたが、どうやら真らしいな。なんに首を突っ込もうとしているのかわからぬが、このまま京に戻り四条堤の築造に精を出したらいかがかな」

「せっかくここまで来たのだ。引き返すわけには参らぬ」

清経が錫杖を構えて一歩前に出る。

「ここには蜂岡殿が首を突っ込むようなものは何もない。戻られよ」

強い語調で教通は京の方角を指さした。

清経の頬が少しずつ赤みを帯びて、錫杖を握る手に力が入る。それに気づいた亮斉は、

「所用が終われば言われなくとも京へもどる」

と清経に代わって応じた。

「吾等はここで大事な客人《もろうど》を待っている。おぬしらが居ては目障りなのだ」

「ならばその道をあけて通してくだされ」

亮斉が穏やかに下手《したて》にでる。

「戻られよ」

道をふさいでる四人のなかのひとりが亮斉を脅すようにどなった。

「そこをなんとか通していただきたい」

亮斉はさらにへりくだる。

「それほどまでにしてどこに行かれるのだ」

執拗に食いさがる亮斉に教通は不審の色を浮かべた。

「問民苦使ゆえ」

そう告げて亮斉は教通を窺った。

「なんと、問民苦使だと」

教通は目を大きく開いた。見開かれた目は徐々に細くなり、それからかすかな薄ら笑いに変わった。

「大事な客人を待っていると申したが、その客人とは問民苦使の一行」

「たっぷりと教通殿の挨拶は受けた。道をあけてもらうぞ」

清経が一歩前に出た。

「たった二名の問民苦使の一行など見たこともない。おそらく民部省から漏れてきた噂を耳にしたのであろうが、苦し紛れの言い逃れはよせ」

「多くの武士《もののふ》を伴って仰々しく乗り込むばかりが問民苦使とは限らぬ」

さらに清経は一歩進んだ。

「昨日、早朝、孝忠様から木契を渡された。この木契の片割れを携えた問民苦使一行二十名が山城国に赴く、その一行をお迎えして丁重におもてなしせよ、そう孝忠様はお命じになられた」

「ならば道をあけて丁重に吾等を通せ」

清経が錫杖を構え直す。

「さらに孝忠様は、こうも申された。問民苦使と偽って山城国を嗅ぎ回る不埒な者が居るともかぎらぬ。一行をお迎えするに当たっては、かならず木契の突き合わせをせよ、とな」

「そこまで疑うならばやむを得ぬ」

清経は錫杖を亮斉に預け、懐深くしまい込んでいた木契を取り出し教通の前につきだした。教通はしばらく疑わしげに清経の手に握られた木片を見ていたが、己の懐から木片を取りだし、それを清経に渡した。

清経は二つの木片の割りさいた側面と側面を慎重につき合わせた。二つの側面が寸分の狂いもなくつながって一枚の長方形の札となった。札の寸法は縦三寸（九センチ）、幅一寸（三センチ）ほどで、そこに、贈山城国、と墨書してあるのが読みとれた。

贈山城国、とは山城国に問民苦使を贈る（送る）ということである。

「あらためて吾の名を申す。問民苦使、蜂岡清経、官位は従《じゅ》六位下。これより拝志郷へ参る」

清経はことさら声を大きくして告げ、それから木契の一片を教通に返した。

「遠路ご足労でございました。わたくしは山城の国司藤原孝忠が家人、伴教通。官位は従八位」

教通は木片を懐にしまいながら、ことさらへりくだった態度をとった。

教通からみれば従六位下の官位は目もくらむほどの上位である。おそらく山城国内を探しても清経と同等の官位を持つ官人は片手に余るほどしかいないはずである。

「孝忠様より問民苦使殿を丁重にお迎えせよ、と厳しく命ぜられております。安所《やすみところ》を用意してありますので、今日のところはそちらでゆるりとおくつろぎくだされ」

その言葉を待っていたように四名の男が清経と亮斉を取り囲み、追い立てるように歩き出そうとした。

「そのような心配りは無用」

清経は男達の囲みを破るように一歩前に出た。

「それでは孝忠様におしかりをうけます。拝志郷には明日参られませ。あの郷が今日参らねば消えてなくなるわけでもありませぬ」

そう言いながら教通は四名の男達に目配せした。四名が前後左右に立った。それは有無を言わせず安所へ来てもらう、という教通の脅しであった。

「吾は何人《なんぴと》からも、もてなしを受ける気はない」

「なに、喉の渇きと空腹を満たすだけの粗末な夕餉を用意しただけ」

教通は平然と言ってのけた。

「ありがたい心遣いだが遠慮いたす」

「ここは都と違って腹を満たす食い物を売っている市などない。空腹では問民苦使の役も満足に務められませぬぞ」

「拝志郷に参り、食い物をわけてもらう」

「なるほど、拝志郷が給する夕餉は食えてもわたくしどもが用意した夕餉は食えぬ、そういうことですな」

「誰からも饗応を受けたくないと申したのだ。そこをどいて道をあけてもらおう」

清経に男達は応ずる気配がない。

「通さぬなら腕ずくで通るぞ」

再び清経の顔が赤くなってゆく。人を人と思わぬしつこさに清経は短慮の緒が切れそうになっていた。

「どかぬか」

清経は亮斉に預けた錫杖を取り戻そうと亮斉に手を伸ばしたが亮斉は首を振って錫杖を渡そうとしない。あきらめて清経は挑発するようにさらに男達に詰め寄った。

素手とみた男達が清経に殴りかかった。清経は態を沈めて最初に襲ってきた男をかわすと、瞬時に伸び上がり、前に立って組みつこうとしている男の胸に体当たりを喰らわせた。男が真後ろに飛んで尻から地に落ちる。それを見定める間もなく横から殴り込んできた男の腰をしたたかに蹴りつけた。男がよろめいて前にのめる。すかさずもうひとりの男が身体《からだ》ごと清経を押しつぶすように突進してきた。清経は腰を低めて男を受けとめると男の腰に食らいつき、両腕の力をためて横に振って思い切り投げ飛ばした。道から畠まで飛んだ男はぶるっと一つ身体をゆすって立ち上がると、雄叫びをあげて腰を折り、頭を低くして清経に再び激しくぶつかってきた。清経はそれを胸で受けとめる。頭骨と胸骨がぶつかる鈍い音がした刹那、男は再び畠の中に転がっていた。いきりたった三名が一挙に清経に抱きつく。清経の動きが止まる。起き上がった男が拳を固めて大きく頭上に振り上げた。拳がまさに清経の頭部に振りおろされようとした時、亮斉が男の拳を錫杖で払いのけ、

「ならんぞ！」

と叫んだ。高齢な亮斉とは思えぬほど野太い声だった。

その声に男達は一瞬、動きをとめた。

「これ以上両者が殴り合えば、遺恨を残しますぞ。遺恨が残れば清経殿は問民苦使としての正《まさ》しい調べはかないませぬ。またそこの四名が問民苦使に傷をおわせれば、これすなわち今上帝《きんじょうてい》（一条天皇）を傷つけたことになりますぞ。清経殿と教通殿が双方の木契を合わせたのは単なる儀式でなく、帝《みかど》の御意を守ることにほかなりませぬぞ」

男が振り上げた拳をゆっくりと下ろした。だが左右から清経に抱きついた三人はその腕を放さぬまま教通を窺った。

「すぐに、蜂岡殿から手を離せ」

教通の命に三人ははじかれたように清経から離れた。

「まさに亮斉殿の申されるとおりでございます。吾等は何も問民苦使の役務を妨げようなどとは思っておりませぬ。良かれと思って夕餉と安所を用意した次第。すべて孝忠様の温かい善意でございます。そのことよくおわかりいただきとうございます。まして帝に弓を引くなどと大それたこと、さらにさらに思ってもおりませせぬ」

教通は低頭しながら亮斉に鋭い眼差しを送った。その眼差しを清経は見逃さなかった。教通の一瞥には、この男、油断できぬ、といった色がまざまざと表われていた。

「わかっていいただけ、安堵いたしました。教通殿の丁重なお出迎えとご好意、わたくし達ふたりは重々わかっております」

先ほどの声とうってかわって穏やかな亮斉の声だった。

「気の利かぬ奴腹だ。道をあけてお二方をお通し申せ」

教通は怒りを抑えた声で男達を叱責した。

（二）

教通等の突き刺さる目線を背に感じながら、清経と亮斉は田畠を分けて続く小道を拝志郷へと歩いた。行く手の左側（東）に賀茂川が見えてくる。堤防のない賀茂川は岸辺と河原の区別もはっきりせず、枯れたツタや常緑の木々が川岸に沿ってどこまでも続いている。

「京で見る賀茂川とここで望むそれとはずいぶんと有様《ありよう》が違うものだ」

清経はまるで教通等のことなど歯牙にもかけていないといった風でしきりに賀茂川を遠望する。

「ここで望む賀茂川が本来のあるべき姿、実にゆったりしていますな。それに比べ西岸に長大な堤を設けた京の賀茂川はいじけて窮屈で気むずかしい流れと申すしかありませんな」

「西岸に堤があるから京は賀茂川の洪水を免れている。そう堤をあしざまに申すな」

「堤など設けなければ京はもっと住みやすい地になったと思いませぬか。見なされこの広々とした田畠と曲がりくねった路を。家々は賀茂川の流れに逆らわずに高台にひっそりと建っています。堤を設けて賀茂川を東に追いやり、そこに家を建てれば水害に晒されるのは道理。それが京……」

　亮斉はゆっくりと四周を見渡し、一瞬言葉を切って、

「誰かがわたくし達をつけていますぞ」

　とさりげなく清経に告げた。

「とうに気づいている。さきほど吾に殴りかかった者のひとりであろう」

「尾行するにしてはちと目立ちすぎではありませぬか」

「あれは尾行ではない。吾等が不穏な動きをすれば容赦はしない、という脅しだ。それにしても脅しにしては少々力不足とは思わぬか」

「あの者と渡り合ってはなりませぬぞ。問民苦使は平らかな目を持たねばなりませぬ」

「解文の所在《ありか》を突きとめるのが吾の任務だ。はじめから吾の目は拝志郷の者達に向けられている」

「解文などないのかもしれませぬ。越訴《おっそ》されるような悪政を孝忠様は為してないのかもしれませぬ」

「教通殿の小ずるい面相を見たであろう。あの者達が善政をしいているとはとても思えぬ。亮斉が割り込んでこなければ、あの四人を思う存分投げつけられたのに。おしいことをした」

「かの者達を相手にすることは山城国、一国を相手にすることですぞ。慎みなされ」

「わかっている、わかっているが、あのような出方をされると吾の手足は勝手に動き出す。動き出すといくら頭でいかんと思っても、その思いは手足に伝わらぬ。もし吾が錫杖を亮斉に預けなかったら、あの者達の手足をへし折ってやったものを」

「山城に入った途端にひと騒動。これから先が思いやられます。どうか山城国に留まっている間、短慮だけは腹の中に納めておいてくだされ。錫杖など振るってはなりませぬぞ」

亮斉は清経の性格を先刻承知しているのでなかば諦めたように苦笑いした。

平坦な小道は細々と続いていて、荒起こしが終わった田に人々の働く姿が散見できる。

陽は傾きつつあるが、京のように西に山が近くないので、夕暮れにはまだ間がありそうだった。畠で働く者が三々五々、帰り支度をはじめている。

「ものを訊ねるが、拝志郷はまだかな」

そんな男のひとりに亮斉は声をかけた。

「ここはもう郷内《さとうち》だ」

男はいぶかしげに亮斉を一瞥し、それからふたりの背後に立っている者に気づくと急に顔をうつむけた。

「腹が減ったので何か食わせてくれるところはないか」

「里長《さとおさ》ならば食い物を分けてくれるかもしれぬ」

呟くように告げる男からはかかわりを待ちたくないという思いが亮斉に伝わってくる。

「どうであろう、里長の館まで案内《あない》してもらえぬだろうか」

亮斉の穏やかなもの言いに男は幾分警戒心を解いたのか、無言で道に置いてある鍬をとってくると、それを肩に担ぎ、ふたりの前に立って歩き始めた。

「早朝に七条を発って、ここまで参った。途中、何も食っておらぬので腹が減ってしかたないのだ」

男の背に亮斉は屈託なく話しかける。

「ここは京から近い。となれば京内に縁者が住んでいる郷《さと》の方も多いのではありませぬか」

答えぬ男に亮斉はさらに優しい声で話しかける。

「まあ、縁者が京に住んでいても、郷の方々は畠と田の手入れで忙しいでしょうから、おいそれと京に行くわけには参りませぬな」

男が無関心を装いながら亮斉の話に聞き耳をたてているのが清経に伝わってくる。

「そうは申しても、郷の男ならば否応なく雇役で京に行かされているはず。郷の者はこれから繁忙の時節をむかえる。そのような時に賀茂川の堤の築造にかりだされてさぞや迷惑でしょうな」

亮斉はさりげなく知りたい事柄へと話を持っていく。

「拝志郷からも多くの者が徴集されて京に行っている」

男が初めて応じた。

「これから畠や田の手入れで忙しくなりますな。早くその者達が戻ってくるとよいですな」

「そろそろ、田に水も引かねばならぬ」

男は振り返りもせずに不機嫌に答えて、歩を速めた。

ふたりのやり取りを聞きながら清経は、郷の者は雇役で京に出向いた者全員が戻ってくるのを疑っていないようだ、とすれば郷人は民部卿に訴えでた百姓が拘束されていることも、行方不明になった者のこともまだ報されていないのであろう、と思った。

「ほれ、あの大きな屋根が里長の館」

しばらく歩いた男は立ち止まり、家々のなかで特に大きな家を指さした。

「里長殿は食い物を分けてくださるかの」

「それは頼み方次第。せいぜい粘りなされ」

男は軽く頭を下げ、ふたりを残して足早に去っていった。

「教通殿の手下が吾等につきまとっていれば、あの者が怖じて無口になるのも仕方ない。つきまとうあ奴めをぶちのめしてやろうか」

清経が去っていく男の背を見送りながら腹立たしげに言う。

「くれぐれも言動は慎んでくだされ。でないと通る話も通らなくなりますからな」

念をおした亮斉は大きな屋根に向かって歩を早める。

里長の館は遠くから見た大きな屋根から想像したより小さかった。それでも郷を束ねる者の居宅だけあって、家の周囲は広々としている。

清経と亮斉は館の戸口に立って訪《おと》ないを入れた。

しばらく待っていると、壮年の男が戸口に姿をみせた。男は清経と亮斉を認めるまえに、教通の手下の姿に気づいて、一瞬表情を堅くした。

「里長殿ですな。吾等は京より参った者。食い物と一夜の宿をお願いしたい」

亮斉が穏やかに頭を下げた。

「どこまで参られる」

「ここ拝志郷に」

「この郷は今、諸々のことがあって、京の人をお泊めする余裕はない」

里長はすまなそうに頭を下げると、背を向けて館内に戻ろうとした。

「越訴《おつそ》」

その背に向かって亮斉が小さな声でつぶやいた。戻りかけた里長がぴたりととまる。

「今、なんと言われた」

振り返った里長は一瞬、背後の教通の手下に目をやり、それから亮斉に目線を移し、食い入るように見た。

「越訴と申しました」

亮斉はさらに小さな声で告げた。

「悪いことは言わぬ。陽が落ちる前に京に戻られよ。断っておくがこの郷の家々に一夜の宿を頼んだとて、宿を貸す者は居ない。諦めて引き上げなされ」

里長は背後の教通の手下に聞こえるように大声で告げた。

「わたくしは七十を超えた老爺《ろうや》、足弱《あしよわ》でこれから京に帰るのは無理でございます。どうでしょう、どうしてもお泊め願えないのなら、せめてこの近くに雨露を凌げる小屋などありませぬか。あったら教えていただきたい」

亮斉が平身しながら里長だけに聞こえるほど小さな声で頼んだ。

「ないことはないが」

里長は亮斉の目を見て、それからゆっくりと視線を右にずらせた。亮斉は里長の目線の先に納屋があるのを認めると、

「どうしても、お泊め願えないのですな。仕方ありませぬ。これから京に戻ります」

と見張る尾行者に聞こえるように告げた。

「そうなされ」

里長の声も負けずに大きな声だった。ふたりは頷き合い、里長は大きな身振りで館内に戻っていった。

亮斉は忙《せわ》しげに清経を促し、今来た路を戻り始めた。

拝志郷の田畠に百姓の影はほとんどなかった。西に傾いた陽は清経と亮斉の影を小道に長く落としている。

「老人同士の猿楽《さるがく》（芝居）、恐れ入った」

里長の館を出て、京へと戻る道をたどりながら清経は愉快そうに顔をゆるめた。

「猿楽を侮ってはなりませぬぞ。あれは過酷な世を生き抜いた里長とこの亮斉だからこそ演じられた猿楽ですぞ」

「吾等のあとを脅すようにしてつけてくる男、亮斉と吾が京に戻ることを信じたのかの」

「こうして引き返しているのです。信じてもらわねば、里長とわたくしが演じた猿楽が下手だということになります」

「かの男は太々しくついてきているぞ。そろそろこの錫杖でぶちのめしてもよいか」

「なりませぬ。どうか里長とわたくしで仕立てた筋書きをぶちこわさないでくだされ。浅慮は時としてとりかえしのつかぬことになりますぞ」

「浅慮、短慮、詮索好き。亮斉、吾には良いところがひとつもないのか」

「ありませぬ」

即座に答える亮斉の声はいかにも楽しげである。

「それにしてもかの男、どこまで吾等につきまとう気だ」

「今日は新月から数えて三日目。夜になれば真っ暗闇、わたくし達を見定めるのは難しくなります。つきまとうのをあきらめるでしょう。それまではこの道を京に向かって歩き続け、かの者に京に帰ると、信じさせるしかありませんな」

「あの者が居なくなったら、里長が目線で教えてくれた納屋にもぐり込む、というわけか。亮斉らしいやり方だ。吾ならば里長に問民苦使であることを告げ、解文の在処を聞き質す」

「里長の家まで案内してくれた百姓、それに里長、ふたりとも頼方様郎党を心底恐れております。その郎党の監視の中で里長に解文の行方を訊ねても、真《まこと》のことを話せるわけがありません。うっかり話しでもすれば命を奪われかねませんからな。清経殿のような手荒なやり方はけが人や死人をだすだけです」

「つまりそれも浅慮と申すのだな」

清経は口をへの字に結んで京の方角に目をやった。

早春の落日が人の居なくなった田畠を淡い茜色で包んでいる。それは寒々とした薄暮色だ。

宗佑等や雇役者達は今日一日上手く堤防の築造作業を終わらせたのだろうか、そして捨女は悪態をつきながらも放り出さずに男を取り見ているのだろうか、と清経は思いをはせる。するとグーっと腹が鳴った。

「亮斉、今夜は夕餉にありつけそうもないな」

急激に空腹を感じた清経はだんだん心細くなってくる。

「このようなときによく腹がすくものですな」

亮斉はそう言って、懐から小さな包みを取り出した。

「出がけに、鬼が屯食《とんじき》（にぎりめし）作って持たせてくれました。これでひととき、腹の虫を押さえなされ」

包みのなかに竹皮で包んだにぎりめしが二つ入っていた。

「鬼が屯食など作ってくれるはずもない。菩薩の間違いであろう」

清経の声に安堵がまじる。もちろん鬼とは亮斉の妻女のことである。

ふたりは畠の畦に座るとにぎりめしをそれぞれ手に取った。

清経が遠慮も忘れてにぎりめしを食い終わったとき、亮斉はまだ三分の一も食べていなかった。うらやましげににぎりめしに目をやる清経を横目に亮斉はこれ見よがしにうまそうにゆっくりと口を動かす。まさか亮斉の食いかけのにぎりめしを奪って食うわけにもいかず、口中に溜まる唾を飲み込んで清経はひたすら亮斉が食い終わるのを待った。そうして亮斉が食い終わった時、陽が沈んだ。

「どうやら、かの男はつきまとうのをやめたらしいですな」

食べ終えた亮斉がそれとなく薄闇を見透かすのに習って清経も注意深くあたりに目をこらす。

「まだ定かでない。あと一町(約百十メートル)ほど京に向かって歩いてみて男の気配がないようだったら引き返して納屋に向かうぞ」

納屋に行けばひょっとして食い物にありつけるかもしれない、そう思って清経は畦から立ち上がると京へ戻る道をゆっくり歩きはじめた。

西の空が焼けたように赤く染まる間もなく、薄い闇が行く手を包んだ。

「歳寄ると夜目が利かなくなります。かの男の姿はありますか」

亮斉が後方を振り返り目を細めて薄闇をすかし見る。

「いや、誰も吾等をつけている様子はない」

「では、里長のところへ引き返すとしますか」

亮斉は空を仰いで襟元をかき合わせ、一つ身震いをする。陽が落ちると寒さは京より厳しく感じられた。

亮斉は清経に触れんばかりの近くに寄り添って歩を進める。三日月はすでに天空にのぼっていたが、亮斉にとってその微光は真っ暗闇と変わらなかった。

ふたりが里長の館の裏手に建っている納屋にたどり着いたのは、小半刻(三十分)後であった。

清経は手探りで納屋の戸を探りあて、内へ入ると亮斉の手を引いて導き入れた。

「昔は夜目も利いたのですが、やはり歳には勝てませんな」

亮斉は大きなため息をつく。

「里長に会って参る」

清経が納屋から出ようとした。

「なりませぬ。ここで里長殿を待つのが賢明」

「先ほどの猿楽じみた亮斉と里長のやり取りで、吾等がここに戻ってくる、と里長が信じているとは思えぬ」

「里長はかならず、ここに参ります」

亮斉は手探りで納屋に置かれた稲藁の束を確かめると、その上に身を横たえ、

「清経殿も身体を休めなされ」

と促した。清経は言われるままに横になって目をつぶる。

「やれやれ」

しばらく経って亮斉はさも羨ましげに嘆息した。

清経は気持ちよさそうに寝息をたてていた。

肩を揺すられて清経は眠りから覚めた。闇はさらに深くなっているのか目を開けていても閉じていても変わらなかったが身近に亮斉以外の人の気配を感じ、瞬時に覚醒した。

「この館《や》の主《あるじ》、影昌《かげまさ》と申します」

聞き取れぬほどの声に清経は身体の緊張をといて稲藁の上に半身を起こした。

「さぞや空腹でございましょう。夕餉の用意を調えてあります。館の方にお越し願いたい」

闇でも目が見える如くにその声は清経に向かって発せられている。

「亮斉の申す如く、猿楽の演者はお互いに通じ合っていたのだな」

夕餉にありつけることがわかった清経に空腹は我慢できないほど切迫して感じられた。

「頼方様郎党が周りをうろついているのではありませんか」

亮斉の声はあたりをはばかって小さい。

「安心なされ、先ほど館まわりを見回りましたが人影はありませんでした。さあどうぞ」

錫杖を携えて納屋の外に出ると三日月と満天の星で、納屋の中よりずっと明るかった。里長に案内されて館に入ると、土間に続く板の間に置かれた灯台の小さな炎が館内を赤く照らしていた。たった一つの灯火であったが、闇に慣れた清経の目にはまぶしいばかりに明るい。

「急のお越し、夕餉のもてなしは粗末ですが、腹を満たすことは叶いましょう」

土間に続く板の間に二つの膳が設えてあった。塩野菜、醤醢《ひしお》に漬けた雉肉焼き、干した鮎焼き、それに粥が椀に盛りつけてある。おそらく里長が家人達に命じて一番極上の料理を用意したものであろう。鮎にしても雉肉にしてもハレの日、すなわち冠婚や祭日などの特別な日にしか食することはない貴重な食品であるに違いなかった。

「遠慮なく、頂きます」

亮斉は伏し拝むようにして箸をとる。清経も錫杖を片端に置いて坐すと深く頭《こうべ》を垂れ、箸をとった。にぎりめし一個しか食していない清経に遠慮はなかった。むさぼり食う清経に亮斉は時々たしなめるような視線を送ってきたが、清経はしらぬ振りでたちまち膳にのっているすべての食物《もの》をたいらげた。

「まだ、ありますぞ」

里長が苦笑を交えて清経に訊く。

「いや、十分に頂きました」

清経は箸を置くと、深く息を吐いた。腹はまだ満たされていなかったが、里長の言葉に甘えるわけにはいかなかった。

「越訴と申されましたな。越訴は極秘。それを知るおふた方は一体何者」

亮斉が食べ終わるのを待って家人達に膳を下げさせた里長は急《せ》くように訊いた。

清経は問民苦使であることを告げてから身分を明かして、ここに来るまでの経緯をことこまかに告げた。

「越訴した者が七名と申されましたな。八名ではないのですか」

聞き終わった影昌が聞き返した。

「いえ、是兼様ははっきり七名だ、と申した」

「越訴は八名で行うことになっておりました。それが七名ということは、加わらなかった一名が解文を持っていたに違いありません」

「その一名は越訴が怖くなって逃げ出したか姿をくらましたのではないか」

「そのようなこと、断じてありませぬ」

影昌が強く否定した。

「なぜそう言い切れるのか」

あまりの強い言い方に清経は驚ろいた。

「解文を携えていた者はわたくしの息、影常《かげつね》であるからです」

「影昌殿の息が雇役に徴集されたですと？」

「どこの国でも郡司や里長の子息は米を納めることによって雇役を免ぜられており、山城国の歴代の国司もこうした慣習を踏襲しておりました」

そこで影昌はひと息入れて、これから話は長くなるが、どうか最後まで聞いて欲しいと、付け加えた。

「二年前のことでございます。藤原孝忠様が新しい国司となり、その息、頼方様とその郎党二十数名が国司の目代（代理人）と称して山城国に参ってより、この国の政はおかしくなりました。雇役は百姓の誰にでも課せられるものですが、里長の係累の者達は稲の代納をもって免ずる慣習はどの国でも行われております。当然頼方様も踏襲すると思い、影常が雇役で京行きが決まった昨年、稲を代納しました。ところが代納した稲を頼方様は送り返してきたのです」

「稲の代納はならぬ、雇役で京に行け、というわけですな」

清経はそれはそれでいいのではないかと思った。富貴者が財力にものを言わせて雇役を逃れることに清経はあまりいい感じを持っていなかった。

「いえ、送り返してきたのは、送った稲の量が少なかったからです」

「どれほどの稲を送ったのか」

「歴代の国司が踏襲している量、と申しておきましょうか。それが頼方様は、なんと通例の十倍の稲を要求してきたのです」

「通例の十倍？」

清経と亮斉は同時に驚きの声をあげた。

「左様、十倍です。わたくしは紀伊郡すべての郷、すなわち八ヶ郷の里長にそのことを聞いて回りました。すると各郷の里長の子息にも同じようなことがなされており、里長達は言われるがままの法外な稲を納めて子息の雇役を逃れたということでした。しかし、わたくしは影常を賀茂川の堤築造に雇役者として京に赴かせました」

「つまりは、解文を持たせて民部省に訴え出ることを影常殿に託したのですな」

清経は得心しながら念を押した。

「解文を託された影常が越訴に加わらなかったことなどない、と申したこと、おわかりいただけましたか」

清経は頭を下げて、それから、

「知らぬこととは言え、失礼なことを申した。ところでこの越訴のこと、紀伊郡の郡司にはあらかじめ報せてあったのか」

と訊いた。

「もちろん報せてあり、賛意も得ております。ところがそれから半月後の十二月初め、郡司は突然、解任され紀伊郡から追放されました」

紀伊郡八ヶ郷を統轄する郡司の大領《だいりょう》（郡長）は蓼原幸勝《たではらゆきかつ》である。

「解任された由《よし》（理由）は」

「はっきりとはわかりかねますが、頼方様の命《めい》に従わなかった故の解任。常々、郡司は頼方様の酷政を快く思っておらず、わたくし達百姓の側に立って頼方様からの不当な振る舞いに抗しておりました」

郡司は国司の命によって百姓から税の取り立てと郡内の治安を任されている。郡司はそれらの実務を里長に命じて行わせる。

国司は京から赴任してくるが四年経てばまた新しい国司に代わる。しかし郡司、里長、百姓は代々、その地に根を生やして住み続けている。いわば国司はよそ者に他ならず、郡司と里長と百姓は何世代にもわたって濃密につながっている。米を納めさせる郡司、里長と納める百姓という背反する立場であっても、そこには長い間培ってきた慣習と信頼とほどほどの手加減が存在した。国司の苛政に対して郡司が反意を示すのは他の国でも多かった。

「民部郷に訴えでるきっかけは郡司解任か」

「もちろんそれもありますが、防鴨河使に携わる蜂岡様には言いにくいことでございますが」

影昌はそう言って一瞬、逡巡したが、意を決したよう一つ小さく頷いた。

「賀茂川は平安京だけのものではありませぬ。この紀伊郡八ヶ郷にとっても大事な川でございます。

京は一条から九条にわたって堤が築かれ、京内への氾濫をその堤が防いでいる。そのことに苦言を呈する気は毛頭ありませぬ。しかし、堤を築き堤内に賀茂の水を押し込めて下流に流せばそれで役務を果たした、と防鴨河使である蜂岡様はお考えになっているのではありませぬか」

清経はどう答えてよいのかわからぬままに無言で影昌の次の言葉を待つ。

「竹を半割にして節抜きし、それを樋となし、上から下へ水を流せばどうなりますか」

やや経って影昌が訊いた。

「樋を伝わって水は勢いよく流れ下る」

なにか試されているようで清経の口調は不機嫌になる。

「樋の内を流れる水は何処にも漏れることなく下に流れます。そうして樋の末端から流れ下った水は扇を拡げたように放散されます。樋とはすなわち賀茂川の堤、そして樋の末端は九条堤、その堤が尽きたところが紀伊郡石原郷でございます。平素、賀茂の河水は石原郷をはじめ八ヶ郷の田を潤すかけがいのない流れです。しかし、一旦、野分で豪雨ともなれば京の一条からか九条にかけて築かれた堤によって閉じ込められた濁水は盛り上がりせり上がって堤内をはせ下り、この山城国、紀伊郡石原郷に達します。その濁水はまるで解き放された獅子のように一挙に石原郷の田、畠、荒野に襲いかかります」

清経は賀茂川の河水が九条堤まで流れ下った先のことなど深く考えたことはなかった。堤で押し込めた河水が溢水することなく京外に流れ下れば、防鴨河使として役務を果たせたと思っている。京外石原郷に流れ下った河水が堤から解放されて奔放に流路を変えようとも、京と違って、川沿いに人家がなければ家を流されることも命を失うこともない。事実、石原郷の家が流されたという噂を清経は耳にしたことはなかった。

「石原郷の田や畠に堆積した土砂や流木は毎年、百姓等の手が空く、十二月から翌年二月にかけて賦役の名のもとに山城国内から徴集された多くの百姓達によって取り除かれ、復田されます」

　賦役は税の一種で無償労働のことである。

「防鴨河使である蜂岡様ならば、昨年夏の野分の強大さはご存じのはず」

「あの折の野分で賀茂、四条堤が崩れ、京に甚大な水害をもたらした。その流失した堤の築造に山城国からの百姓三百名が今、立ち働いている」

「その百姓等がどのようにして京に送られたか、蜂岡様はご存知でしょうか」

「国司、孝忠様の特段の配慮だと心得ている」

「特段の配慮？　なるほどそのような言い方もありますか」

「五機内の国司に四条堤の築造を命じたが、その命に応じたのは山城の国司、藤原孝忠様ただひとり。それ故、特段の配慮と申した」

「稲の刈り入れを目前にして襲った昨夏の野分で収穫は例年の半分ほど。それに追い打ちか掛けるようにして京から起こった裳瘡が山城国に蔓延。それがもとで二千とも三千とも言われる人々が死にました。そのようななかで石原郷の田畠に堆積した土砂や流木を取り除くために、例年通り、山城国内から多くの百姓等が賦役の名のもとにかり集められました。とは申しても、百姓は困窮した時に助け合うのは当たり前、そのことに不満を持つ者はおりませんでした。ところが、石原郷復旧に徴集されたおよそ七百人の百姓から三百名を選んで、有無を言わせず京、四条堤の築造に送ったのです。つまり、山城の窮状を後にまわして、京の窮状を優先させたわけです。これに石原郷の里長は怒り、頼方様に石原郷の復田を優先するよう強く申し入れをいたしましました」

石原郷の里長の怒りと落胆は非常に大きく、申し入れを聞き入れなければ、石原郷の百姓総てを結集して民部省に越訴する、と訴えた。京に接する石原郷は一刻（二時間）もあれば大内裏内にある民部省に行ける。

「頼方様と掛け合った二日後、石原郷の里長の館が夜盗に襲われ、里長は殺害されました。夜盗が頼方様の郎党であることは明らか。そのような事様（状況）のもとで三百人の百姓が賀茂川の四条堤築造に従事しているのです。おそらく石原郷の者は誰ひとり、賀茂堤を快く思ってはおりますまい」

そこで影昌は一度言葉を切った。京では賀茂川の洪水から街を守る官人として、感謝されることはあっても、快く思わぬ京人が居るとは思えなかった。それが防鴨河使官人としての誇りや働きがいになっていた。清経も亮斉も宗佑もそうした思いがあるからこそ、今まで身を粉にして賀茂堤を守ってきたのだ。

「越訴を決意したのは郡司の解任、石原郷の里長の殺害、そして石原郷の土砂取り除きにかり集めた百姓を賀茂川堤の築造に振り向けた、その三つであったのか」

「その三つは単なるきっかけに過ぎませぬ」

「そのほかにまだあるのか」

「いくらでもあります。山城国に居座った頼方様と郎党二十数名が着任早々、手がけたのは検田《けんでん》でした。検田は郡司、里長、百姓らには死活に関わる重大事」

検田とは田の面積を測ることである。検田は田の持ち主、里長、郡司の了解を得たうえで、三者の立合いのもとで行うことになっている。

「頼方様郎党は郡司大領の幸勝《ゆきかつ》様にもわたくし共にも一切の通告もせず検田を行いました」

検田は拝志郷だけでなく紀伊郡八ヶ郷に及んだ。

「検田によって、紀伊郡八ヶ郷の検注帳《けんちゅうちょう》はすべて書き変えられました」

検田した田の面積を記した書類を検注帳と呼び、これを元に税として徴収される稲の多寡が決る。まさに百姓にとって死活を左右するものである。

「頼方様等が測り直した検注帳に記載された値は旧来から検注帳に記載されている広さをはるかに超えるものでした」

「検田通りに検注帳を改めること、理不尽とは思わぬが」

清経が思ったことを口にする。

「とんでもない。検田にはまやかしがあったのです。田を測るには間縄《けんなわ》を用います。通常は二間（一メートル八十二センチ）を用いますが、頼方様郎党は三間の間縄を用いて行ったのです」

「なぜ三間を？」

「二間はわたくし達百姓が見慣れている長さであるからです。ところが三間となると、はたしてその長さがまことと三間なのかすぐには判じられません。その三間の間縄はなんと二間五尺五寸しかなかったのです。当然、検田の結果は検注帳に従来から記載されている値より広いものとなります。広くなれば税で納める稲の量が増すことになります」

「なるほど」

清経はその姑息さに思わず感心する。

「わたくし達百姓は数を頼んで頼方様の館に押し掛け、その不正を糾弾しました。しかし、頼方様は間縄は寸分の狂いもなく三間だと言い張り、検注帳をわたくし達に見せてこう告げました」

頼方は、よしんば三間の間縄が二間五尺であろうとも、なんのこともないと言い放った。その訳を問い質すと、

――おぬし等は検注帳に記載されていない隠し田を持っている。それらの田に税を課さずに見逃しているのは国司の温情だ。もし間縄の長さで不服を申すなら、隠田《おんでん》に税を掛けるぞ――

と言い放った。

隠田は荒野を百姓等が田仕事の合間をぬってを開墾し、田となした、まさに百姓等が命を削って得た田で、歴代の国司はこれらの田を百姓等の固有の物として認め税を徴収しないのが慣習として受け継がれていた。国司がこの隠田に手をつけることはタブーであったのだ。

「その言い分にわたくし共は唖然とし、怒りましたが頼方様と郎党はわたくし達に弓を番えて館から出ていくように脅したのです。素手で押し掛けたわたくし達百姓は黙って退きさがるしかありませんでした」

「いくらでも頼方殿等の暴挙はでてきそうだな」

清経の言葉に誘われるように、影昌はひと膝前に進めると、

「さらに驚いたことに田の等級をわたくし達の合意なしに変え斗代《とだい》を引き引き上げたのです」

と苦々しく告げた。

「斗代？」

「そう、斗代でございます。正税（稲税）は田地の良し悪しで納める稲の量が決められております。すなわち田は上、中、下の三等級に分けられ、上田《じょうでん》一反当たり七斗五升、中田《ちゅうでん》は五斗七升、下田《げでん》は四斗五升の玄米を税として納めなければなりません。斗代とはこの玄米の斗数のことでございます」

「その斗代を引き上げるとは？」

「下田であった石原郷の田地を中田に格上げし、中田であった岡田、大里、鳥羽、深草それに拝志の五ヶ郷の田地を上田にしたのです。それも郡司や里長、百姓に合意はもちろん、ひと言の話もなしにでございます」

影昌は努めて冷静に話そうとするが、怒りを抑えられないのか唇を震わせ、さらに続ける。

「まだまだあります。国衙《こくが》（地方官庁）がわたくし達百姓から畑作物を買い取るのは孝忠様が国司になる前から行われていることですが、買い取る値は百姓と国衙の官人で決めておりました。それが頼方様等は官人等を無視して驚くほどの低い値で畑作物を買い取ったのです。百姓がこんな安値では売らない、と苦情を申すと、賦役の日数を増やすと脅しをかけ、その値で同意することを強要する。断れないことがわかっていることを承知で、低い価で売ることを承諾した合意書を突きつけそれに署名させる。これは収奪そのもの、強盗にほかなりませぬ」

影昌はさらに、頼方郎党の悪行を次々に述べ立てた。その主なものは、

・郡司、里長、豪農の家に押し入り、家具、調度、衣類等を強奪。
・旧来より畠に税は科さないことになっていたが、その慣習を破って畠にも税を課す。
・税として百姓から徴収した絹が上質であることに目をつけ、これを京に持ち込んで高価で全て売り払い、その対価で他国の質の悪い絹を安く買い入れ、その粗悪な絹を自国の絹と称して調となした。調となすとは、絹などの布を税として国司が中央官庁（民部省）に納める、ことである。
影昌は一つひとつ例を挙げていくに従って憤怒を押さえられないのか何度も手を握りしめ、身体を震わせた。

「抑えに抑えていた紀伊郡八ヶ郷の百姓は郡司の幸勝様の館に密かに集まり、国司の酷政に抗することを決めました。それが今から二ヶ月前、昨年の十一月でした。その半月後に幸勝様の大領解任が国司から申し渡されました」

紀伊郡八ヶ郷とは岡田、大里、紀伊、鳥羽、石原、深草、石井《いわい》それに拝志の郷である。

八ヶ郷の里長は幸勝の解任に仰天し憤慨して、幸勝の復任を求めたが一蹴された。

「本来なら、非をもって糺すのが国司の職務。ところがその非を国司郎党が行う。もはや山城国で非を糺せる者は居りませぬ。八ヶ郷の里長が石原郷の里長の館に密かに参集したのは幸勝様解任追放から十日過ぎた十二月はじめでした。そこでわたくし共八ヶ郷の里長自らが越訴することに決め、解文を作成し、末尾にそれぞれの里長が名を墨書いたしました。数日後、わたくし達里長は一揆《いっき》して京に参るため、石原郷の外れに集まりました。ところが肝心の石原の里長が顔をみせません。半刻ほど後、石原の里長の下僕が参り、昨晩、石原の里長の館に夜盗が押し入り里長が殺害された、と告げました。

そこでやむなく越訴は日延べすることにいたしました。夜盗はおそらく頼方様郎党。しかし深夜での押し込みで家人は誰も夜盗の顔を見ておりませぬ。越訴に及べば里長等の命はない、という脅しでしょうが、やり方が悪辣で人としての情のかけらも持ちあわせていない輩《やから》です」

影昌はそこでひと息ついた。

一揆とは、揆《みち》を一つにする、という意である。この言葉は平安初期からしばしば百姓等が「これ一揆」「古今一揆」と言うように、「一致する」という意で用いている。時代が下り室町時代に入ると、一揆、という語は、支配者への抵抗・闘争などを目的とした農民の武装蜂起を意味するようになる。

「年末、残った岡田、深草、大里、紀伊、鳥羽、石井それにわたくしが差配する拝志郷の里長で再び合議して、賀茂川堤の築造に赴く百姓の中から各郷一名を選び、その者が折をみて、民部省に訴え出ることに決めましたのです。しかしそのことが頼方様に知れることとなりました」

「越訴には慎重のうえにも慎重を期したはず。それがなぜ頼方殿等に漏れてしまったのか」

「紀伊郡八ケ郷にはそれぞれ五十から七十戸の住戸があり、およそ三百から四百名が一つの郷に住み暮らし、田や畠の耕作に精をだしております。すなわち八ケ郷全てを合わせるとおよそ三千五百人。それらの者の口を全て封じることなど叶いませぬ。老獪、奸智に長けた頼方様と郎党は、これはと思う者に密かに近づき、甘言を弄して、秘密裏に企てている事柄を聞き出すことなどたやすいことです」

「八ケ郷の百姓は等しく頼方殿やその郎党の不法に怒り、窮し堪えられなくなっていたのではないのか。そのように恨みや憎しみを持っている百姓に甘言など弄して近づいても聞く耳を持つまい」

「困窮しているからこそ、甘言は甘い蜜。たとえば越訴企ての動きを教えれば稲税の軽減や雇役を見逃す、さらには調である絹布二丈五尺を半分に免ずる、など幾らでも甘言は弄せます。わたくし達にとって八ヶ郷が一ヶ郷でも離脱すれば、そこから頼方様等は切り崩しをはかり、越訴を潰そうと企てることは容易に察せられます」

「一方では甘言を弄し、一方では凶刃をふるう」

清経が驚いたのはその巧妙さだった。孝忠本人は京に居座って直接手を下していないのだ。頼方を捕縛しても、そのような不法を指示した覚えはないと抗弁すれば孝忠を罰するのは難しくなる。

「吾等里長の覚悟が足りなかったのです。石原郷里長の殺害に恐れをなして、京へ赴いた百姓等に解文を託し、民部省に訴え出させたこと、今になっては深く悔いております」

影昌は己を戒めるごとくの苦しげな口調だった
「解文の行方がわからぬ以上、新たに作っていただきたい」

「願ってもないこと。直ぐに作成いたします。民部省にお持ちいただくに際し、今わたくしが申し上げた頼方様の不法の数々を民部省にお告げくだされ」

「申し添えはいたす。だが吾は納税や政に対してまことに浅学。頼方殿等の暴挙は怒りを持って得心いたしたが、それが令（大宝律令）に照らしたとき、まこと不法なのか否かを判ずる才覚が吾にはないのだ」

賀茂川の氾濫から京を守る防鴨河使の清経は納税の仕組みも国司の暴政も百姓の苦渋も身近に感じたことなどない。月々決った米と布、それに銭が支給され、それを当たり前のように清経は受け取っている。米や布がどのような形で国司によって収奪、あるいは召し上げられ京に送られてくるのか、清経は深く考えたことはなかった。

「納税や政の善悪を判じられぬと申されますが、ならば政に明るいお方を供としてお連れなされればよかったものを」

影昌の口振りには、清経が地方行政に疎いうえに官職官位も劣る、という辛辣な真意が含まれている。

なるほど、山城国に赴くに際し、是兼が、馬と馬丁、法律に通じた民部省の官人、それに検非違使の者を供連れせよと忠告したのは、そのような配慮もあったのか、と今さらながら深く納得した。つまり、老人ひとりを引き連れたそれも防鴨河使という下級官庁の主典《さかん》職にある若者が問民苦使として、頼方やその郎党に気を遣いながら、闇に紛れて拝志郷を訪れるなど、どうみても、影昌には心許なく納得がいかないのであろう。

そう思い至ったが、清経は是兼の配慮を断ったことに後悔はなかった。そしてまた影昌の落胆の目にも腹はたたなかった。

「影常殿が郷に戻った形跡はないか」

「影常はもはや生きてはおりますまい。今となっては民部省に留め置かれている七名の者が気がかりでございます」

影昌の顔がゆがんだ。

「七名の命を案ずることはあるまい」

孝忠へ七名の百姓を引き渡すほど民部省は腰弱でないと清経は信じたかった。だがそれは単なる願望に過ぎないことを清経自らが承知していた。

「すでに采《さい》は投げられております」

しばらくして気持ちを入れ替えるように影昌が呟いた。

「采は投げられた？」

「民部省が七名を孝忠様に引き渡せば、八ヶ郷は黙っておりませんぞ」

「黙っていないとは？」

「八ヶ郷は一揆《いっき》して京に押しかけ、七名を奪い返します」

影昌は硬い表情で言い切った。

「影昌殿の心内《こころうち》、この亮斉には痛いようにわかります」

亮斉がやんわりと優しい口調で、

「遣わされた問民苦使はたったふたりのみすぼらしさ。わたくしが影昌殿でしたら、このような未熟者の若造と老い果て干からびた供のたったふたり、そのふたりが頼方殿やその郎党等の目を逃れて、深夜に紛れて影昌殿の納屋を一夜のねぐらに借り受ける。そのような臆病風に吹かれたふたりを目の当たりにすれば、とても紀伊郡八ヶ郷の命運を預ける気にはなれませんからな」

と続けた。亮斉の優しげな声に気を許したのか影昌の顔つきがわずかにゆるんだ。

「そのうえ問民苦使である蜂岡殿は国司と里長と百姓がどのように折り合い、また離反するのか、その入り組みを知るよしもありません。まして庸や調がどのように取り立てられるのかなどはさらにわかりません。それゆえ頼方様等の悪行のどこが令（大宝律令）に照らして不法であるのか、それらを判ずる才覚を有しておりません。それはこのわたくしも同じ」

「だとすれば、わたくしはこれ以上何をおふたりにお話申せばよいのでしょうか」

影昌は落胆をまじえた顔を亮斉に向けた。

「問民苦使とは、民の苦を問う、ということです。問うた苦を民部省に伝える、それが問民苦使の役務」

「民の苦とは、外ならぬ国司の令に反した暴政のこと。令に反しているか否かを判じられぬお二方が民部省にどのようにお伝えなさるのでしょうか」

影昌は口端に皺を寄せて皮肉混じりに訊いた。

「頼方様郎党の暴挙は十分に伺い、胸に深くしまい込みました。あとは新たに解文を作成していただき、それを持ち帰り、民部省に提出します。解文はしかるべく令に詳しい民部省の官人が公正に判じてくれるでしょう」

亮斉は諭すように穏やかに話した。

（三）

一刻後、影昌が墨書した解文は二十ヶ条に増えていた。

「訴人の署名はどのようにいたせばよろしいか」

解文を清経に示しながら影昌は思案げに訊いた。

「解文の末尾に大里、紀伊、鳥羽、岡田、深草、石井の里長の連署は欠かせないと考えている」

「夜が明け次第、六ヶ郷を廻って各里長の署名をとって参ります」

そう影昌が口にしたとき、館の戸口が異常な音をたてた。

「地震《ない》か」

影昌が腰を浮かす。灯台の炎がそよりともしないのを確かめた清経は、

「地震ではない」

と緊張した声で告げ、灯台の炎を吹き消して傍《かたえ》に置いた錫杖を手に取った。

「ふたりは奥に参り、家人達共々裏口から逃げ出せるよう用意をしておいてくれ」

言いおいて清経は板の間から土間に下りた。

「どなたか」

錫杖を携えた清経が戸口に向かって問う。

「拝志郷、里長の影昌様に火急にお伝えしたいことがあって参りました。この戸をお開けください」

野太い男の声だった。

「火急の用件とは？」

清経は影昌に似せた声で訊いた。

「それはこの戸をお開けし、影昌様のお顔を拝してから申します」

「今、開ける」

清経は闇のなか、手探りで戸の掛けがねを探り当て、それを外した。待ちきれぬように外から板戸が勢いよく開けられ、大きな人影が戸口を塞いだ。後方に松明を持った者が控え、その松明の光の及ぶ範囲に数名の人影が黒く浮き上がって見えた。

「拝志郷の里長、影昌か」

暗い館内では人の見極めがつかないのか、男は戸口から一歩足を入れて清経に近づいた。

「影昌であったらなんとする」

そう告げた時、男は身体をぶつけるようにして手にしていた刀子《とうす》を清経の左胸めがけて突きだした。瞬時、清経は一尺ほど右に飛んで繰り出された刀子をかわし、戸口から一歩外に出た。松明《たいまつ》を掲げた者の外に五名の人影が清経の目に入った。男達は皆、顔面を黒い布で覆っていた。松明の光が届かない所にまだ五人以外の仲間がいるかもしれないと思って窺ったがわからない。刀子を持った男が反転して清経に再び肉薄してきた。その顔もやはり布で覆われている。清経は錫杖を素早く構え直した。松明を持った男が清経に近寄り、灯心を清経の顔に向けた。

「なんと……」

刀子を持った男が絶句してたじろいだ。影昌でないことに男は気づいたのだ。だがすぐに言葉を飲み込んで態勢を立て直すと胸元に刀子を引きつけ、腰を低くし息をつめ、清経を鋭く見据えた。

刀子の長さは一尺弱(約三十センチ)、無反りの両刃、切るよりも突き刺すのに優れた形をしている。

男の構えから並々ならぬ刀子の使い手であることを清経は見抜いた。清経は錫杖を握る右手をゆっくりと下方にずらせ、左手の握る力をゆるめる。後方にたむろしていた男達が館の内に押し入ろうと前に出る。清経は刀子を構えた男に視線を送りながら、わずかに左足を後方に引いて半身になると戸口を塞ぐように錫杖を水平に構えた。その構えは広隆寺で修行僧から教えられた防備の形だった。

「里長は館内《やかたうち》か」

紛れもなく伴教通の声だった。すると、教通が己を見て一瞬たじろいだのは清経とわかったからだ、と得心した。

清経は無言で一歩前に出て、教通との間合いを詰めた。教通は腰を低《ひく》めて刀子の刃先を清経の胸に向けた。清経が繰る錫杖がそれに合わせて斜に変じる。対峙するふたりを五人の男が刀子を手にして取り囲んだ。清経は男達に目をくれず、教通の動きだけを注視する。

松明の炎が風に揺れ、一瞬辺りが暗くなった。その時をついて柄頭《つかがしら》を腹に当て、刃先を前方に向けた教通がさらに腰を低く折り、真一文字、清経の胸元に身体ごとぶち当たってきた。清経は間一髪で左に半歩ほど飛んだ。刀子は空を突き、教通は勢い余って土間に転がり込んだ。清経は振り向きざまに横転した教通の右腕に錫杖を打ち込む。教通は土間に伏せたまま身体を回転させてその一撃を避け、素早く立ち上がると再び清経に正対した。

だが突きかかる様子はない。二度も攻撃をかわされたことで清経が手強いことを悟ったのか、清経の出方を見極めるようと距離をあけ、乱れた息を整えた。

教通の荒い息づかいが少しずつ鎮まってゆく。そして教通の呼吸が穏やかになった時、男達が包囲した輪を縮めてきた。男達は腰を引いて刃先を清経に定め、突き抜く隙を窺っている。しかし、たった一つの松明の明かりでは、清経のどこに隙があるのかわかるはずもなかった。

清経は目を闇に慣らそうと松明の炎から背を向けて錫杖を胸元に引きつけた。すると今まで松明の明りを頼りに教通等の動きを見ていたことの愚かさに気づいた。清経は空を仰いだ。無数の星が闇をかすかに薄くしている。そして昇って間もない三日月が東方の空の星々の微光を覆い隠す明るさで光っていた。

ふたりの男が同時に清経めがけて刀子を突きだした。清経は一歩前に出てふたりを左から右に錫杖でなぎ払った。二つの影がうめきながら倒れる。他の三人と教通は動かない。

清経は松明を持った男の位置を見定めると目を閉じた。松明の炎を見ないためだ。そうして十呼吸ほどした後、目を閉じたまま数歩走ると、松明を持った男の腕と思しき所に錫杖を打ちおろした。過たず錫杖はねらった腕に打ち込まれ、手を離れて地に落ちた松明は火勢を失い、四周が闇となった。そこで清経は目を開けた。清経の前に四名の黒い影がはっきりと映った。地にふたりの男が黒い影となって横たわり、松明を持っていた男は腕を抱えてうめいていた。

清経は教通の影を見定めると、疾駆して錫杖の先を教通の脾腹《ひばら》に突き入れた。闇、教通はなんの応戦もせず、崩れ折れた。清経は地に転がった教通を飛び越えると、眼前に立つ男の脛を錫杖でなぎ払った。骨の折れる鈍い音を聞きながら、清経は錫杖を上段に構えると、さらに隣に立つ男の肩にしたたかに打ち下ろした。肩の骨が砕ける感触が錫杖を通して清経の右手に伝わる。その時、清経の心の中に得体のしれぬ怒りが湧き上がってきた。その怒りがなんに由来するのか清経はわからぬままに、最後の男と正対すると、脳天を砕こうと錫杖を大上段に構えた。

「なりませんぞ」

背後から嗄れ声が届いた。その声に清経はため込んだ力を一気に抜いた。

「殺してはなりません。殺せば清経殿はこの夜盗どもと同じことになりますぞ」

亮斉の声だった。一撃を免れた男がわめきながら闇に消えていった。

「あのような者、殺してもあきたらぬ」

「殺したとて、八ヶ郷の苦渋は変わりませんぞ」

「そこに倒れている男が誰だかわかったうえでそう申すのか」

「この闇です。面相などわかりませぬ」

「なら、なぜ、吾が逃げた男をぶち殺すとわかったのだ」

「闇から伝わる清経殿の異様な気迫が気づかせてくれたのです」

「この男、伴教通殿だ」

「そのような者でありませぬ」

亮斉は切って捨てるような強い口調で否定した。

館内から松明を持った影昌と家人達が姿を現わした。影昌は松明を教通の顔に近づけ、顔を覆った布を剥いだ。

「やはり賊は思ったとおりのお方」

影昌はさして驚く様子もなく、

「稲縄を持ってきてくれ」

と家人に頼んだ。

「そう、この者は教通殿」

清経は影昌に念を押した。影昌はそれに答えず、縄が届くと、男をかたく縛り上げ、強くゆすった。するとと男はうめき声をあげて正気に戻った。男はしばらく呆然としていたが、やがて己の置かれた立場を悟ったのか、清経を一瞥して口をかたく結んだ。その時、館の庭に建てられた物見台から木板を連打する音が鳴り響いた。

「あれは？」

清経が音の方角に耳を傾ける。

「緊急を報せる木鐘《もくしょう》でございます。四半刻（三十分）を経ずに紀伊郡全ての郷人に届きましょう。もはや頼方郎党の暴虐を座視するわけには参りませぬ。座視すれば大里、紀伊、鳥羽、岡田、深草、石井の里長も遅からず襲われましょう。木鐘を聞いた八ヶ郷の人々が拝志郷のわたくしの館に参集するのは未明。その数は二千を超えるはず」

「二千もの郷人を集めてどういたすのだ」

「頼方の館に押し掛けます。館には頼方郎党が威張り腐って住みついております」

憎しみが一挙に吹き出したのか、影昌は、頼方と呼び捨てにした。

木鐘は絶えることなく連打され、それに誘発されるように遠くから闇をついて同じような連打が聞こえてきた。木鐘は八ヶ郷のしかるべき所に備えられ、緊急時に郷から郷へ短時間で伝えられる仕組みになっている。それは賀茂川の洪水に絶えず脅かされている八ヶ郷にとって緊急を報せるために欠かすことのできない伝達手段であった。

二月四日未明。

鍬や丸棒を手にした百姓が影昌の館前を埋め尽くした。その群衆の中央に荒縄で縛られた伴教通と腕、肩、足を折られた五人がうずくまっている。陽が山の端から昇りはじめた頃、百姓の数は影昌が告げたとおり、二千人を超えていた。

大里、紀伊、鳥羽、深草、岡田、石井の里長も幸いなことに無事の顔をみせている。

影昌は里長等に問民苦使である清経を引き合わせた後、これまでの経緯を手短に伝えたうえで、解文への連署を要請した。六ヶ郷の里長は競って署名を済ませた。

「これをお持ちになってすぐ京にお戻りくだされ。そうなさるのがおふたりにとって賢明なことでございます」

解文を清経に渡しながら影昌は強い口調で忠告した。

「急ぎ立ち返り、是兼様にお渡しいたす。しかし、解文を判じ、その始末が決るまで少なくとも四、五日はかかろう。それまで短慮に走ってはならぬ」

「わたくし等はこの二年の間、耐えに耐え、熟慮に熟慮を重ねて参りました」

「そのことよくわかっている。吾が再びここに戻ってくるまで騒ぎを起こしてはならぬ」

「蜂岡様が京より良い報せを持って戻ってくることを念じて、そのように努めますがお約束はできかねます」

固唾をのんでふたりのやり取りを聞いていた六ヶ郷の里長達は、影昌に同意するような強い視線を清経に送ってきた。

「まさに采は投げられのだな」

清経は先ほど影昌が呟いた言葉を自問するようにくり返した。すでに清経も亮斉も口を挟む余地はどこにもなかった。

清経は亮斉を促して館の裏から密かに抜け出し、京へ向かった。


辰の刻から半刻（午前七時）、東の低い山の稜線からのぞいた陽が、人々の長い影を大地に映した。影昌は館の外に出て一段高いところに立つと群衆を見回し、大きく手を泳がせた。それに気づいた百姓二千余人は、私語をぴたりとやめ、影昌を注視した。

「ここにひき据えた六名は僕《やつかれ》の館を襲った夜盗だ。皆のなかでこの男等の顔を見知っている者はいるか」

影昌は二千余人に届けとばかり大声を発した。

「知っているとも。中のひとりは伴教通様だ。その顔、夢にまで現われて吾を脅した」

ひとりが呼応した。

「たしかに教通様だ」

教通だ、教通だ、と叫ぶ声がたちまち群衆に渦巻いた。

「いや、この者は伴教通ではない」

頃を見計らった影昌がさらに大きな声で告げた。

「その顔は教通。間違いない」

百姓等が口々に返す。

「仮にも伴教通は国司、藤原孝忠様の家人である。京で官位を授けられたそのような者が徒党を組んで夜陰に乗じて家を襲い、この僕《やちかれ》を殺そうとするなどあり得ぬ。この夜盗は顔を布で覆っていた。石原郷里長の館を襲った賊もやはり顔を黒い布で覆っていたと聞く。おそらくこの夜盗共の仕業に違いない。確かに相貌は教通に瓜二つ。だが教通ではない」

影昌は声を振り絞って群衆に告げた。

「ここに参集した全ての者がその男を教通であることを疑っておらぬ。この男に糺してみればわかることだ」

百姓達は教通に、

「ぬしは伴教通であろう」

「教通だ」

「教通に違いない」

と声を荒げる。百姓等からほとばしる教通という名は怨嗟、憎悪を言い換えた言葉に他ならなかった。教通は口を一文字に結び、百姓達を睨みすえ、ひと言も声を発しない。

「この者は京で食い詰めた者達を引き連れてこの地に参り、夜盗となったのであろう。そのような食い詰め者が石原の里長を殺したのだ。食い詰め者の夜盗なれば、里長を殺した罪を購《あがな》ってもらわねばならぬ。そうであろう」

影昌は声を嗄らして訴えた。

「今すぐ叩き殺せ」

「いや賀茂川に沈めてカラスと犬に食わせろ」

「そのようなことでは生ぬるい。首より下を地中に埋め、首をのこぎりで弾きちぎれ」

百姓達全ては縄で縛られた男が教通であることを疑っていない。それ故、怒りはますます強くなり、六人を取り囲んだ輪がじりじりと狭められていく。

「吾等は頼方様の家人だ。このような仕打ちをして、国衙の官人をはじめ頼方様が黙っていると思うか」

たまらずに腕を折られてうずくまっていた男が叫んだ。

「言われなくとも、ここに参集した者すべてはぬし等が頼方郎党であること、わかっておる。その隣の荒縄で縛られた太々しい男が教通であることもな」

百姓のひとりが携えている丸棒を今にも教通に振りおろさんばかりに近づいて憎々しげに怒声を浴びせる。

「手をだすな。再三申すが、この者等は頼方様の郎党ではない。国司の家人が夜盗に成り下がるなどあり得ぬ。この者は命惜しさで頼方様の郎党であると偽りを申しているのだ」

「そうまで里長殿が言い張るなら、これから頼方様の館に押し掛け、この者達を引き合わせようではないか」

「すぐに押し掛けようぞ」

群衆が動き始めようとする。

「軽挙はならぬ」

影昌が動きに先んじて制した。

「吾等が木鐘に導かれてここに駆けつけたのは頼方様の悪行に声をあげるため。里長殿が木鐘を打たせた真の心内《こころうち》もそうではないのか」

「僕《たつかれ》の心内は皆と変わらぬ。京、四条堤の築造に徴集された八ヶ郷の者達が頼方様の暴政を民部卿に訴え出てから六日が過ぎた」

「そのことすでに吾等は皆、存知している。訴え出てどうなった」

「未だ功を奏しておらぬ」

「功を奏さぬ、とは民部省が訴えを取り上げなかったのか」

「民部省に訴え出た者は七名であった」

「八ヶ郷からひとりずつのはず。七名ではひとり足らぬ」

「吾が息、影常が越訴に加わらなかった」

「なぜだ。なぜ加わらなかったのか」

「影常は解文を持っていた故に、頼方殿の手の者に殺害されたと思われる」

思われる、と述べる影昌の言葉の裏には、生きていて欲しいという切実な願望が込められていた。

「解文は民部省に届いたのか」

「届かぬ。影常共々解文も抹殺されたに違いない。それ故、訴えは功を奏さなかった」

「訴えた七名は今どこだ」

「民部省に留め置かれている。ところが国司孝忠様は七名を引き渡すよう民部省に申し立てている。事ここに至って、吾等はなにをなすべきか」

影昌は両腕を開いて群衆に問いかけた。

「七名を救うためこれから民部省に押し掛ける。それしかない」

「いや、その前に、その夜盗達を引き連れて頼方様の館に押し掛けようではないか」

殺気だった群衆は口々に、越訴だ、越訴だと声をあげながら、頼方の館がある南に向かって歩き出した。

二千余人が口を合わせて叫ぶ声が朝のしじまを破って田畠に広がってゆく。やがて、越訴だ、と叫んでいた群衆は、

——頼方郎党を打ち殺せ、頼方を打ち殺せ——

という怒号に変わった。

二年の間、頼方郎党の人を人とも思わぬ不法、収奪に耐え続けた百姓等の怒りは歩を進めるごとに高まり、ふくれ上がり強まって新たな憎しみを生みだしていく。このまま頼方等の容赦ない収奪を許せば、己達が飢え死にすることは目にみえていた。また飢え死にしないまでも、今よりも苦しく過酷で先々なんの望みもない日々が待ち構えていることをすでに身にしみて感じていた。こうした百姓等の心情を知り尽くしている影昌等里長達に頼方の館へ向かう百姓等を押しとどめられるはずもなかった。

ゆっくりと歩を進めていた群衆は歩みに合わせて、頼方を殺せ、頼方を殺せ、と声を一にして叫ん

でいたが、歩みが速まるにつれて叫びは、はじけ渦巻いて荒起こしの終わった田を覆った。

頼方の館まで二里（八キロ）、道々、八ヶ郷以外の郷人が怒号、叫び、怨嗟の声に誘発されて列に加わってゆく。影昌等七人の里長は百姓等に押され押されていつの間にか群衆の先頭に出ていた。そのすぐ後ろに歩行困難になった頼方郎党一名が戸板に乗せられ、教通等五人が百姓等に追い立てられながら連行されていた。

（四）

清経に危うく脳天を割られそうになった男が頼方の館に駆け込んだのは百姓等が頼方の館へ向かって歩き出した半刻後（午前八時）であった。

呑み疲れて熟睡していた頼方が三名の家人を伴って不機嫌な顔で現われたのは、男が館に到着してさらに半刻も過ぎていた。館内に冬の斜光がさし込んでいたが吹き抜ける風は男にひとしおの寒さを感じさせた。

「不首尾に終わりました」

やっと顔を出した頼方に男は寒さからか、あるいは恐怖からか震えながら告げた。

「不首尾？」

頼方は酒でむくんだ顔を男に向けた。

「教通殿はじめ他の五人は何者かによって拝志郷里長の館にて捕らえられました」

頼方の顔つきが変わった。

「何者とは誰だ」

「錫杖を巧みに使う偉丈夫」

「偉丈夫？　その者に心当たりは？」

「おそらくは昨日拝志郷を訪れた問民苦使ではないかと」

「問民苦使は京に戻ったと聞いている」

「京に戻るところを教通殿は確かめております。だからこそ、吾等は昨夜、教通殿と共に拝志の里長の館に乗り込んだのです」

「京に戻ったはずの問民苦使がなぜ里長の館に舞い戻っていたのだ」

「わかりませぬ。しかし問民苦使があのように棒術に長けていたとは思いもよりませんでした」

「教通でも歯が立たなかったのだな」

「教通殿はまるで赤子のように問民苦使にもてあそばれ、突き崩され、他の者も錫杖で叩き伏せられました」

「すぐに皆を集めよ。吾が直々に拝志郷の里長の館に参る」

頼方は控える三名の郎党に命じた。

四半刻（三十分）後、弓を携え、腰に太刀を下げた頼方の郎党二十四名が頼方邸中庭に結集した。

およそ三千坪の敷地をぐるりと土塀が囲み、その中央に館は建っている。南面の土塀に正門、北面の土塀に裏門が設けてある。すでに頼方は馬に乗り、轡を郎党のひとりにとらせ、いつでも繰り出せる態勢を整えていた。

「門を開けよ」

馬上から頼方が命じた。

開かれた門から頼方は馬を進めて門外に出た。

「あれはなんだ」

馬上から見はるかした先に砂埃が上がっていた。

「あれは、あれは」

郎党のひとりがおびえた声で応じ、

「おびただしい人の数。百姓等に違いありませぬ」

と告げた。

「百姓だと。百姓がなにゆえこちらに向かって参るのだ」

頼方は手綱をゆるめて砂塵が上がる方へ馬を進める。郎党は遅れじと馬の後に続く。少しずつ群衆が近づいてくる。

「なんと、先を歩かされておるのは教通ではないか」

頼方が不快げに顔をしかめる。

双方はたちまち距離を縮め、十間（約十八メートル）ほどあけて対峙した。

「どちらへ参られますのか」

影昌がひとりだけ前に出て騎乗の頼方を見上げた。

「ぬしは誰だ」

頼方は影昌をにらみつけた。

「お忘れですか。拝志郷の里長、影昌でございます」

「丁度よい。うぬの館《もと》に参るところであった。この百姓等はなんだ」

「昨年より紀伊郡内に夜盗がはびこり、百姓等が迷惑をしておりましたが、昨夜、僕《やつがれ》の居宅に押し入ったところを、ことごとく召し捕りました。おそらく夜盗共は京で食いつぶしたあぶれ者。それがこともあろうに頼方様の家人であると言い張って、ゆずりませぬ。頼方様の名を語れば放免されると思ったのでしょう。その根性の悪さと往生際の悪さにはあきれかえるばかりですが、六人が六人、揃って、吾等は頼方様の家人であると放言して憚りませぬ。挙げ句、頼方様が吾等のことを証してくれるはず、頼方様の館まで連れていけ、とどこまでも人をたぶらかすような虚言。その場で刺し殺そうと思いましたが、百姓等が夜盗の頭目は頼方様の右腕とも称されている伴教通様であると口々に申し立てます。僕《やつがれ》としては、百姓等の申し立てを黙殺することもならず、こうして夜盗共を引っ立ててここに参った次第にございます。頼方様にはどうかこの盗賊共をじっくりとご吟味くだされ」

この男、頼方が己の息子影常を殺すよう命じたのだ、と思いながら影昌は頼方をにらみ据えた。

「その者等六名は紛れもなく吾の郎党である。その者達に縄打つことは国司に縄打ったに等しい」

頼方は教通等を一瞥もせず、馬上で反り返り、声を荒げた。

「国司に縄打つなど恐れ多いこと。僕《やつがれ》は頼方様の郎党でなく、賊に縄打ったのでございます」

「賊と申すならこの者達によって何か強奪されたものでもあるのか。あるまい。またこの者達によって誰か殺された者でも居るのか。居るまい。教通等はぬしの館を訪れたにすぎぬ。それをぬしはこの者らを夜盗と決めつけ、深い傷を負わせた。もし縄を打つならこの者達ではなくぬし自身ではないのか。すぐにかの者達の縄を解け」

「お断りいたします。解けばこの者達を頼方様の郎党と認めることになります。この者達は京で食い詰めた夜盗でございます」

「何が不服で百姓等をそそのかし、ここに押しかけた」

「わたくし共百姓の怒りをご存じない、と申されますのか」

「全く以てわからぬ」

影昌は頼方が惚《とぼ》けているのではないかと思ったが、どうやら本気のようだった。

「頼方様をはじめ郎党の方々は国司の名のもとに、旧来の慣習を覆し、斗代を勝手に上げ、二間五尺五寸の間縄を三間と偽って検田を行いました。それらすべては吾等百姓等にひと言の断り了承もなく、頼方様の一存で否応なく裁可された」

「吾が断を下したのではない。すべて父、藤原孝忠の意に添って為したこと。もとより国司は誰の干渉も受けず、山城国の政《まつりごと》を裁可できることになっておる」

「まさに裁可をなさるのは国司。しかるに国司は孝忠様であって頼方様ではありませぬ」

「吾が国司代であること山城国の者は誰ひとり知らぬ者はない」

国司代とは任国地に赴かず、在京する国司に代わって任国地の政を執行する代理人のことである。

「では国司庁宣《こくしちょうせん》を公示願います」

「黙れ。まるで吾が国司代ではないかのような物言いだな。里長風情に国司庁宣を見せる気はさらさらない」

国司は代理人（国司代）を任国地に遣わすに当たって、その者が代理人であることを任国地の民に周知させるため国司庁宣と呼ぶ書状を作成することになっている。

国司代は任国地に赴き、最初にこの国司庁宣を在国官人、郡司、里長に公示し、国司の代理人であることを周知させなければならない。

しかし、頼方はこれを怠った。己が国司孝忠の嫡男であることは疑う余地もない、そのことをよいことに、山城国の官人、郡司、里長総てを軽んじたのだ。

「歴代の国司代は官人、郡司、里長に国司庁宣をお示しくださいました。しかるに頼方様がここに赴任いたして二年経ちますが、いまだ国司庁宣をお示しになっておりませぬ。どうぞ吾等に国司庁宣をお示し願いとう存じます」

頼方は山城国に来て以来、初めて己をおとしめるような口利きをする里長に激怒した。

「礼をわきまえぬ、無礼な口利き。この者を捕らえて館にひき据えよ」

頼方は郎党等に大声で下知した。それを聞いていた百姓等は引き渡すまいとして影昌のまわりを取り囲んだ。

「ぬしらこの男を庇うつもりか。かまわぬ、その者達もひとり残らずもひっ括《くく》れ」

頼方の怒声に郎党達は抜刀し大上段に構えて百姓等を脅しにかかった。

するど百姓等は手に持った鍬や丸棒を天に向かって突き上げると頼方郎党を十重二十重に取り囲んだ。

「検田をやり直せ。斗代を元に戻せ。国司庁宣を見せろ。不当に巻き上げた米を返せ」

口々に叫ぶ百姓等はもみ合いへし合いしながら頼方等を取り囲んだ輪を絞ってゆく。

頼方郎党は百姓等の怒りに満ちた顔が信じられなかった。脅し文句のひと言ふた言を発すれば一も二もなく百姓等は沈黙し、逃げ惑うことを、郎党等は疑わなかった。この二年間、百姓等は頼方郎党の一喝で震え上がり、誰ひとり刃向かう者など居なかったのだ。それが今、憎悪を剥きだし鍬や丸棒を振りかぶって、じりじりと包囲した輪を縮めてくる。郎等達の百姓に対する不遜、尊大、侮り、傲岸などの諸々の感情が瞬時に吹き飛んで、代わって恐怖だけが総てとなった。郎党達は百姓等に不法を働いたことを自覚しているだけに、恐怖は死を予感させるものだった。

「輪を解け。百姓等は散会せよ。輪を解け」

頼方は馬上から居丈高に命じ、群衆に馬を乗り入れ、蹴散らそうと手綱をゆるめた。すると群衆から抜け出した若者が馬前に駆けつけると丸棒を馬の前脚めがけてしたたかに打ち込んだ。馬はいななくと後ろ足で大きく立った。不意を突かれた頼方は均衡を失って落馬し、大地に叩きつけられた。

「頼方を打ち殺せ。頼方を打ち殺せ。郎党を殺せ」

取り囲んだ百姓等の声が渦巻いた。

「うぬら、うぬら」

頼方は駆け寄った郎党に助け起こされながら百姓等をにらみ据えた。頼方にはまだ百姓等の怒りや憎悪が理解できなかった。

群衆は包囲した輪を小さくしていく。郎党等は振りかぶった刀を水平に持ち替えて、近づく百姓等を牽制するがじわじわと絞られる群衆の輪は止まりそうになかった。

「検田をやり直せ。斗代を元に戻せ。国司庁宣を見せろ」

丸棒と鍬を頼方等に向けた百姓等の怒声は叫びと絶叫に変わっていた。

「国司庁宣は後日公示する」

頼方は屈辱を感じながらそう告げざるを得なかった。

「今すぐ、見せろ。館に置いてあるなら、郎党に取りに行かせろ」

ひとりが頼方を指さして叫んだ。

「おのれは、吾を指さして命じるのか」

憤怒した頼方はその百姓につかみかかろうとした。郎党が頼方を庇うようにしてそれをとめた。

「頼方様が国司代であることを証する国司庁宣を是非この場にておみせくだされ。さもなければ、ここに集まった百姓三千余名ことごとく、頼方様を国司代とは認めませぬ」

影昌が百姓等の言わんとしていることを代弁した。

「吾が国司代であることを山城国官人等は皆認めている。うぬらに認めてもらうことなど笑止。認めなかったらなんとする」

「百姓等を脅し、国司代であると偽って百姓から米、布、畑作物を収奪した夜盗の頭目、ということになります。そのような夜盗を山城国にはびこらせておくわけには参りませぬ」

影昌の毅然として怖じない物言いに百姓等はよくぞ言ってくれた、という顔で深く頷く。このときになって、頼方は初めて己が置かれている容易ならざる立場を理解した。

「庁宣は父の館、京にある」

頼方はそう嘯《うそぶ》いた。国司庁宣などはじめから携えてこなかった。

「ならば孝忠様の館まで取りに行かせましょう。ついては頼方様から孝忠様へ依頼文《ぶみ》を作っていただきます」

「文は館に戻らねば作れぬ」

館に戻れる口実ができたと頼方は欣喜した。

「ここに筆等をお持ち願います」

影昌が頼方の思惑を切り捨てた。

影昌は郎党のひとりを選び出し、その者に百姓数人をつけて館に送り込んだ。

一行はしばらくして紙と筆記具を持って戻ってきた。影昌は紙と筆を頼方に突きつけた。頼方は口をかたく結んでしばらく思案していたが、観念したのか筆を執った。

「文を確かめさせていただきます」

書き終えるのを待って影昌が依頼文を頼方の手から奪い、文面を黙読した。そこには、頼方が国司代であることを証する国司庁宣を至急に使いの者に手渡すように、と書かれてあり、そのほかのことは何も記されていなかった。もし、今の窮状や助けを求めるようなことが少しでも書き加えてあれば、影昌は書き直させるつもりだった。

「誰か、この文を京、藤原孝忠様の館に届ける者は居ないか」

群衆へ影昌は問いかけた。すると、

「わたくしが参る」

頼方の馬の脛を丸棒で打ち据えた若者が影昌の前に立った。

「これは石原郷里長の子息、顕秀《あきひで》殿。ぬしが参ってくれるなら心強い」

影昌は依頼文を顕秀に渡しながら、

「孝忠様より国司庁宣を渡されたら、それを防鴨河使主典《さかん》の蜂岡清経殿にお渡しして、なるべく早くお越し願いたい、と申し添えてくれ」

と頼んだ。


顕秀が頼方の依頼文を携えて京に向かった頃、清経と亮斉は民部省の門前にあった。

ふたりは待つまでもなく庁舎の一室に通された。

「なにか手違いでもあって途中で引き返して参ったのか」

しばらく待って姿を見せた権大輔《ごんだいふ》藤原是兼《これかね》はあまりの早い帰京にいぶかしげな顔をした。

清経は山城国に入ってからの経緯《いきさつ》をかいつまんで話した後、懐から解文を取りだし、是兼の前に置いた。是兼は無造作に開いて文面を確かめた後、

「なるほど、これでは国司代が越訴されても仕方ありませんな。この解文は中納言、藤原公任《きんとう》様にお託し、陣定《じんのさだめ》で吟味していただきます」

と頷いた。

陣定は今流に言えば、閣議に当たる。平安京創設当初は紫宸殿で行われていたが、後に紫宸殿の東に設けられた陣に議場を移した。陣とは天皇を警固する陣屋のことで、ここならば常に公卿の出入りがあって、集まりやすかったことから、いつの間にか陣屋で閣議をひらくようになって、陣で政を定めることから陣定と呼ばれるようになった。

閣議に参加する者は公卿と称される高官に限られている。公卿の公とは太政大臣、左・右大臣を指し、卿とは大・中納言、参議および三位以上の高官で、公と卿、すなわち公卿の総勢は二十名ほどである。

参議でない是兼は陣定に列する資格がなかった。

「至急にご論議をお願いいたします」

清経はよい報せをもって少しでもはやく拝志郷へ駆けつけたかった。

「公任様にそのようにお伝え申す。しかし公任様はお忙しい方、直ぐにとは参らぬかもしれぬ」

「事は急を要しております。なにとぞすみやかにご裁可をお願いいたします」

百姓等が影昌等の制止を振り切って暴徒と化すかもしれないと思うと、少しでも早く陣定を開いて欲しかったが、防鴨河使主典という下級官人である清経が意見を差し挟む余地は残されていなかった。

「百姓七名の処遇はいかようになっておりますか」

今清経が影昌の力になれるとすれば彼等の消息を確かめるくらいしかない。

「孝忠殿が引き渡せとうるさく申し立てるので、京から離れた寺に預けました」

「なぜ寺に」

「公任様が取りはからってくださいました。ご存じのように、公任様は三年前まで検非違使庁別当を兼務なさっておりました。わたくしはその当時、検非違使庁の佐《すけ》(次官)に就いていたことがあって、目をかけていただきました。そこで公任様にかの百姓等の扱いを人語《ひとかた》らい(相談)したのです。寺とは広隆寺。寺主の勧運和尚様と公任様は旧知の間柄とのこと」

「勧運和尚は吾の育ての親、大叔父に当たります」

「これは奇遇」

是兼は驚いたように目を見開いた。


清経と亮斉が民部省を退出したとき、陽はわずかに西に傾きはじめていた。大内裏のほとんどの大門は閉められ、職務をすませた官人らが足早に退庁する姿が散見できた。

「吾はこれから広隆寺に参る。亮斉はそのまま家に戻って疲れを癒してくれ」

清経は朱雀門の大門が閉まるのを背に亮斉に告げた。

「七条の館に戻られたらいかがですか。館には病人が伏せっているのでしょう」

「戻りたいがなにやら怖いような気がして、今ひとつ戻るのに気がすすまぬ」

「かの者が回復していればいいですな。わたくしは鬼の住む館に戻ります」

亮斉は心底、歩き疲れたのか、そう言って清経に軽く頭を下げた。

（五）

「ここはどこだ」

寝具をのけて康尚《こうじょう》は上半身を起こした。するとひどいめまいがした。しかたなく康尚は再び寝具の上に横になって目をつぶった。

「気がついたかね」

「どなたか。それにここはどこか」

康尚は目を閉じたままで訊ねた。

「西坊城門小路と七条坊門小路の辻に近いところ」

その声で康尚は答えた者が女であることがわかった。

「西坊城門小路？　なぜわたくしがそのようなところに伏せっているのだ」

「賀茂川で溺れたのを覚えているかい」

言われて康尚は乙妙女《おとたえ》を流すために流れの深みに入っていったことを思い出した。するとその時のことが少しずつ、はっきりとよみがえってきた。

康尚はゆっくりと用心しながら目を開けた。めまいは収まっていた。

「そなたはあの時、吾妹《わぎも》（妻）の装束を剥ぎ取ろうとした者」

「それが溺れたぬしを助けたあたしに向かって言う言葉かい」

「そうか、わたくしは深みにはまって溺れたのだったな。そこにそなたが吾妹の装束を剥ぎ取ろうとして泳ぎ寄ってきた」

「剥ぎ取る、剥ぎ取ると二度も言われると胸くそが悪くなる。ぬしなどあのまま溺れ死んじまえばよかったのだ」

「まるで、わたくしを助けるために泳ぎ寄ってきた、とでも言いたいようだな」

「助けようとしたのさ。そしたらぬしはあたしにしがみついてきた」

「そうであった。そうしたらそなたはわたくしを足で蹴り、腕を振りまわしてわたくしを溺れ死にさせようとした」

「助けようとしたあたしが愚かだったのさ。放って岸辺からぬしが溺れ死ぬのを見ていればよかった。そうすればぬしを三日三晩、寝もやらずに取り見ることもなかった」

「三日三晩？　寝もやらず？　取り見る？　溺れてからそんなにも日が経っているのか」

康尚は驚きながら聞き返した。

「そうさ、三日三晩さ」

「まことそなたがわたしを賀茂川から引き上げてくれたのか」

「ぬしにからまれてあたしも溺れかかっていた。そこへこの館《やかた》のあるじが通りかかってぬしを川から引き上げてくれた」

「賀茂川から半里（二キロ）も西に行ったここへどうやって運んだのだ」

「ぬしを背負って運んできたこの館のあるじに礼を言うんだね」

「そなたは溺れなかったのか」

「泳げるからこそ、ぬしを助けようとしたんだ」

「どうやらわたしはそなたとこの館のあるじに命を救われたらしいな」

「今ごろ、わかったのか」

「すまぬ。心ないことを申した」

「ぬしは高熱を出して気が失せていた。あたしが何度冷たい水でぬしの額を冷やしたと思う。百度ではきかないよ。お陰でこの三日間、あたしはほとんど寝てない」

「百度もか」

「この館のあるじもあたしもぬしは裳瘡《もがさ》に罹ってると思っていたからね」

「裳瘡？　わたくしが裳瘡に罹っていたのか。もしそうならよくそなたは逃げ出さずに取り見てくれたな」

「幸い、裳瘡ではなかったようだ。裳瘡なら三日ほど高熱が続いてそのあとに顔や身体に水ぶくれができる。ほとんどの者は死んじまう。ところがぬしは目を開けるなり、あたしを盗人《ぬすっと》呼ばわりした。あたしは盗人ではない。ぬしの妻君の装束は洗い乾かしてそこに置いてあるよ」

捨女は康尚が横たわった寝具の片端に置いてある装束に顎をしゃくって指した。

「この袿のほかに吾妹が身に着けていたものはなかったか」

「あったかもしれないが、皆流されたのだろう。なにか大事なものでも身に着けていたのか」

「一尺ほどの如来像だ」

「それが木刻りなら川面に浮いてもう難波の海に流れついてるさ。それにしても成仏を願って如来仏を妻君に添わせる心配《こころくば》りがあるのに、なぜ妻君を川に流そうとした」

「それをそなたに話したとてわかってはくれまい。それより館のあるじに礼を言わねばならぬ。あるじは居られるか」

「ぬしの面倒をあたしに押しつけて二日前から留守さ。礼を言うならまずあたしにではないのかい」

「そうであった」

康尚は起き上がって、正座すると深々とお辞儀をしたがすぐに横になった。

「すまぬ。めまいが激しくて満足な礼も言えぬ。礼はもう少し待ってくれ」

「礼には及ばない。めまいは長く寝ていたこともあるが、三日も何も食ってないからだろう。これから湯飯を作ってやる」

捨女はそう言い置いて土間に下りていった。


清経と亮斉が朱雀門を後にした頃、顕秀は三条坊門小路北、大宮大路東の一郭に建つ藤原孝忠邸の門前に立っていた。

すでに門は閉まっていたが、脇の小扉は開いていて、そこに門衛らしき下僕が立っていた。頼方からの文を渡すと、下僕は門外に顕秀を待たせたまま邸内に消えた。しばらくすると下僕が戻ってきて、邸内に顕秀を誘うと、対の屋（居住棟）の一室に導いた。

部屋には初老の男が坐して、手に顕秀が下僕に渡した文が握られている。

「そこへ坐せ。わたくしが孝忠だ」

顕秀は平伏して、

「わたくしの名は」

と名乗ろうとすると、

「名などどうでもよい。頼方がなぜこのような文《ふみ》をぬしに持たせたのだ」

と苛立った声で訊いた。

孝忠は民部省に呼び出され、問民苦使派遣を告げられた翌日、国情を調べてくるようにと家人のひとりに命じていた。しかし、二日経った今も戻らず、案じていた矢先に頼方の依頼文を携えて男が館を訪れたことで、山城国に抜きさしならぬ何かが起こりつつあることを察していた。

「紀伊郡の百姓二千余名。愛宕《あたご》郡、葛野《かどの》郡、宇治郡の百姓一千余名、あわせて三千余名が頼方様の館を訪れております」

「訪れている？　そのように穏やかなものではあるまい。押しかけているのだな」

「越訴のこと、すでに孝忠様はご存じのはず」

「あれは越訴ではない。かの百姓等の世迷い言にわたくしだけでなく民部省も迷惑している」

「そう申されるなら孝忠様自ら山城国にお越しくださり、内実をその目でお確かめください」

「そのようなことをぬしから指図される謂われはない。頼方から国情は逐一報らされている」

「頼方様は耳障りでないことばかりを孝忠様にお報せ申しているのではありませぬか」

「一介の百姓が国司に向かって、なぜそのような口がきけるのだ」

「もはやわたくしに守るべきもの、恐れるものがないからでございます」

顕秀にとって、頼方は国司代ではなく父親殺しの極悪人でしかなかった。極悪人を己ひとりで罰する力がないことを顕秀は承知していた。影昌をはじめ百姓総てが死を覚悟して頼方に刃向かったのであれば、顕秀もまた死を賭して孝忠の邸に乗り込んできたのだ。

「おのれら、この一件が落着したら、田畠、家屋ことごとくを没収し国外に放逐してくれる」

孝忠はそう言ってみたものの、三千を超える百姓等に捕らわれ同然と思われる頼方のことを考えれば、国司庁宣を顕秀に渡すしかなかった。

「しばらくまて」

孝忠はそう言って立ち上がると部屋の隅に置いてある机に行き、そこに坐した。

「これから庁宣を認《したた》める」

「これから？」

「頼方は紛れもなくわたくしの息である。庁宣などなくとも国司代であることは明白。したがって庁宣は作成してない」

はらわたが煮えくりかえる思いで孝忠は半紙に、右件《くだん》の如し、と庁宣文を書き始めた。

顕秀はじっと孝忠の手元を見つめて書き終えるのを待った。やがて認め終えた孝忠は顕秀のもとに

戻ってくると、

「頼方はこのわたくしが任じた国司代だ。今さらこのような庁宣など、なんの役に立つのだ。これをすぐに頼方のもとに届けよ」

と憎々しげに告げ、庁宣の封書を顕秀の前に投げて寄こした。

「確かにお預かりいたしました。これより民部省に参り、国司庁宣を問民苦使、蜂岡清経様にお渡しいたします」

「なんと、民部省？　問民苦使？　だと」

孝忠の顔つきが変わった。

「そう命じられております」

「そう命じた？　山城国で命ずることのできる者は頼方とこのわたくししか居らぬ。誰がぬしに命じたのだ」

「拝志郷の里長、影昌殿。三千の百姓等の命を預かっている方です」

「その者が百姓等を惑わし、脅しつけて頼方を襲わせたのだな」

「断じてそうではありませぬ、と申しても孝忠様にはおわかりいただけないでしょう」

顕秀は国司庁宣を懐にしまいながら、席を立った。

陽光は少しずつ西に傾きつつあった。立ったままの百姓達の影が長く大地に落ちている。絶えず吹きつのる寒風が頼方や百姓等の身体を締め付ける。

「いつまでここに居続けるのだ」

頼方は立っているのが辛くなって苛立った声をあげた。すでに怒鳴ることも怒ることもできないほど疲れていた。肥満した頼方は立っているだけで拷問に等しかった。

「文を届けに参った者が戻ってくるまでご辛抱願います」

「国司庁宣を持ち帰るのは明日になろう。この寒さ、夜も迫っている。ここで待つことはなかろう」

「待つことに百姓は慣れております。雪解けを待ち、田起こしの頃合いを待ち、苗の発芽を待ち、田植えの梅雨を待ち、稲が育つのを待つ。日々が待つことの明け暮れでございます」

影昌は顔に微笑みを浮かべて穏やかに応じる。

陽がさらに西に傾いた。

「坐すぞ」

ひと言発すると頼方はその場にへたり込んだ。

「お立ちくだされ。百姓総ては立ったままこの場で頼方様をお迎えしております。ひとり弱音を吐いて座り込むのは礼に失すると思いませぬか。お立ちくだされ」

影昌の柔らかい物言いには有無を言わさぬ強さが含まれていた。しぶしぶと立ち上がった頼方の顔は屈辱と疲労でゆがんでいた。

「おのれ等、このままで済むと思うな。山城の官人が必ずやここに参って、おのれ等を蹴散らし牢におくるであろう」

強気の言葉とは裏腹に頼方の口調は弱々しかった。

「もとより覚悟のうえでございます。しかし山城国の官人はここには参りますい。彼らとて頼方様には苦汁を呑まされておりますからな」

頼方は思い当たるのか口をかたく結んで苦々しげに囲んだ百姓等に目を移し、

「吾は先ほどから便意を催している。囲みを解いて、館に帰してくれぬか」

と声を落とした。

百姓等がわずかに囲んだ輪をゆるめる。

「どうぞ、この場にてなさりませ」

影昌はこともなげに告げた。頼方はしばらく逡巡していたが、我慢しきれなくなったのであろう、郎党を己のまわりに集め、そのなかで腰をかがめた。全身を屈辱で震わせながら、このような仕打ちを強いる影昌をいかにして殺すかだけを考えながら排便を終えた。

「その糞は頼方様がひりだした汚物。自らの手で始末していただきます」

影昌の声はさらに穏やかになっている。頼方は影昌をにらみ据え、そして無視した。

「始末する気がないなら、郎党に命じなされ。人を殺せと命じれば、人を殺す。そのような忠実な郎党であれば、糞の始末など喜んでなさるでしょう」

だがひとりとして郎党は動こうとしなかった。

「おのれの糞の始末もできぬとは」

そう言って影昌は百姓のひとりから鍬を取ると、糞の近くに穴を掘り、そこに入れて土で覆った。

「糞の始末の手間代は貰い受けます」

鍬の先を枯れ草で拭って百姓に返しながら影昌はさらに、

「手間代は米一俵でございます」

と皮肉たっぷりに告げた。百姓等がどっと笑った。

「一俵だと」

「それが厭ならこれからはお手前で始末なさるのですな」

「このまま何も食わずに使いの者が戻るのを待つのか」

「出してしまえば、次は食物《じきもつ》ですか。吾等にとってこのような空腹はいつものことでございます。常にひもじい思いをして住み暮らしておりますからな」

すでに冬の短い陽は西の低い稜線に沈みかかり寒さが増してきている。

影昌は参集した三千余の百姓の半数に、家に戻り、十分に睡眠をとり、明日早朝、ふたり分の屯食《とんじき》（にぎりめし）を携えて再び戻ってくるように呼びかけた。

応じた百姓達が去り、残った一千五百余の百姓が新たに頼方達を包囲し直したのは陽が遠山の稜線に沈み切った時刻であった。


京、北西の郊外にある広隆寺に清経が着いたのは民部省を退出した一刻（二時間）後であった。すでに陽は山の端に入りかけて、ひとしおの寒さが清経の空腹にこたえる。そう言えば、己はいつも空腹との葛藤で頭が占められている、と清経は恥じる。しかし恥じているうちはそれほど空腹が切実ではないのだ。空腹が進むと恥じる気持ちは消え失せて、ただ、腹が減った、という心細い思いだけになる。今日も朝から何も食べていない、広隆寺に着けばなにか腹を満たすものを修行僧は供してくれるだろう、と道々食い物のことばかり考えて広隆寺にたどり着いた。

「和尚、なにか腹の足しになるものをすぐに用意して欲しい」

広隆寺の庫裏で勧運和尚と向き合った清経は挨拶もそこそこに頼んだ。

「用意して欲しい、と申せば、食い物が出てくると思っておるのか。広隆寺で身につけた節食の良習はすっかり抜け落ちたようだな」

久しぶりに会う清経に勧運は笑顔を向ける。

「いえいえ、今もそのように心がけております。しかし腹が減ると何も考えられなくなるのです。和尚、なにか腹の足しになるものをすぐに用意して欲しい」

「同じことを二度申すな。今、僧らが夕餉の用意をしておる」

勧運の顔を見たその時から清経はここ数日の緊張感から開放され、どっと疲れがでてきた。するとさらに空腹が強まった。

「和尚、吾が問民苦使として山城国に出向いたことはご存じですか」

腹を満たしてからゆっくり百姓等のことを訊ねようと思っていたが、夕餉が遅くなるなら今のうちに話してしまおうと清経は思い直す。

「一昨日、公任様が七名の者を伴って広隆寺に参られた。公任様が申すには、山城国でなにやら騒動が起きつつあるらしい、ついてはこの七名をしばらくの間、預かって欲しいとのことであった。その折、公任様は清経が問民苦使として山城国に遣わされたと報せてくれた」

二十数年前、公任の父、藤原頼忠《よりただ》が左大臣であったとき、病を得て、危篤に陥った。それを治療看護して治したのが勧運であった。頼忠は治癒した翌年、関白の座にのぼり就く。頼忠は勧運に感謝し、以後死ぬまでふたりの間には親交が続いた。その頼忠の嫡男公任も勧運と親交を持ち、清経が成人するに至って防鴨河使主典の職に登用される労をとったのは、他ならぬ公任であった。

「公任様は清経が問民苦使の任務を全うできるか案じていた」

公任と清経、身分の差こそ大きいが、ふたりは私的に何度か会っていて、公任は清経の気質をわかっていた。

「案ずることはない、と申してくだされたでしょうな」

「あのような短慮で令のなんたるかも知らぬ清経が問民苦使とは世も末じゃ、と申しておいた」

「世も末、とは心外」

「短慮、無知。そのくせなんにでも首を突っ込み、突っ込んだ首が回らなくなると、亮斉や宗佑、拙僧に泣きついてくる。そのような男が問民苦使となる、それが世も末でなくて、なんであろう」

亮斉にも同じようなこと言われたことを思い出した清経は、老人になると人はどうしてこうも人の欠点ばかり探しだして口うるさくなるのかと、呆れるだけで、

「和尚、吾は和尚の死に水をとる唯ひとりの縁者ですぞ。もう少し良いところを探して、ほめてくれてもよいのではありませんか」

と、いっこうにめげる様子はない。

「ないない、清経に良いところなど皆無じゃ」

勧運はいかにもうれしそうに口を開けて笑った。勧運にとって無駄口や憎まれ口、冗談を心おきなく言えるのは唯一清経だけである。広隆寺の三十名ほどの寺僧、修行僧等は勧運を雲上の人の如くに遇して、決して冗談や戯れ言は発しない。いや勧運の足音を聞いただけで、全身を緊張させ、ひたすら粗相のないように縮こまって目を合わせようともしない。勧運が親しく話しかけようとすると三拝九拝して緊張する僧達を目の前にすると、勧運はつい、難しい顔をしてしまう。若い頃は同年配の僧達と同胞《はらから》笑い、冗談を言い合うことが多かったが、齢八十二になった今、笑い合い、戯れ言を言い合った者達は総て黄泉の国へと旅立ってしまった。清経では黄泉の国に旅立った輩に遠く及ぶべくもないが、勧運にとって唯一の係累である清経は二十三歳。あまりに年が離れているためか、かえってお互いに遠慮がなく、本音と本音をぶつけ合えると同時に深い慈しみがふたりの間に常に介在していた。

「七名は僧坊に居るはずだ」

勧運の言葉に促されて清経は本堂の東側に建つ僧坊に向かった。夕暮れが訪れるにはまだわずかばかり早い時刻、寺内の欅やクヌギはすっかり葉を落とし、庭の雑草はことごとく枯れて寒々とし、春の息吹はまだ感じられなかった。

僧坊には十数人の修行僧が坐していたが、七名の姿はその中になかった。

「山城国の方々はどこに居られる？」

清経は修行僧のひとりに訊ねた。

「わたくしがそのひとりでございます」

訊ねられた修行僧が居心地悪そうに答えた。

「いや、吾は賀茂川、四条堤の築造に加わり、民部卿に訴え出た百姓等のことを申しているのだ」

「蜂岡様でございますね。四条堤築造に加わっておりましたから、蜂岡様のお顔は見知っております。それにしても、蜂岡様がなぜこのような所に」

「民部省、是兼殿が教えてくれたのだ。しかしその僧形は一体どうしたことなのだ」

「他の六名も皆、坊主姿」

修行僧はそう言って大きく手を挙げた。すると修行僧の中から六名が抜け出し、清経のもとに集まってきた。皆、剃髪し、墨衣を着けていて、どう見ても修行僧にしか見えなかった。

「民部省からここに移された一昨夜、寺主様が突然、剃刀《かみそり》と木桶を携えてお越しになり、有無を言わさず、このように髪をそり落とし、そのうえ装束を剥ぎ取って、墨衣を着せました。わたくし達は確かに民部卿に訴え出ましたが、僧にならなければならないような罪深いことはしておりません」

「僧は罪人《つみびと》がなるものでない」

思わず清経は笑いそうになったが、かろうじてとめた。

「僧形では紀伊郡に戻れませせぬ。このまま、どこぞの荒れ寺に追いやられるのではないかと皆で話しておりました」

七名のひとりが坊主頭を片手でなでる。その姿がなんとも子供じみていた。清経はこらえきれずに大声で笑った。ひとしきり笑った後、国許の実情と己が問民苦使として山城国に赴いたことを話した。

「孝忠様は、おぬし等七名を引き渡せ、と連日民部省に訴えている。引き渡せばぬし等の命はないかもしれぬ。そこで窮余の策として、広隆寺にぬし等を預けたのだ」

「ならば民部省にとどめ置かれていた方が身を守っていただけるのではありませんか」

「民部省は政務を行うところ。おぬし等をいつまでもとどめ置けば政務に支障も来たすであろう。そこで民部省では検非違使庁に身柄を預けようとしたらしい」

「検非違使庁ですと、まるでわたくし達が罪人のようですな」

「孝忠殿からすればおぬし等は山城国を乱した罪人。だが検非違使庁では山城国の内紛に首を突っ込みたくなかったのであろう。預かることを拒んだ」

「それで、広隆寺に移したとしたら、わたくし達の命は誰が守ってくださるのでしょうか」

「広隆寺は古来より由緒ある寺。時々の帝もことあるごとに参詣なされておられる。そのような寺に官位が五位でしかない孝忠様がぬし等を捕らえるために踏み込めば、官位を剥奪され、流刑に処せられるかもしれぬ。それを知らぬほど孝忠様は愚かではない」

「そうは申しても孝忠様の悪行は鳴り響いております。山城国での頼方様郎党の暴虐を見れば、夜盗を装って広隆寺に乗り込むことなど容易《たやす》いこと」

「おぬし等は命を捨てる覚悟で民部卿の館に駆け込んだのではないのか」

「もちろん、そのつもりで訴えましたが、ここで死にたくはありませぬ。頼方様や郎党が駆逐され、孝忠様が国司を廃せられるのをこの目で見なければ、死ぬに死ねませぬ。それに拝志郷の影常殿の消息も気にかかっております」

「たしかに孝忠様の郎党が夜盗を装って広隆寺を襲えば、百姓姿のぬし等はたちまち見つけだされるに違いない。そこで和尚はぬし等を僧形に変えたのだ。寺には常に三十名を超える寺僧、修行僧が私淑している。僧形になれば、誰が山城国の百姓であるか見分けることは難しいからの」

勧運和尚の本意は清経にわかるはずもなかった。本気で頭を刈り、僧にする気であったかもしれない、だがどこかで、勧運の遊び心が百姓等を丸坊主にしたのではないかと、と清経は思った。

（六）

「少ししか食わないんだね」

湯飯を椀に半分ほど残して、白湯を呑む康尚に捨女は不服げな顔だ。

「腹は減っているのだが、どうにも食う気がおこらぬ。せっかく作ってくれたのにすまぬ」

「まだ熱があるのさ。だが裳瘡ではないのだから明日になれば熱もひいて食べられる」

「休ませてもらう」

康尚は這うようにして寝具までいって横になった。めまいは収まっていたが、身体の節々に鈍い痛みがあり、何よりもだるかった。

捨女は木桶に汲み貯めておいた水に布を浸し、それをかたく絞ると康尚の額に置いた。

「すまぬ。洗い干してくれたその装束をそなたにやるから受けてくれ」

「取り見た礼なんて言うんじゃないだろうね」

「それもあるが、もうわたくしが持っていても仕方のないもの」

「妻君《めぎみ》をどこから背負ってきたのさ」

「京と若狭の小浜を結ぶ細く険しい道がある。一条大路西の外れからおよそ三里ほど。その小道をたどった中山《なかやま》郷だ」

「三里もの道のりをよく背負ってこれたものだね」

「乙妙女《おとたえ》が望んでいたからな」

「おとたえ？　ぬしの妻君はおとたえ、と呼ぶのか」

捨女は、おとたえ、にどのような字を当てるのかわからない。

「ではそなたの名は」

「捨女」

「すてめ？　すてめ、とは捨てるの捨てを当てるのか。そうだとしたらずいぶんな名だ」

「路傍に捨てられ泣いているところを拾われて悲田院に預けられた。院で誰かがあたしをそう名付けた。気取った名なんてつけられるわけもない。で、ぬしの名は」

「康尚《こうじよう》と申す。こうじょうの、こう、はこのように書く」

康尚は右手を寝具の上にだし、空に字を書こうとした。

「字を書かれたってあたしは読めない。ともかく、こうじょう、なんだね。すぐに忘れそうな名。わるいけどこれからも、ぬし、と呼ばせてもらうよ」

「この館のあるじはどのような方だ」

「はちおかきよつね、っていう防鴨河使らしい」

「防鴨河使は賀茂川を守る人。それでわたくしが溺れていたのを助けてくれたのか。そなたはその蜂岡殿の知り人か」

「違う」

「でないとすれば、そなたがなぜわたくしを取り見てくれているのか」

「その防鴨河使はぬしを助けると、あたしに、袖振り合うのも多生の縁、って言ったんだ。そう言ってあたしをここに連れてくるとぬしの面倒をあたしに押しつけた」

捨女の言うことが康尚にはよくわからなかったが、介護してくれたのはこの館のあるじではなく捨女であったことだけは納得できた。

どさり、と坐していた捨女が突然横倒しになった。

「いかたがした」

康尚は倒れた捨女の肩に手を掛けて揺さぶった。

だが捨女はぴくりともしない。康尚はさらに捨女の肩をゆすり、こわごわ捨女の顔を窺った。すると捨女の深く呼吸する音が康尚の耳に聞こえてきた。やがてその深い呼吸は心地よい寝息に変わった。

康尚は己が今まで使っていた寝具を捨女にかけると、深く頭《こうべ》を垂れた。するとどうしたことか、涙が止めどなく流れて止まらなくなった。はじめ涙を恥じて声を忍ばせたが、やがて号泣に変わった。

なにが悲しいのかわからなかった。死んでいった乙妙女のことはもちろん悲しかった。しかしそれよりも三日三晩寝もやらず、己を介護してくれ、その挙げ句、泥のように眠りに落ちた捨女になぜだか限りない悲しさを感じていた。

「礼を申す」

康尚は何度も同じ言葉をくり返した。


数本の松明が頼方等郎党を照らし出している。

四日月が東の稜線を這うように西に移っていくなかで、影昌は松明に浮かび上がる頼方をじっと見据えていた。三千の百姓をここまで導いた怒りはとうに失せて、哀しみだけが影昌の身体を締めつけていた。その哀しみがどこから来るのか影昌にもわからなかった。だが、命を捨てると覚悟したその時から心中に芽生えたことは確かだった。

頼方は立ったままで夜を明かすのは初めてだった。寒さと睡魔に悩まされながら、影昌等をいかにして罰するかを考え続けた。影昌の係累ことごとくを葬る以外にもっと影昌を苦しめる手段はないかと思いを巡らす。すると、少しだけ眠気と寒気が遠のくような気がした。隣の教通は立ったまま器用に眠りをむさぼっている。それを見ていると頼方は無性に腹立ってくる。そして空腹がそれにもまして頼方を苦しめていた。飽食と飲酒で肥満した身体は館に戻って温かい食い物と寝具を切望していた。

百姓等は明日になれば交代できるので誰ひとり眠る者もなく、頼方郎党を厳しく見張っている。

影昌は頼方と数歩離れて正対して立ち続けた。

「お寒いでしょうな」

苛立ちを隠せない頼方に影昌が訊く。

「うぬは寒くないのか」

「百姓は寒さに慣れております。温かな夜具に包まれてお休みなさる頼方様には堪《こた》えるでしょうな」

「館へ戻せ。いつまでここに留め置くのか」

「申したとおり、国司庁宣を携えた者が戻って参るまででございます」

「戻らなかったらいかにする」

「戻るまで待ちます」

「すでにこの騒ぎは京に知れているであろう。検非違使等が武士《もののふ》を率いてここに駆けつけるのは目に見えている。必ずやぬしの首を吾が館の門前にさらしてみせる」

「もとより覚悟しております。しかし検非違使がここに参るのがわかれば、僕《やつがれ》は鍬で頼方様と郎党ことごとくを殴り殺します。むしろ検非違使が武士を率いてここに来てくれることを願ってさえいるのです」

「百姓等を散会させよ。さすれば、ぬしを罰してもぬしの係累は罪一等を免じて遣わす」

「ありがたい御配慮、と申したいのですが、すでに僕《やつがれ》と妻子ともども、命は捨てております」

頼方は黙るしかなかった。死を覚悟している者に対して生に執着する者がいくら脅し文句を並べたてても、むなしいだけだと頼方は悟らざるを得なかった。

影昌は朝をひたすら待った。朝が来れば問民苦使の清経が良報を携えて戻ってくるような気がした。今、己に課せられたものは、三千の百姓をなだめながら、ひたすら問民苦使を待つことだ、と言いきかせながら頼方に絶えず目をやる。その頼方は影昌の前で何度も昏倒した。立ったまま昏睡するからである。そのたびに影昌は頼方を抱き起こし、立つことを促した。

百姓等は寒さに抗するため常に足踏みをしながら夜を送る。おそらくこのなかで唯一眠りをむさぼれたのは、清経に脚を折られた頼方郎党ひとりだけであったろう。頼方はもし、横になって眠ることが叶うなら、己の脚を折っても構わないとさえ思うようになっていた。頼方は百姓等に見習って、もう一刻以上も足踏みをして、寒さと睡魔をやり過ごしていた。

第四章　対峙

（一）

二月四日。

東の稜線からかすかな陽光の一筋が千五百余名の百姓等を照らし出した。

昨日家に帰った百姓達が続々と屯食を携えて戻ってきた。なかには干し野菜を煮込んだものや賀茂川で夏場にとれた鮎を乾燥させたのを調理してにぎりめしに添えてきた者もいた。居残った百姓等はそれらの食物を分け合ってむさぼり食う。だが影昌は差し出されたにぎりめしを受け取らなかった。

この朝、影昌の予想を超えて群衆は五千余人にふくれ上がっていた。悪政に耐えかねた紀伊郡の百姓等が頼方の館を襲った、という噂は瞬く間に山城国中に広まった。ある者はそれを確かめるため、ある者は騒動に加わるために、山城国全郡、すなわち十三郡、八十三郷の百姓等は頼方の館目指して続々と集まってきた。

頼方は百姓等がうまそうに屯食を口にほおばるのを横目で見ながら、空腹を抑えていた。

「このまま飢えて死ぬのをお待ちになりますか」

影昌が頼方を挑発する。

「二、三日食わずとも飢えはすまい」

そう答える頼方の目はうつろだった。

「さよう、二、三日食わずとも飢えはいたしませぬ。しかし、四、五日となりますと少々きつくなりますな」

にぎりめしに付けられている漬物の香が頼方の空腹をいやがうえにも増幅させた。それは郎党達も同じだった。

稜線から射し込んだ一筋の陽光はたちまち満ちて田畑と群衆を照らしはじめた。

「昨夜、居残った者はこれから家に戻ってくれ。そして同じように翌朝、屯食三個を携えてここに帰ってきてほしい」

影昌は百姓等に頭を下げた。

「影昌殿、吾等にしばらくこの場をお任せくだされ。これから先、なにが起こるかわからぬ。まずは身体を休めるのが肝要」

鳥羽の里長が影昌に竹筒に入った水とにぎりめし二個を渡そうとした。

「頼方様が食さぬのだ。わたくしもしばらく食わぬ」

影昌が差し出されたにぎりめしをやんわりと断ったとき、群衆の後方からどよめきがあがった。影昌が目をやると、数名の百姓が転がり込むようにして影昌の前に駆けつけた。

「検非違所《けびいじょ》の者がこちらに向かってくる」

百姓は走ってきた後方を指さした。それを聞いた百姓等は一様におびえた表情をみせた。

「刃向かってはならぬ。ここに丁重にお通ししてくだされ」

追い返せと命じられると思っていた百姓は驚いた顔をしたが、直ぐ引き返していった。

「やっと検非違所の官人等が動き出したか。それにしても遅い、遅すぎる」

今まで憔悴していた頼方の声が嘘のように生き生きと百姓等に聞こえた。

群衆を分けながら検非違所の官人五十余名が頼方等の前に進んだ。

「書生《しょしょう》（所長）、妹尾安房《いもおやすのぶ》だ。まずは頼方様を直ぐにお館にお戻し申せ」

居丈高に命じた安房は片手を挙げて影昌を指さした。すると安房に率いられた検非違所官人は携えた弓に矢をつがえ、影昌の胸に矢先を向けた。

検非違所は京に置かれた検非違使庁と同様、非法と非違を検察する役所である。今でいう、裁判所と警察を一緒にしたような部署で、各国に置かれた。京の検非違使庁と区別するため地方では検非違所と呼んだ。

「わたくしは拝志郷の里長を務める影昌と申す」

影昌は安房へ慇懃に頭を下げる。

「存じておる。直ぐに百姓等を散会させよ。吾等は頼方様をはじめ郎党の方々を館までお送りいたす」

「それはなりませぬ」

「ならぬ？　ならぬとは誰に向かって申しているのだ」

「これはここに集まった百姓の総意でございます」

「百姓の総意など聞いておらぬ。それに縛られている方のなかに教通様がいるが、どうしたことか」

「この者等は昨夜、わたくしの館を襲った賊。その折、たまたまわたくしの館に一夜の宿をとった剛の者によって賊達は肩を砕かれ、腕や脚をへし折られました。拝志郷からここまで二里の道のりを、脚を折られた一名を戸板に乗せ、他の五名を縄で縛って連行して参りました」

「教通様が盗賊のわけがない」

「この頭目と思しき男の顔はまこと伴教通様にうり二つ。しかし安房様が申された如く、国司の郎党が夜盗となって人の館に押し入ることなどあり得ませぬ。それにこの夜盗等は石原の里長の館に押し込み、里長も殺害しております」

「黙れ！　その無駄口、すべて戯言《ざれごと》だ」

教通が怒声を発した。安房の身体が一瞬恐怖で痙攣した。

「安房、何をいたしておる。この縄を解け。解けと申すに」

居丈高に命ずる教通の剣幕に怖じ気づいた安房は一歩も動けず、

「まこと、教通殿は夜盗でありましたのか」

と、あらためて影昌に質した。

「再三申しております通り、この賊は教通様ではありませぬ。しかし顔ばかりでなく声や横柄、粗暴な態まで似るとは、世の中には似ている者が居るものですな」

影昌は恐れげもなく言った。すでに影昌は己の息、影常の死を悟ったときから、命を捨てる覚悟はできていた。教通や頼方と刺し違えて命を落とすならば悔はない。しかしそれには己ひとりの力ではいかんともし難く、百姓等の強力な助力が欠かせない。だからといって百姓等に犠牲者をだしてはならない。百姓等の先頭に立って頼方の不法、横暴を糺そうと企てても必ず権力と武力をもってつぶされ、その責をとる形で何十人もの百姓等が首謀者の名のもとに処罰される。それを影昌ひとりの犠牲で済ませるには、教通等郎党の悪行を暴き立てることで百姓等からの犠牲をださずにすむかもしれない、と影昌は考えた。

「その者は教通だ。縄を解き、このような無礼の数々を吾等に為した里長共を即刻捕らえて首を刎ねよ」

頼方がここぞとばかり安房に命じた。

安房は逡巡し、後ろに控える検非違所の官人等へ顔を向けた。

官人等は百姓達と頼方、教通等を交互に見やり、それから口をかたく結んで安房の下知を待った。

「頼方様を館にお戻しする」

安房が声を張りあげた。

「なりませぬ」

影昌がさらに大きな声で首を横に振った。

「妨げるなら影昌殿をこの場にて射殺《いころ》す。それを見れば百姓等は恐れをなしちりぢりとなって郷へ逃げ帰るであろう」

「なるほど今までは検非違所官人の一声で恐れをなして散会したでしょう。だが今日ここに集まった百姓等は昨日までの百姓ではありませぬ。わたくしを射殺せば、百姓等の怒りは暴発し、最早手がつけられなくなりましょう。頼方様郎党の不法に耐えに耐え、その挙げ句、耐えられなくなって集まった者達。ここで散会すれば吾等の先には飢えと死しか待っておりませぬ。進むも死、退くも死なれば、吾等は進むしかありませぬ」

「弓引け」

安房は影昌の言葉を無視して官人に命じた。その声に応じて検非違所官人等は矢を番え、的を影昌の胸にしぼった。

「皆の者に告ぐ。ここより各々の郷に立ち帰れ。さもなければ拝志郷の里長、影昌殿をこの場にて射殺す」

安房は背を反らせて大声で群衆に警告した。

騒然としていた群衆がそのひと言で沈黙した。安房は己の一声が百姓等を黙らせたことに不遜の笑みを浮かべた。百姓等は脅しつければ尻尾を巻いて従うものと思い込んでいる安房にとって、この沈黙はここに参集した百姓等が素直に郷に立ち返る意思表示だ、と受けとった。

「頼方様の悪行は吾等百姓ばかりでなく、国衙に勤める無位の官人等にも及んでいる。そのことわたくしに矢先を向けている方々はよくご存じのはず。頼方様は無位の官人の給米を減じ、減じて浮いた糧米をかすめ取って蓄財していること周知のはず。百姓や無位の官人が飢え寸前で日々を送っているが頼方様の蔵には米が溢れている。そのようなことがかつての国司のもとであったか。また検非違所の方々と百姓等の一触即発の険悪な対立もかつての国司のもとではなかったこと。検非違所は境内《けいだい》（国内）の奸濫《かんらん》（悪行・不法）を糺し、すべからく明らかに令（法律）を習い、兼ねて決断を詳《つまび》らかにする、と律令に記されている、と伝え聞く。頼方様をはじめ、この夜盗共はまさに山城国で奸濫を欲しいままに横行した。それを糺さずして検非違所は何を糺すのだ。わたくしを射れるものなら射てみよ」

影昌は弓を己に向けている官人にそう言い放ち一歩前に進んだ。官人は影昌の言葉に深く頷くものがあった。

検非違所の官人は無位無冠の者がほとんどである。彼等の俸給は一日米五升（現在の二升）と決められている。それが昨年の米の不作にこと寄せて、三升（現在の一升二合）に減給された。実に四割もの減給である。しかも五升を三升に減じて余った二升分を頼方等のものとして蔵に納めた。これは収奪に他ならない。しかし、無位無冠の下級官人に不満をもらせるはずもなかった。不平をひと言でも口にすれば、頼方は国司の名のもとに、彼らの職を奪い、放逐した。

今、影昌の胸に矢先を向けている検非違所の官人等は頼方郎党への不審や不満、鬱屈と怒りが胸中に渦巻いていた。それらの諸々の思いをはらそうと立ち上がった影昌に矢を射掛けることなど、最早できることではなかった。

官人等が影昌の言葉に顔をうつむけたのを認めた安房は彼らの思いを否応なく悟った。

「弓を収めて、退去せよ」

安房は自らの迷いを断ち切るが如く大声で告げた。

（二）

検非違所の官人等が影昌のもとを去った頃、清経は四条河原に居た。

「なんと、ずいぶん早い帰京ですな」

広隆寺を未明に発って四条河原に着いたばかりの清経を迎えた宗佑がしたり顔で話しかけてきた。

「戻ってきたわけを話している暇はない。宗佑、一体どうなっているのだ。百姓等が見当たらぬぞ」

「ごらんの如く堤の築造は行われておりませぬ」

「なぜだ」

「教通殿が姿を消したからでございます」

宗佑は穏やかな表情を一変させて眉間に皺を寄せる。

「教通殿は山城国に戻ったが故あって戻るまい。教通殿が居なくとも堤の築造は続けられるであろう」

「ここに従事する者達には一日につき二升の米が俸給として与えられます。米の支給は教通殿が取り仕切っていたようです。その教通殿が居なくなって、彼等は、米が支給されなければ業をせぬ、と騒ぎたて、山城国に戻る用意をしております」

「今、百姓等が山城国に戻ってしまえば堤の築造は続けられぬぞ」

「とは申せ、わたくし達に引き留める手だてはありませぬ」

農繁期をむかえた百姓等は一日も早く農作業に復帰したいと願っている。それに反して渇水のこの時期を逃したら、四条堤の築造は行われないまま、夏をむかえる。そうなれば野分襲来で京は再び甚大な水害を蒙ることが目に見えていた。野分は毎年確実に京を何度か襲う。すると、ふいに影昌の──石原の郷人は誰ひとり、賀茂川の堤を快く思っている者は居りますまい──と告げたひと言が頭をよぎった。

このまま四条堤の築造を山城国の百姓等に強いれば、石原郷の田畠に蓄積した土砂や流木の除去は放棄され、今年の稲の作付けは難しくなる。自国の窮状をさしおいて京の窮状を優先する、それが紛れもなく山城国の争乱の誘因であることは間違いなかった。

「おお、そうであった。清経殿と会うために崩れた四条堤の隙間で夜風をしのいで一夜を明かした男があちらで清経殿の来るのを待っておりますぞ」

忘れていたことを急に思い出したように告げると宗佑は堤防に向かって駈け出し、しばらくするとひとりの若者を伴って戻ってきた。

その若者は顕秀であった。顕秀は、清経が拝志郷を去って後の影昌、頼方等の動きを告げ、

「これは山城の国司、藤原孝忠様から受け取った国司庁宣。これを蜂岡様にお渡しして、できうる限り速やかに山城国にお越しくださるように、と影昌殿より申しつかりました」

と、懐から封書を取りだした。

「孝忠様がよくぞ国司庁宣を山城国の一介の百姓に渡したものだ」

「頼方様の命はわたくし達百姓の手の内に握られております。庁宣を渡すしか孝忠様はなかったのでございましょう」

「なぜ河原で一夜を明かされた」

「孝忠様の館を出た足で民部省に蜂岡様をお訪ねいたしましたが一刻ほど前に民部省から退出した、とのことでした。そこで四条河原に行けばお会いできると思い、参りましたが河原には誰も居りませんでした。明日になれば必ずや防鴨河使の方が来ると思い定め、崩れた堤の窪みに身を置いて寒風を避けながら朝を待ちました」

「吾がここに来合わせたからよかったが、会えなければ何とするおつもりだったのか」

「ここに参られる防鴨河使のお方に蜂岡様の館を教えていただき、そこに伺うつもりでした」

京に誰ひとり知り合いも頼れる者いない顕秀にはそれ以外の道がなかったのかもしれない。ともかくにも一刻も早く清経に国司庁宣を渡したい、その懸命さに清経は心打たれた。


半刻（一時間）後、ふたりは民部省の一室に居た。

民部省、権大輔《ごんだいふ》、藤原是兼は出仕したばかりだった。

「解文のほかに、まだなにか届け忘れたものでもありましたか」

是兼が再び尋ねてきた清経に穏やかに尋ねた。

「この者は昨日、孝忠様から国司庁宣を申し受けた山城国の者」

清経は国司庁宣を是兼に渡しながら顕秀に、昨日未明からの百姓等の動きについて詳しく報じるよう促した。

「それならば民部卿がここに参っております」

そう告げて是兼は席を立った。

待つほどもなく是兼は壮年の公達《きんだち》を伴って戻ってきた。

「民部卿の中納言、斉信様《なりのぶ》です」

是兼は斉信が坐すのを待ってふたりに告げた。

藤原斉信は四納言《しなごん》のひとりで秀でた人物として京ではその名を広く知られていた。

四納言とは藤原公任《きんとう》、藤原行成《ゆきなり》、源俊賢《としかた》それに斉信を加えた四名の中納言を指す。

「是兼から孝忠殿の不法不正を陣定に上程するよう要請されている。昨日、公任様の邸に伺い、蜂岡殿が持ち帰った解文を見せていただいた。公任様もわたくしも、これだけで陣定に上程するには今ひとつ、欠けるものがある、との考えだ」

斉信はそう告げて、顕秀に今、山城国で起こっている騒動についてを話すように促した。

顕秀は昨日の朝からの百姓、頼方双方の動きを順序立て、ことこまかに告げた。顕秀が物怖じすることもなく話せたのは、多くの百姓の命が掛かっているからに他ならなかった。

顕秀の話を聞き終わった斉信は、

「山城国の争乱は避けねばならぬ。浄妙寺《じょうみょうじ》のこと蜂岡殿は存じているか」

と清経を窺った。

「山城国、宇治郡の木幡《こはた》。藤家代々の墳墓がある地。そこに今創建中の浄妙寺、でございますね」

「そうその浄妙寺だ。宇治郡と紀伊郡は接している。今の話ではすでに紀伊郡の騒ぎが宇治郡に飛火しているようだ。となれば浄妙寺の落成が遅れるかもしれぬ。それは左大臣道長様だけでなく藤家にとってゆゆしきこと。そうならぬようこの騒ぎを早急に鎮めねばならぬ」

藤原一族は二百年にわたって時々の帝に仕えてきた宮中第一の臣。過去《こぞ》に藤原家の長者達は先祖の菩提を弔いたいと思い、木幡の地に寺の建立を企てた。しかし誰ひとり菩提寺を創建することが叶わないままに今日に至った。

二十数年前、道長は父、兼家に伴われ小幡の墓所に詣でたことがあった。多くの先祖が葬られているのに寂れたお堂一つしかないことを悲しみ、ここに一堂を建立して先祖の菩提を弔いたいと心に誓う。

その頃の兼家は兄の関白兼通《かんぱくかねみち》の政権下で長く不遇をかこっていた。

その兼家の四男として生まれた道長に権力を掌握する機会などありえようはずもなかった。よしんば父兼家が関白の職を兼通から移譲されたとしても道長の上には道隆、道兼それに異腹の道綱と三人の兄が居り、どう転んでも道長に権力の座が巡ってくるとは思えない。

そうした境遇に己が立っていることを熟知したうえで道長は将来先祖の菩提を弔う堂を建てると誓ったという。先祖の菩提を弔う、とは藤原一族の長者になることに他ならないのだ。

誰もが想像し得なかったこと、すなわち道長は今、左大臣となって権力の頂きに登り詰めている。

関白兼通の早世とそれに続く兼通の息で内大臣であった伊周《これちか》との政争に勝った兼家は関白の座を得る。関白の座に就いたその年、兼家は逝去する。兼家の死に伴って、長男道隆が関白に就くが折から猛威を振るった疱瘡に罹り四十二歳で死去。関白職は次男、道兼が継いだが、たった十一日、三十五歳で病没。酒の飲み過ぎによる死であった。

正暦五年（九九四）、今から十一年前、道長に内覧の宣旨が下され、翌年左大臣となった。口さがない京人は道長を幸運の一《いち》の人、と呼んだ。

山城国の百姓騒動によって浄妙寺落成が遅れることは道長と藤原一門にとってあってはならないことであった。

「顕秀殿が報じた事柄を陣定に間に合うよう書状に認めて上申してくだされ。わたくしはこれから公任様のお館に伺い、これからのことを打ち合わせる」

斉信はそう命じると忙しげに席を立った。

斉信を見送った是兼はふたりを民部省の執務室に伴った。広い部屋に官人等が机に向かって坐し、それぞれが筆を動かしていた。炭櫃《すびつ》（火鉢）が各官人の脇に置かれて炭が赤々と熾っている。それでも板の間の広い部屋では寒さを防ぎようもなく、朝の寒気が室内全体を覆っていた。

是兼はその一角の空き机にふたりを誘うと訴人の扱いや文章を司る少録《しょうさかん》と省掌《しょうしょう》の官人五名を呼びつけ、上申書を作成するように申しつけた。

清経が少録等と上申書の作成をはじめた頃、七城門小路、清経の館では康尚が竈で柴がはぜる音に目を覚ましたところだった。

捨女が竈で湯を沸かしている後ろ姿が康尚の目に入った。

「あらためて礼を申す」

康尚は捨女の背に向かって頭を下げた。

「ぬしはまだ病人なんだ。横になって休んでなくちゃならないんだよ。それをあたしが病人みたいに、ぬしの寝具につつまれて眠っているなんて。もし病がぶり返したらあたしの三日三晩の苦労は水の泡」

捨女は心底怒っているようだった。

「すまぬ。しかし、もう大丈夫だ。捨女殿こそ疲れておるであろう」

熱がひいたのか、あるいは昨夜の夕餉で活力がついたのか、だるさと節々の痛さはすっかり遠のいていた。

「この館のあるじ、たしか蜂岡殿と申したか。その方はいつ戻られる」

「山城国に行ったらしいが、いつ帰るのやら」

「郷になるべくはやく戻らねばならぬ。だからと申してこの館のあるじに礼も申さず去るのも心苦しい」

「郷までの路は坂ばかりなんだろう。病み上がりでは無理はきかぬ。あと数日ここで休んでいたほうがいい」

「たしかに郷まで歩くにはまだ心もとない」

「ぬしは炊飯ができるのか」

「生まれてこの方、したこともない」

「この館《や》の主《あるじ》が買い置いてくれた食物《じきもつ》は明日の朝餉で食い尽くす。蜂岡様が戻らぬ間、ぬしはどうやって食いつなぐのだ」

「そうであった。捨女殿をいつまでも頼れなかったのだ。なに平坦な道なら足もふらつかぬ。東市に行けばなんとかなるであろう」

「銭はあるのかい」

そう訊かれて康尚は困惑した。康尚の濡れた衣服は天日に干して枕辺に置かれていたが、そこに銭袋はなかった。

「溺れたとき、銭袋は川に流されたらしい」

銭がなければ東市で食べ物は買えない、と康尚は思い至る。

「どうであろう、そこにある乙妙女の袿《うちぎ》を東市に持っていって銭に換え、それで幾ばくかの食物《じきもつ》を手に入れてきてもらえぬか」

「そのててれ（衣）はあたしにくれるのではなかったのかい」

「礼は郷に戻ってからあらためてしよう」

「足慣らしのためにもなる。ぬしが東市へ持っていけばいい」

「どのようにして銭に換えればよいのかわからぬのだ」

「持ち物を銭と換えたことがないなら一度やってみるんだね。ただ、東市のお婆は抜け目がないから、言い負かされて安く売るようなことはするんじゃないよ」

「ものを売るような軽々しいことはわたくしには向かぬ」

「ものを売るのが軽々しいってどういうことなんだ。軽々しいことをあたしに押しつけるのか。あたしに頼らず、装束を銭に換え、その銭で食い物を買い、ここでこの館のあるじを待つんじゃなかったのかい」

康尚は捨女の剣幕に黙るしかなかった。

「わたくしは、目覚めてからずっと捨女殿を怒らせてばかりいるようだ。怒らせついでに、もうひとつ訊ねるが、捨女殿はどこにお住まいか」

「お住まいは路上、どこかの館の軒先、無住の寺、腐れた羅城門、どこでもあたしのお住まいだよ」

捨女はことさら、お住まい、と皮肉めかして康尚の上品ぶった口ぶりを揶揄した。

「となれば生計《たつき》をたてるのも並大抵のことではあるまい」

「生計をたてたことなどないその日暮らし。大路、小路の汚物の片づけ、富貴者の使い走り、子守、東市が終わった後の掃除、なんでも引き受けて銭をもらう。それすらないときは屍の片づけも顔をそむけながらやるしかない。それに三日に一度悲田院に行って病人《やまいびと》を取り見ている。ぬしは運がいい。同じように熱をだした病人はほとんど死ぬのに、ぬしは生き残った。郷に帰ったら、その運を後生大事にして暮らすんだね」

「そのようなことを聞くと猶は捨女殿に謝礼としてお渡ししなくてはわたくしの気がすまぬ」

「貰ったらぬしは空腹をこらえてこの館の主を待たなくちゃならない」

「この館の主の留守はそれほど長くあるまい。なんとかなる」

「長かったらどうするのさ。ぬしの口ぶりでは東市でその装束を銭に換える才覚もなさそうだ。病み上がりで空腹、そのうち体力は尽きて、熱がまたでる。そうなれば今度は死ぬしかない」

「そのようなことはあるまい。なんとかなろう」

「男はいつだって、なんとかなるあてもないのに、強がってなんとかしようとする。どうにもならないとわかると己の妹《いも》（妻）や母《おも》や身近な女に偉そうに泣きつく。なんとかするのはいつも女」

それは炊飯や家の内々のことに限っての事柄のように康尚には思えたが、今、康尚が直面しているそのことがまさに、炊飯や換金のことであってみれば、言い返すことなどできるはずもなかった。

「捨女殿の話を聞いて、わたくしが何ともならぬことがよくわかった。そこであらためてお願いしたいことがあるのだが、叶えてもらえないだろうか」

「あたしは腹を満たすために食わなくちゃならない。食うためには銭を得なくちゃならない。銭を得るには稼ぎ口を探さなくちゃならない。だからぬしの頼みはもう断る」

「今捨女殿は一日でどれほどの銭を手にできるのだ」

「半分の銭さ。男と同じに働いて男の半分。女に生まれてこの方、いいことなんか一つもない」

「男はいかほどなのか」

「ぬしはそのようなことも知らぬのか。男は米二升が買える銭を貰う。だからあたしは米一升分の銭」

二升は現在の八合、一升なら四合にしかならない。

「どうであろう。その一日一升の米が買える分の銭をわたくしにこれから払わせてもらえないだろうか。もちろん払うのは郷に戻った後になるが」

「なんでぬしに払ってもらわなくちゃならないのさ」

「わたくしを今まで取り見てくれた謝礼とこれから郷に戻るまで取り見てくれる謝礼だ」

「いらない。病人《やまいびと》を取り見るのは謝礼をあてにしたからではないからね。それにぬしが郷に戻るまであたしが取り見ることとなんかないよ。どうしてもまだひとりでいるのが心細いなら、東市に行って、心優しそうな顔をした女を捜し出して取り見てもらうよう、頼んでみるんだね。もっともぬしにそのような頼みごとができるとは思えないけどね」

「謝礼に不服があるなら、男の報酬と同じだけ差し上げる」

「ぬしは富貴者なんだね」

「捨女殿に支払えるほどの蓄えはある。どうだろう、引き受けてもらえないだろか」

「あたしは人を取り見て銭はもらわない。それは悲田院、院主の静琳尼《せいりんに》様からきつく申しわたされている」

「ではどのような礼をすればわたくしを取り見てくれるのか」

「しかたない、ぬしが郷に戻れる体力がつくまで、ここに居よう」

捨女の承諾を聞いた途端に康尚は張りつめた気持ちが一挙に解け、そのあとに急激な倦怠と眠気が襲ってきた。

康尚は礼を言うのも忘れ、深い眠りに落ちていった。

民部省の一室で清経と顕秀が口述するのを省掌等が上申文に仕上げてゆく。直ぐに終わると思ったが、申の刻（午後五時）を過ぎていた。遅れたのは清経と少録、省掌等の間で思惑が異なったためである。省掌《しょうしょう》等は、百姓の騒動を武をもって鎮めることを主眼にした上申文の作成を試みようとした。それに反し清経は、武力で百姓を散会に追い込むことはかえって騒動を大きくすると主張して譲らなかった。双方は窮して是兼の裁可を仰ぎ、話し合った末、文章は双方の言い分を折衷した曖昧なものとなった。

上申文が仕上がって少録と省掌らが退出すると、執務室には清経と待機していた顕秀のふたりが居残った。

民部省の官人が執務で遅くなる時に利用する食堂《じきどう》で供された夕餉にありついた清経と顕秀は、夕餉が終わるとその場に崩れるように横になって深い眠りに入っていった。

清経と顕秀が寒さで目を覚ましたのは翌二月五日、卯の刻（午前五時）だった。陣定は辰刻から半刻過ぎ（午前七時）に開かれる。

ふたりは執務室に戻って陣定が始まるの待った。すでに民部省の官人は出仕していて、昨日打ち合わせた省掌が、陣定が始まれば半刻（一時間）ほどで終わる、と教えてくれた。

執務室の片隅で清経と顕秀は坐して陣定が終わるのを待つしかなかった。

半刻が過ぎ、一刻になっても是兼も斉信も戻る気配がない。清経は不安になるのを抑えながら、ひたすら是兼が戻ってくるのを待った。

「揉めているのでしょうか」

今まで端座して無表情だった顕秀がとうとうこらえきれなくなって清経に訊く。

「民部卿のお力を信じるしかない。待ちましょう」

清経は瞑目したままそう答えるしかなかった。

第五章　帰郷

（一）

目を覚ました康尚は今日こそ中山郷に戻ろうと、心に決めた。この館のあるじにはいずれ京に出てくるときに礼をすればよい、そして捨女には乙妙女の装束を贈ればそれで納得してくれるだろう。そう思うと一刻も早く中山郷に戻りたくなった。

康尚はおそるおそる寝具の上に半身を起こした。めまいはなかった。だが身体の芯がぶれている感覚はいぜんとして残っていた。

「起きたのか」

康尚の背後から捨女の声がした。

すでに陽は昇っていて、蔀戸《しとみど》の隙間から幾筋かの斜光が土間を明るくしている。捨女は朝餉の用意を済ませたようだった。

「この館のあるじには礼を失するが今朝、郷に戻ることにした」

康尚は寝具から抜け出ると土間に立った。それだけで息切れがした。

「三里の坂道を歩き通せるなら、戻るがいい。だが、あたしにはどうみても無理のようにみえる」

「そういつまでも、ここにとどまっているわけには参らぬのだ。なんと……」

なんとかなる、と言いたいのをこらえて康尚はそこで言葉を切った。なんとかなる、と言えば捨女に、その甘さを罵倒されることは目にみえていた。

「とめないよ」

康尚の意に反して捨女はゆっくりと頷いた。

「土間の蔀戸を押し上げてくれ」

捨女に言われて康尚は壁際まで歩こうとしてよろめき尻をついた。

捨女は康尚を見下ろしたが助け起こさずに、蔀戸を押し開いて支え棒をかました。一挙に陽光が土間に降り注ぐ。康尚は尻餅をついたまま目を細めて陽光をやり過ごした。

「蔀戸も押し開けられぬほど弱っている男が三里の山道を歩けるのかい」

「暗くて、足下が不如意であっただけだ」

「おそらく、今日、郷に戻ると言い出すと思って、作っておいた。持っていくといい。これで蜂岡様が買い置いた食物《じきもつ》はすべて食い尽くした」

捨女は竈の横に置いてある袋を手に取ると康尚に渡した。竹皮に包んだにぎりめしである。

康尚はそれを黙って受けとると板敷きの間に上がり、着ていた衣服を脱ぎ、捨女が洗って乾かしてくれた己の衣服に着替えた。

「捨女殿はこれからどうなさる」

衣服を着替え終わった康尚は捨女が用意した朝餉に向かいながら訊いた。

「悲田院の静琳尼様に会いにいく。京にはあたしのように拾われて静琳尼様のもとで育った者が四百人ほど住んでいる」

「静琳尼様にお会いして、何をなさるのだ」

「ぬしのように病で伏せっている者が悲田院にはたくさん身を寄せている。その方達を取り見るのさ」

捨女は話を打ち切るように朝餉を終えて、その場を離れ、康尚が食事を続けている間に、土間の掃除をし、板の間を拭き上げる。康尚の朝食が終わると追い立てるようにして食器類を洗い、館の蔀戸を全て下ろした。

「朱雀大路と三条大路が交わる辻まで一緒に行こう。そこからぬしは郷に、あたしは悲田院に行く」

捨女は乙妙女の衣服を小脇に抱えると館の戸口から外に出た。康尚が屯食の包みを持って後に続く。

「捨女殿が食器を洗っている間に、この館のあるじが用いている筆と紙があったので、礼状を認《したた》めておいた。いずれこの館に再度参り、あるじにお会いして礼はするつもりだ」

五日ぶりに外気に触れた康尚は早朝の厳寒に思わずたじろいだ。

「これはぬしが腰につけていたもの」

そう言って、捨女は水を満たした竹筒の水筒を康尚に渡した。康尚は細々《こまごま》と気の回る捨女に感謝の眼差しを向けたが、捨女は康尚の介護から解放されてホッとしているのか、康尚が今まで窺い見た捨女の表情のうちでもっとも穏やかな顔をしているように思えた。

「郷に戻り、気を養ったら京に参る。捨女殿にも礼がしたい。その折り、どこに参れば会えるのか」

「礼などいらぬ。ぬしが生きて郷に戻れれば、それがあたしにたいする礼」

七条坊門小路を東にたどると、すぐに朱雀大路の辻にでる。

厳冬の朝まだき、すでに辻には人影があった。人々は襟をかたく合わせ、背を丸めて通り過ぎてゆく。捨女のボロと見まごう衣服に康尚は、

「そのような薄着、辛かろう」

と声をかけた。

「朝餉をしっかり頂いた。腹が満《く》ちていれば寒さはやり過ごせる。それにしてもこの四日間はあたしにとっては夢のような日だった」

「夜も眠らず取り見た日々、地獄ではなかったのか」

「悲田院ではひとりで二十人もの病人《やまいびと》を取り見ていた。だから、ぬしひとりだけの取り見は楽だった。そのうえ、毎日朝夕、米と魚が腹いっぱい食えた。ぬしがずっと病で伏せっていても構わないと思ったくらいだ。そうすれば朝餉と夕餉に困らないからね」

五条大路との辻に行き着くとすでに多くの京人が辻を西から東、南から北へと足早に渡っていく。その中で康尚と捨女だけが取り残されたように遅い歩みである。

五条大路の辻を抜けるとさらに人の往き来は多くなってくる。捨女は康尚の歩みに合わせてゆっく

りと朱雀大路を北へ進む。

「やはり、まだ郷へ戻るのは早かったかもしれないね」

肩を上下させて歩く康尚に捨女は案ずる目を向ける。

「明日に延ばしたところで、同じこと。ゆっくりと無理せず、郷への道をたどる」

康尚の言葉に力がない。郷まで行き着けるか否か、案じているのが捨女にはひしひしと感じられた。

四条大路との辻に入る頃、陽も高くなり厳寒は和らいで、行き交う人々もどこかくつろいだ歩みであった。

ふたりは話すこともないまま、三条大路の辻まで歩いた。

「これはぬしの妻君《めぎみ》の装束、持って帰るといい」

辻で立ち止まった捨女は脇に抱えた乙妙女の袿《うちぎ》を康尚に渡そうとした。

「いや、それは捨女殿がとっておいてくれ」

「要らない」

捨女は衣服を康尚の胸に強く押しつける。

「このような重い袿を持って郷に戻れぬ」

康尚は力無く捨女に笑いかけた。

「袿を持てないほど弱っているなら蜂岡様の館に引き返そう」

「いや、ここまで来れたのだ。このまま行く」

康尚の決心は固いようだった。

「これはあたしが預っておく」

捨女は軽く頭を下げて袿を抱え直すと三条大路の辻を右（東）に曲がった。悲田院は三条大路の東端、賀茂河原に近接したところに建っている。康尚が背後で見送っている視線を感じながら、捨女は足を速めた。

康尚は捨女の後姿が見えなくなると急に気弱くなった。捨女には強がりを言ってみたが、一条末路の細い坂を三里も歩き通す力はまだないように思えた。康尚は辻の路傍に座って乱れた息を整えた。人々は皆忙しげに足早に通り過ぎていく。しばらく人々の行き交う流れを見ていると、足早に辻を曲がりこちらに近づいてくる者が目に入った。

「なんと、捨女殿」

康尚は立ち上がると、大声で捨女に呼びかけた。

「まだ、こんな所にぐずぐずしていたのかい」

近づいた捨女が叱るように訊いた。

「ぐずぐずではない」

そう言い返す康尚の心は安堵とうれしさでいっぱいだった。

「じゃあ、なんでまだ辻にいるのさ」

「捨女殿はなぜ、辻に戻ってきたのだ」

「やはり、このてでれはもらえない、ぬしに返そうと思ったから後を追いかけた」

「先ほども申したが、そのような重い装束を持って郷まで帰る体力はない」

「そうかと言ってあたしがててれを頂くわけにはいかない」

「どうであろう。その装束を持って郷までわたくし共々届けてくれないだろうか」

康尚は捨女に深々と頭を垂れて頼み込んだ。

（二）

「決まりましたぞ」

斉信《なりのぶ》が疲れ切った表情で清経と顕秀の前に坐しながら告げた。

「してどのようなご裁可でしょうか」

清経がひと膝前にでる。

「陣定が長引いたのは、いかにして紀伊郡の百姓等を退去させるかで論が分かれたからだ」

公卿二十名は百姓を穏便かつ速やかに解散させることでは一致した。しかしそのために取るべき手段で意見は二つに分かれた。

一つは、孝忠を即刻山城国に下向させ、孝忠の裁量に任せる、という案。もう一つは孝忠を更迭して新しい国司を任命し、新任国司に騒動を鎮めさせる案であった。

「山城国の国司を替えることに賛意を表したのは、わたくしと公任様、それに行成様の三名、ほかの方々はそこまですることもない、と申されましてな」

三名の意見は通らず、孝忠を山城国に下向させ、その始末を任せる案に決まったかに思えた。

「ところが行成様は孝忠殿が下向して頼方殿と合流すれば、火に油を注ぐようなもので百姓の騒動はさらに大きくなる、と強く反意を示された」

行成は騒動が収まらなければ浄妙寺落成が遅れ、道長と藤原一門の威信に傷がつく、と述べた。

「再び、国司を替える案を論議したが、やはり更迭に賛意を示したのは公任様と行成様、それにわたくしの三名だけだった。そこで兵を整えて百姓等を鎮圧する案が持ち上がった」

だがその案にも難点があった。五千にふくれ上がった百姓を退去させるには少なくとも千を超える武人が必要となる。出動に際しては帝の宣旨も必要であり、かつ戦費としての粮米も手当しなければならない。千名もの武人を選出するには数日を要するが、その間に山城国の騒動はさらに大勢の百姓が加わることも予想された。そうなれば武人の増員も考えなくてはならない。

陣定に集まった二十人の公卿は口を噤むしかなかった。口を噤んだもう一つの理由は、この案を強く推せば、その公卿が討伐軍の指揮を執らされるかもしれない、と恐れたためもあった。そのような損な役を引き受ける公卿は誰ひとりいるはずもなかった。

窮した公卿等が苦肉の策で考え出した案は、頼方と百姓、双方を調停し、穏便に百姓を解散させる、というものだった。

「この案ならば、それほどの官人を要することもなく、明日にでも山城国に赴けますからな。だが中分《ちゅうぶん》（調停）となると双方の言い立てに精通してなくてはなりません。誰に山城国まで行ってもらうか、それでまた時を要しました」

斉信はそこまで一挙に話すと、是兼、清経、顕秀に話したことが理解されているか否か確かめるように三名を窺った。

顕秀はあれほどの悪政を行いながら孝忠父子が更迭されないばかりか罰せられないことが信じられないといった顔を斉信に向けた。反して清経はやはりそうであったか、と心中で密かに頷いた。

孝忠は民部省（国）に納める米や絹、すなわち租庸調に関して、おそらくどの国の国司より迅速かつ規定量通りに納めていることは間違いない。さらに百姓から収奪しつくした米や絹は陣定に集まった公卿二十名のことごとくに国司に任じてくれたお礼、贈り物として門前が埋まるほど送り届けている。もちろん、その中に斉信も公任も行成も含まれているはずだった。

つまるところ公卿二十名全てが孝忠から有り余る賄をここ二年受けているのだ。国司から贈り物を受けるのは当然であると公卿等は思っている。国司の任期が満了しても引き続き国司に任じて（重任）もらえるよう贈り物を届けるのはあたりまえの慣習である。だからこそ、孝忠は苛政を行い、百姓から収奪できるものは収奪し尽くして、それを公卿等に贈り物として門前に届けたのだ。収奪したのは己の私腹を肥やすためでなく、ただ、ただ公卿等への覚えをめでたいものにするためである。そうしたことを先刻承知していた公卿等だからこそ、孝忠の更迭に断を下せないのだ。

「要は浄妙寺の落慶の遅滞を招かぬこと、四条堤築造が完了すること、そのために山城国の騒動を一刻も早く沈静させるため中分の使いを赴かせる、ということだ。すでに検非違使庁の別当をここに招聘している」

斉信は告げて、

「もう一度、蜂岡殿のお手をわずらわすことになりますぞ」

と清経を窺った。清経は何に手をわずらわすのかわからぬままに頷いた。すると亮斉の、何にでも首を突っ込んで、とうとう抜き差しならぬことになりましたな、と呟く声が聞こえた。

待つほどもなく検非違使の別当（長官）、藤原房行《ふさゆき》が秘書官に案内されて執務室に入ってきた。

それから一刻、斉信、是兼、房行、清経で話し合った結果、調停に向かう一行は検非違使庁の官人と民部省の官人で担うことが決まった。緊急の調停隊である。

その隊長に清経が命じられた。民部卿が手をわずらわす、と告げたのはこのことだったのか、と清経は心中で頷いたが、問民苦使の実績を買われたというよりも先の問民苦使としてもう少し巧く対処していれば百姓等の騒動が起きなかったかもしれない、という不満が公卿等にあったことは否めなかった。その責をとらされたのであろうと、と清経は思いながら、その一方で清経がもたらす、よい報せを待ち望んでいる影昌をそのままにしておけないとも思うのだった。

「これだが」

おおよその方策が整ったとき、是兼が国司庁宣を懐から出して、

「庁宣を影昌と申す百姓に渡すこともなかろうが、この庁宣には欠けているところがある」

と清経にみせた。

「何が欠けているのでしょうか」

「庁宣の末尾には国司の名と民部卿の名を併記し、そのうえで署名した日付を記さねばならぬ。民部

卿と日付、その二つが追記されてはじめて、国司庁宣と承認される。それがこの国司庁宣には二つが記されておらぬ」

「すると頼方殿は国司の目代（代理人）ではないのですな」

「いや、昨日、民部卿が署名し、日付を記した。いまだかつて、国司が選んだ国司代を民部省が認めなかったことはない。国司庁宣は上申されれば、認めるのが慣わし。それを認めぬには太政官での裁可を仰がなくてならぬことになっている」

なんということだと思いながら清経は国司庁宣を文頭から文末までゆっくり、目を通した。確かに文末に民部卿の名と日付が追記され、そこに民部省の朱印が押されてあった。清経にとって国司庁宣を見るのは初めてである。庁宣とはこのようなものなのか、と思ったが、何となく文面で引っかかるものが残った。だがそれが何であるのか、庁宣の書式や規範に疎い清経はわからぬままに国司庁宣を懐に押し込んだ。

「明日、早朝、蜂岡殿は山城国に赴かれよ。それまでに房行殿は蜂岡殿に付き従う官人の人選を急いでくだされ。また是兼も吾が省の者を選び出して蜂岡殿に付き従わせよ」

民部卿の一声を潮に斉信、是兼、房行があわただしくその場から退出し、清経ひとりが残された。清経は執務室の片隅で待っている顕秀のもとへ行くと、顕秀に、先触れとして拝志郷の里長影昌のもとへ直ぐに戻るように命じた。

清経が五日ぶりに七条坊門小路の館の門前に立ったのはすっかり暗くなって寒さが増した戌刻（午

後七時）を過ぎたころであった。館は明かりもなく、人影もなかった。

いつものように出入り口を開け、手探りで竈の傍まで行き、竈の中に手を入れた。まだぬくもりが残っている。ということはふたりが館を辞したのは昨日か今朝、そう清経は思った。おそらく捨女は清経が戻ってきても直ぐに火が使えるように熾き炭を灰の中に埋めておいてくれたのだろう。竈の脇に置いてある藁を手探りで探し出し、それを焚き口に入れる。しばらくすると、藁に火が点いて、土間内を照らした。その藁を持って壁際の灯台に火を入れる。いつもの手慣れた清経の行動である。

部屋は綺麗に整理されてふたりが居た痕跡はなかった。清経は灯台を持って寝所に行った。そこに清経宛の封書があった。

病が癒えたのでこの館を去ることになったが、主《あるじ》が不在のためお礼の挨拶も叶わぬ失礼を詫びる旨のことが書かれてあり、最後に、しばしば京を訪れるので必ずこの館に礼に訪れる、と記されてあった。しかし、捨女のことはなにも触れてない、おそらく回復したのを見定めてひとり館を出たのであろう、と清経は思った。留守をした五日間、ふたりのことが気になっていたが、無事であったことにほっとしながらも、どこかでここに戻ってくれれば捨女の歯に衣着せぬ毒舌を聞けるのではないかという楽しみが消えてしまったことに、一抹の寂しさを感じて清経は思わず苦笑した。

（三）

康尚が捨女に支えられて息も絶え絶えに中山郷に入ったとき、すでに夕闇がたち込めていた。高所である中山郷は京内よりはるかに厳しい寒さで、薄着の捨女には身を切るような冷たさだった。それに捨女は康尚に持たせた二つのぎりめしの一つを食しただけで、空腹が寒さに輪をかけた。

康尚は激しい息づかいで厳寒にもかかわらず、額にじっとりと汗をかいている。三里の坂道を登ってきたことで体力を使いはたしたのだろう。康尚の懇請に負けて送ってきたが無理せず蜂岡の館に戻って一晩養生を重ね、後日出直せば、こんな山奥まで来ることはなかったと、といまいましい気持ちが捨女に湧いてくる。

郷を貫く一条末路のどこにも人影はみえなかった。

康尚は最後の力を振り絞るようにして路から最初にみえた家の戸を叩いて、

「いちすけ、市助」

とすがるような声をだし、その場にくずれるようにしゃがみ込んだ。

しばらくして家の戸が内側から開けられ、白髪の老人が顔を出し、座り込んだ康尚に気づくと、

「康尚様、康尚様ですな」

驚きの声でうずくまった康尚を支え起こした。

「康尚様がお帰りだぞー、康尚様がお戻りになったぞー」

老人は康尚であるとわかると喜びに満ちた声で叫んだ。

するとと家々から人々が駆け足で集まって、狭い一条末路はたちまち郷人でうまった。捨女は恐れを

なして、康尚から離れると家の陰に隠れるようにして立った。

集まった郷人の数は百五十人ほどだ。口々に安堵と喜びの声で康尚に頭を下げるが市助老人に支えられた康尚は頷くだけで、声がでなかった。

「そうとうお疲れのご様子。ともかく無事に戻られた。康尚様にはご休養が必要なようだ。皆の衆、康尚様をお館までお運び申そうぞ」

市助は郷人に半ば命じるように訴えた。

「捨女殿は居りますか」

そのとき、康尚が初めて声を発した。

「なんと申されましたか」

康尚に話せるだけの気力が残っていることに気づいた市助は安堵の声で訊いた。

「わたくしの恩人だ。捨女殿は居られるか」

康尚はうつろな目を周囲に向け捨女の姿を探した。それにならって郷人も四方に目を向けた。

「家の陰に人が居りますぞ」

郷人のひとりが隠れるようにして立っている捨女を指さした。郷人は指さされた先に視線を注ぎ、等しく困惑した顔つきになった。夕闇にボロをまとった男とも女ともわからぬ者が厳寒に震えていた。

捨女は郷人の視線に耐えかねて、家の陰から飛び出すと、今来た一条末路を駆け足で戻りはじめた。

「市助、捨女殿を丁重にお迎えしてくれ」

康尚は起き上がろうとしたが萎えた足に力は入らなかった。

「皆の衆、あの者は康尚様の恩人とのことだ。あの者を康尚様の館にお連れ申せ」

　市助はそう命じて康尚を数人の郷人に手伝わせて、康尚の館に担ぎ込んだ。


「すまぬ」

　館の居室で横になった康尚は、疲れ切った顔で見守る市助老人に詫びるように呟いた。

　老人の目に涙が盛り上がり頬を伝わったが拭おうともせず何度も頷き、康尚をいとおしげに見た。

「何という変わりよう。郷人全てが夜も寝ずに案じ、京中を探し回りましたぞ。行方は杳として知れず郷人の哀しみがその極に達しておりました。よくご無事で」

「いらぬ気遣いをさせた」

「乙妙女《おとたえ》様と康尚様、おふたりが館から姿を消して今日で五日目ですぞ。乙妙女様はどうなされましたか」

「そのことだ」

　康尚はそこでため息をついた。

「まだ、しばらくはなにもお話にならないで安静になさっているのがよいのかもしれませんな」

　市助はため息の深さに気づいて、急に声を落とした。

「いや。久しぶりに吾が館《や》に戻って、張っていた気が抜けたのだ。気遣いは無用」

　そう言って康尚は乙妙女を背負って郷を出た時から戻ってきたまでの顛末を掻い摘んで市助老人にゆっくりと語った。

「そうですか、乙妙女様は身罷《みまか》りましたか。日に日に弱っていかれる乙妙女様、いつかは彼岸に旅立たれるのではないかと案じておりましたが、こんなにも早いとは。それにしても賀茂川に流すまえに、ひと言この市助に打ち明けてくだされればよかったものを」

「市助に話せば、流葬をかたく止めたであろう」

「お止めいたしました。乙妙女様の死去は康尚様の悲しみであるとともに、わたくし達郷人全ての悲しみでもあります。皆は乙妙女様に手を合わせて見送りたかったに違いありませぬ」

「乙妙女は人知れず、密かに賀茂川に流してくれと望んだのだ。ところで捨女殿はどうなされた」

乙妙女のことは今、これ以上話したくないといった口ぶりで、康尚は話を捨女に切り替えた。

「あちらの間に控えさせております。捨女殿、と申されたか。かの者をここにお連れするのは大変な難儀でした」

市助老人はそう言ってかすかに笑みを浮かべた。

「京に戻ろうとなされる捨女殿は館にお連れしようとする郷人達を足蹴にし、組んだ腕にかみつき、悪態を浴びせて、手がつけられませんでした。おかげで屈強な男達は傷だらけ。なだめ、すかして、やっと館にお連れいたしました。その折、捨女殿は高価な装束を持っておりましたが、あれは乙妙女様のものではありませんか。まさか工房から盗みだしたのではと思いました。康尚様から恩人と聞いてなければ縛り上げて郷の外に放りだすところでした」

康尚は思わず笑い声をたてた。すると、今までたまっていた疲労が笑いと共に少しずつ薄らいでいくように思えた。

「装束は捨女殿に差し上げたものだ。盗んだのではない。そうか、捨女殿は口だけでなく、手や足も同じように達者だったのか」

「かの女性《にょしょう》、気性の激しいお方ですな」

笑う康尚に老人は不審げに訊ねる。

「気性の激しいのはわたくしも身にしみてわかっている。わかっているうえで市助に話がある。捨女殿にわたくしの身の回りの世話を頼むつもりだが、いかがであろう」

「あの女性に康尚様のお世話ができるとは思えませぬ。もっとも乙妙女様は病弱で康尚様の身の回りのお世話は郷のお婆がいたしておりましたから、なにかと行き届かぬところがあったのかもしれませぬな」

「いやお婆はよくやってくれた。だがお婆はもう歳だ。いつまでも身の回りの世話を押しつけておくわけにも参らぬ」

「康尚様にきついことを言えるのはこの市助とお婆のふたりだけ。ふたりとも年老いて、いつまでも康尚様に小言を申しているわけには参りませぬ。その代わりと申してはなんですが、かの女性とは意外とよい組み合わせかもしれませぬな」

「よい組み合わせ？　市助、なにを考えているのだ。わたくしは捨女殿に身の回りの世話だけをお頼みするのだ。余計なことは考えるな」

「なにも余計なことは考えておりませぬ」

市助は声を立ててさも愉快そうに笑い、

「こうして腹から笑えるのも康尚様が無事に戻られたからこそ」

と笑顔が崩れて涙目になる。

人は歳寄ると涙もろくなるらしい、と康尚は思いながら市助の歳を数えてみた。たしか七十二歳になるはずだった。

「で、康尚様をお世話することを捨女殿は承諾なされておられますのか」

「頼んでも一蹴され、罵倒されるのは目に見えている。どうであろう、ここは亀の甲より年の功、市助、捨女殿を説得してくれぬだろうか」

「人にものを頼むことが康尚様は不得手。仕方ありませぬ、引き受けましょう。ただし、わたくしがかみつかれたり、爪で引っかかれたりして傷ついたときの薬代はしっかり頂きますぞ」

市助はいかにもうれしそうに笑った。

「そうと決れば、まず捨女殿に湯を使わせ、それから乙妙女の装束から選んで着替えさせてやってくれ。わたくしも湯を浴びて髭を剃りさっぱりせねば。今夜はともかくゆっくりと休む。明日、捨女殿を皆に会わせたい。市助、明日の昼膳は贅をつくしてくれ」

康尚はゆっくりと横たえた身体を起こした。

翌日二月六日、昼、康尚を囲んで郷の主だった者、六人と捨女が康尚の館に集まっていた。

それぞれの前には膳が設えてあり、素焼きの皿が三枚、それに干物の焼き魚、煮物、漬け物が盛られ、汁物の椀が添えられている。

「捨女殿、ここに居るのは郷を差配する者達だ。今日は顔だけ覚えておいてくだされ」

市助の言葉に捨女はどう応じてよいのか戸惑いながら頭を下げる。

昨夜、郷の老婆三人が捨女を裸にし、熱い湯で体を何度も拭き上げ、さらに髪に灰を塗り込んで洗い流した。はじめ捨女は荒々しく抗ったが老婆三人はひと言も口をきかずに、慣れた手つきで捨女を洗いたてていった。抗っていた捨女も無言で手を動かす老婆達にあきらめたのか、彼女達に身をゆだねた。湯で体を洗ったことなどない捨女は老婆達が布で肌を擦るごとに灰色の垢がボロボロと落ちるのを、自分の肌が剥がされたのではないかと心配したが、今まで味わったことのない心地よさに負けて、老婆達の手にゆだねることにした。洗い清めた捨女を老婆達は乾いた布で拭き上げ、何枚もの装束を着せた。それは乙妙女が生前に着付けていた装束に違いなかった。

捨女はいかにも窮屈そうで不機嫌な顔をして、六人の古老と向き合っていた。

そこで見る捨女は驚いたことに抜けるように色が白かった。それが白粉で化粧をしたのか、あるいは湯を使ったので顔にこびりついていた垢がはげ落ちて地肌がでたのか、康尚には判別し難かった。

「こんなつもりじゃなかった」

捨女が聞き取れぬほどの声で呟いた。

「なにがこんなつもりではなかったのかの」

市助の声は優しい。

「あたしは恩人ではない。ひとりの病人《やまいびと》を取り見ただけ。病が治ったのはその方が持っている運。こんなててれを着て、ここに座っているのはあたしにふさわしくない」

「聞けば、捨女殿は四昼夜も寝ずに康尚様を取り見てくれたとか」

「悲田院で病人《やまいびと》を取り見ていれば、そんなことは当たり前」

「かもしれぬが、康尚様は悲田院に収容された病人とは違ったお方」

「病人は病人」

「捨女殿は今上帝の前の帝を知っておられるか」

「花山《かざん》帝であることくらい知っている」

「では、その前の帝は？」

「円融《えんゆう》帝」

「円融帝の前は？」

捨女が首を横に振る。

「円融帝の前は冷泉《れいぜい》帝、その前は村上《むらかみ》帝、さらにその前は朱雀《すざく》帝、そしてその前は醍醐《だいご》、宇多《うた》と遡る」

「なにを言いたいのか知らないけど、あたしはそうした高貴な方と無縁な端《はじ》っこで生きてる。帝の名など知りたくもない」

六人の長老を前にしていながら捨女は少しも怖じる様子がない。

「そう言わず、もう少しこの爺の話を聴いてくだされ」

市助は目を細めて捨女にほほえみかけた。

「宇多帝の前の帝は光孝《こうこう》天皇と申すお方だった。そう、今から百二十年ほども前の帝であらせられた。その光孝天皇の血をひくお方が康尚様。さきほど捨女殿は病人は病人と申されたが、病人でも帝の血を引くお方を捨女殿は救ってくだされたのだ。この膳は康尚様を救ってくだされた感謝の膳。どうか心ゆくまで食していただきたい」

市助をはじめ他の者が深々と捨女に頭を下げた。

「市助は祖父、父、わたくしの三代にわたって見守り慈しんでくれている。わたくしにとっても郷人にとってもかけがえのない人だ」

康尚は市助に見習って優しく捨女に話しかけた。

「ここに顔を連ねる者と話し合ったのだが、どうであろう、しばらくの間、この郷に留《とど》まり、康尚様の館のもろもろに手を貸してもらえないだろうか」

市助は言葉を選んで捨女を窺った。

「もろもろとはなんなの」

「康尚様は京をはじめ旧都（奈良）、五機内では名の知れた大仏師。日々繁多で館を留守にすることも多い。そこで館を拭き清めることや、康尚様が在館の折は朝夕の飯の支度、さらにはその……」

市助はそこで言いよどんだ。さすがに乙妙女がしていた康尚の身の回りの世話をしてくれとは言い出せなかった。

「つまり、この館の下婢《はしため》になれ、ってことなんだろけど、あたしは下婢としての才覚《さいがく》などなにひとつ持ちあわせていない」

捨女が口をへの字に曲げて市助を睨んだ。

「それなら、ここでその術《すべ》を覚えておけば、京に戻ったおりに、役立つというもの」

すかさず市助が言い添えた。

「あたしはぬしに言いたいこと言ってきた。ぬしが名のある大仏師なんて知らなかった。だからあたしはぬしを只人と思って取り見た。明日になったら京に戻る」

「ぬしではない、大仏師の康尚様だ。康尚様は郷人にとってかけがいのないお方。そのお方がわたし達に頭を下げて捨女殿のことをよろしく頼むと懇請された。捨女殿のお気持ちがどうであれしばらくは康尚様の館に留まってくれぬか。この爺もここに坐す者もそして郷人も心して捨女殿に手を貸すつもりだ。捨女殿は今までと変わらず言いたい放題のことを言って康尚様と接してくだされればそれでよい」

市助の言葉に捨女の目から涙が溢れて頬をつたわった。人から優しい言葉など掛けられたことのない捨女にとって涙を流す以外にどう応じてよいのかわからなかったからだ。その涙は困惑の涙であり、京に戻りたい涙であり、人の優しさに触れた涙であった。

（四）

馬丁に轡をとらせた馬の背に清経は居心地悪そうにまたがっていた。

清経を長とする検非違使庁官人五十名、民部省官人十名の一行が影昌等の出迎えを受けたのは康尚等が中山郷で膳を囲んでいる頃であった。

顕秀がすでに伝えてあったのか、影昌は驚きもせずに馬上の清経に親しみを込めた笑顔を向けた。

「お待ちしておりました。それにしてもこそこそと深夜にわたくしの館を訪れた蜂岡様とは思えぬお姿」

影昌の顎にはのびた髭がこびり付くように生えている。六日前から比べると頬が痩せ、眼窩が落ちくぼみ、疲労の色が濃かったが、清経を見上げる眼差しには強い期待の色が混じっていた。

清経は下馬して教通を一瞥したが教通は横を向き、視線を合わせようとしない。教通等は縄を解かれていたが、もはや逃げ出すほどの気力はないようだった。

「国司孝忠殿の息、頼方殿ですな」

清経は地べたに座り込んでいる肥満した男に声を掛けた。すでに立ち上がる力も使い切ってしまったような頼方はうつろな目を清経に向けてかすかに頷いた。

「頼方様は六日の間、屯食を六個口にしただけ。空腹で口もきけないのでしょう」

影昌が手を貸して頼方を立たせた。

「頼方殿並びに郎党の方々を直ぐに館に帰し、食を摂らせてくれ。見るところ疲れが激しいようだ」

「ここに詰めている者皆、頼方様と同じように一日一個の屯食で凌いで参りました。疲れているのは皆同じでございます。館でなく、ここで食を摂らせてくだされ」

影昌はやんわりと断った。

「このように多くの者に取り巻かれては満足な中分《ちゅうぶん》（仲裁）も叶わぬ。双方空腹を満たし、その上で話し合おうではないか」

「そうは参らぬ。頼方様郎党を館に帰せば、門を閉ざし防備を固め、ここに戻っては来ますまい」

百姓等が言い返した。

「たとえ帝の命であっても吾等の意をないがしろにして館に帰すことはなりませんぞ」

「中分は無用。吾等で頼方様の悪政を糾してみせる」

清経一行を押し包んだ百姓等に怖いものなどなかった。そのはずで当初二千人ほどだった百姓は頼方の館に行き着く頃には三千となり、噂を聞き伝えた乙訓《おとくに》、愛宕、葛野《かどの》、宇治、久世《くぜ》郡の百姓等が日を追うごとに寄せ集まって、今では五千人を上回っていた。

「口もろくにきけぬ頼方殿に諸々を聞き質しても、答えることはならぬであろう。腹満ちて人は冷静になれるのだ。どうか吾に任せてくれ」

清経はそう告げながら、己はどんな時でも食い物にこだわっている、と心中で苦笑した。

「頼方様が談ずるとすれば言い逃れしかない。今更聞き質すことは無用」

百姓等は口々に頼方を館に帰すことに不服を唱える。

「ここより退去せよ。後は吾等が仕舞いする。即時家に戻れ」

清経に当てつけるように検非違使少志《しょうさかん》の官人が声を張りあげた。この男は清経の補佐役で、検非違使官人五十名を束ねている。清経と同じ官位（従六位下）であるにもかかわらず、検非違使庁より格下の防鴨河使主典清経の風下に立つのが不満でならないのだ。

「仕舞いとは頼方様を館に帰し、食い物を与えて己等も豪勢な夕餉にありつくことであろう」

即座に百姓のひとりが言い返した。

「去《い》ね、京に戻れ」

「ぬし等の中分など無用」

「どうせ民部省と孝忠様は繋がっているのだ。吾等百姓が得心する中分などできるはずもない」

「戻らねば頼方様等と同じ憂き目をみることになるぞ」

頼方等に向いていた怨嗟は少志のひと言で清経一行に向けられはじめていた。

清経は百姓等の怒声を頷きながら聞いていた。どれもこれも百姓等の言い分はもっともに聞こえる。強引に押し通せば五千の百姓を敵にまわすことになる。清経に反感をもっている少志を筆頭とする検非違使と民部省の官人等が清経の命令に従って命を賭して百姓等を家に帰すことなどできるはずもなかった。ここに派遣されたのは百姓等の鎮撫でなく、双方の仲介、調停である。それが最初から頓挫しそうな成り行きに清経は沈黙するしかなかった。清経は拝むように影昌を見た。

「初めは紀伊郡だけの百姓でしたが、今や山城国のほとんどの郡の百姓が加わっております。もはやわたくしには百姓等の勢いを止めることは叶いませぬ。だが今まで頼方殿と郎党を傷つけなかったのは、国司庁宣などなく、従って頼方殿は国司代ではない、という一縷の望みでした。それが京より戻った顕秀殿が申すには、国司庁宣は受け取った、とのこと。まずは国司庁宣をこちらにお渡しくだされ」

つまりはこの場で腹を満たすこともなく、調停を始めよ、と影昌は言っているのだ。

「是非もない。影昌殿の申す通り、この場にて双方に言い渡す。これは陣定にて決まったこと。太政官宣旨である。異議を申し立てることは叶わぬ」

清経は影昌等に向かってひと言ひと言はっきりと告げ、懐深くにしまい込んだ二通の封書を取りだし、

「これが国司庁宣」

そう告げて封書の一つを影昌に渡した。

影昌は封書を開いて文面に目を通していく。少しずつ影昌の表情に落胆の色が濃くなっていく。影昌は文末まで読まずにとりまく百姓等に向けて庁宣をかざした。

「国司庁宣をただいま受け取った。まさしく藤原頼方殿は国司代として山城国に遣わされた者である」

影昌は声を張りあげてそう告げた。

「うぬ等に命ずる。直ぐに縄を解け。館に戻せ」

すかさず頼方が声を振り絞った。

「たとえ頼方様が国司代であっても二年に及ぶ不法強奪が正しいことにはなりませぬぞ」

影昌が怒りを押し殺した声で頼方を睨みすえた。

「頼方様が国司代なら替えてもらうしかない。これから京にのぼり、孝忠様の館まで押しかけようではないか」

「替えたとて頼方様の悪行が消えるわけではない。打ち殺せ、打ち殺せ」

口々に叫ぶ百姓等が頼方と郎党を押し包む。六日間、ひたすらに頼方等を取り囲み、京からの朗報を待ち続けていた百姓等の落胆は大きかった。落胆は失望、怒りに変わり、国司庁宣をもたらした清経に向けられようとしていた。

「まだ、もう一通、太政官宣司がある。それを蜂岡様から読み上げてもらおうではないか」

影昌が両手を前に出して群衆を鎮める。百姓等の怒号が徐々に鎮まっていく。影昌は清経に軽く一礼して宣旨を読み上げるように促す。清経は頷いて、手に持った封書を群衆に向けて晒してみせた。百姓のほとんどは太政官宣旨など見たことも拝んだこともない。それより文字が読めない。清経は改めて書状を持ち直すと、

「ひとつ」

と声を高めて読み始めた。群衆は清経の一言一句も聞き漏らすまいと耳を傾ける。だが集まった百姓等全てに清経の朗読が届くはずもない。それでも百姓らは片方の耳を清経に向け、目を細めて聞き入る。後方に位置する百姓らは前方で歓声があがると安堵し、不満の声を聞くと顔をしかめる。

宣旨に書かれた条文は七箇条からなっていて、
一、孝忠はすみやかに山城国に赴くこと。
二、頼方はすみやかに山城国から退去すること。
三、頼方が収奪した米や絹、布等の始末は孝忠が判ずること。
四、紀伊郡、大領《だいりょう》（郡司の長）蓼原幸勝《たではらゆきかつ》を旧に復すこと。
五、影昌は検非違使庁に出頭し、その命に従うこと。
六、百姓等はすみやかに本分に戻ること。
七、国司は雇役者三百名を選し、十日間、賀茂川築堤に従させること。
という内容であった。

一つひとつ読み上げる清経に百姓等の怒りは増していった。そのはずで、中田を上田へ格上げしたことや検田の不法、さらには頼方郎党の殺人に関することも一切無視した条文であった。


「国司の交代はないのか」

「頼方様の処分もないのか」

「頼方様が吾等より強奪した稲や絹、布の返還はないのか」

「吾等の言い分の一つも受け入れてない」

「頼方様を罰せず、影昌殿が入牢。おかしいぞ」

「影昌殿に罪はない」

「築堤に就かせろだと。これから吾等は水を田に引き、苗代を作る大事な時期、堤の築造に手を貸す暇などない」

「そのような理不尽な太政官宣司などに従うことはない。帰られよ。吾等で頼方様と郎党を裁く」

「頼方の蔵に納めてある米俵を総て運び出し、吾等で分けようではないか」

「頼方を打ち殺せ」

「教通を打ち殺せ」

「郎党等の首を館の門に晒せ」

目を血走らせ、口角を立て唾を飛ばして清経等に言い寄る百姓達に検非違使庁、民部省の官人ことごとく身をすくめるしかなかった。

清経はこうなることを予期していた。宣司に書かれた八箇条は百姓でなくとも受け入れがたいものであった。

清経はこの宣司を渡されたとき、なぜそのように孝忠側の非を認めない条文になったのか、理解できなかった。確かに孝忠が公卿等に贈った賄は莫大で、孝忠を罪人とするには躊躇するに十分であった。しかし何度も条文を読み返しているうちに、少しずつ見えてきたものがあった。それは、『為政者は決して誤謬《ごびゅう》を犯さない、それゆえ為政者は決して罰せられることはない』というゆるぎない考え方であった。

陣定に参集した二十名の公卿達は天皇の名において行う政に誤りがないことを信じているのだ。同じ理屈で山城国の国司に天皇の名で任じられた孝忠の政にも誤謬はないのだ。

百姓等が不法だと騒ぎ立てる検田、それに伴う田の新たな格付け、隠田への課税、さらには斗代を上げることなどを禁ずる令（法律）はない。ないのであれば罰することはできないことになる。斗代を上げることによって民部省に納めさせる米が増えれば民部省として好都合でもある。百姓の不満を無視して斗代を上げ、田の格付けを新たにやり直し、隠田に課税する頼方に民部省はむしろ好ましいものさえ感じていた。山城国ばかりでなく総ての国司が頼方の手法を踏襲すれば、民部省に納められる米や布、各国の特産物などが飛躍的に増えることになる。そうなることを民部省ばかりでなく公卿達も好ましく思っているのだ。

唯一、頼方等を令に照らして罰することができるとすれば、殺人の件だけである。しかし、それも下手人と断定する確たる証拠は何ひとつないのだ。

一方、孝忠はどの国の国司より早く税としての米を民部省の米倉に送ってもいる。また五機内でただ一国のみ民部省の要請に応じて四条堤の築造に百姓三百人を送ってもいて、国司としては優秀な逸材と言わざるを得ないのだ。

「頼方殿は吾等と供に京に戻り、代わって国司孝忠様が明後日には国府に入られる。また拝志郷の里長、影昌殿はこの場で検非違使の者に引き渡していただく。なお頼方殿および郎党が強奪したと思われる金品については、検非違所の官人でその実情をつまびらかにすることになろう」

清経は宣司を畳んで懐にしまいながら、宣司の条文をより具体的に告げる。

「孝忠様が明後日に国府に参られる？　来て、頼方様よりさらに悪政を行うのか」

「一の人は、孝忠様に山城国に直ぐに赴くよう命じ、その際、再びこのような騒動が起こるようなら国司の任を解く、と申されたそうだ」

清経がすかさず応じた。

「頼方様を京に帰してもまた直ぐに戻ってくるのではないか」

「影昌殿を引き渡すことはならぬぞ」

再び百姓等は激しく清経を責め立てる。

「頼方殿らの不法があったとしても、皆が大挙して何日も頼方殿を取り囲み館に帰さぬのは大罪に等しい。これ以上、騒ぎを大きくし、長引かせれば、検非違使庁に収監するのは影昌殿ひとりではすまなくなり数十名に及ぶぞことになろう」

「吾等は命を捨ててここに参集してきた。そのような脅しにのるものではない」

「山城国の百姓は十万を下るまい。ここに集まった者は五千。他の百姓等はこの騒動に固唾を呑んで窺っている」

「他の者もやがてはここに参じてくる」

「騒ぎを大きくしてなんとする」

清経は応酬をくり返す。

――吾等の言い分が聞き届けられるまで、ここは一歩も引かぬ――

――斗代をもとに戻せ――

――検田をやり直せ――

――頼方を京にもどすな――

――国司を替えろ――

――頼方が強奪した金品を返せ――

――頼方の館の蔵を開けろ――

――去《い》ね、去ね――

――去ね、去ね――

――去ね、去ね――

各々勝手に怒声を浴びせていた声が一つの言葉に収斂されていく。たちまち、去ね、という隻語は五千の群衆にゆきわたり、連呼に変わった。体を上下して、腕を振り上げ、抑揚をつけて繰り返す、去ね、去ね、の声は清経等一行を包み込み圧倒した。検非違使少志が、それ見たことか、といわんばかりに清経に視線を送り、清経の出方を窺う。

「京にお戻りくだされ」

影昌がたまらず清経に頭を下げた。

「影昌殿が宣司に従い京に送られることを承知するなら京に引き上げる」

「わたくしを京に送れば、ここに参集した百姓等は頼方殿と郎党を叩き殺し、蔵を襲い、暴徒と化して京の孝忠様の館に押しかけるでしょう。それでもよければわたくしを京へ送ってくだされ」

影昌はすでに自身の行動を己で決められない立場に追い込まれてしまったことを悟っていた。六日の間、頼方等を取り囲み、その不法をなじりながら、ひたすら国司庁宣を待っている間に百姓等の頼方への憎悪と怒りは少しずつ大きくなっていった。ひとりがふたり、ふたりが三人、人が集まるほど、頼方への憎悪は増してゆく。二千の百姓のそうした思いを影昌はまだ受けとめ、制御できた。しかし、その数が三千になり、四千に増え、五千にふくれた今、影昌が目指していたものとは異なった力が百姓等を覆っていた。はじめつましやかに始まった百姓の参集が、今は巨大で制御のきかない物の怪のようであった。

清経一行が居続ければ、参集した百姓が影昌や他の里長の制止を振り切って頼方等を襲い、頼方の蔵を開け、さらに清経等一行に危害を与えるかもしれない、と影昌は懸念した。

「どうかすみやかに京にお戻りくだされ」

影昌は追い立てるように一歩清経に近づいた。

「いや、退くわけにはいかぬ」

「戻らねば無事に京に帰れなくなりますぞ」

「このまま吾等が京に戻れば、太政官宣司に逆らったとして影昌殿は暴徒を煽動した者とみなされますぞ」

「暴徒。なるほど暴徒ですか」

「そうは呼ばせたくない。今ならば誰ひとり死人《しひと》はでておらぬ。頼方殿の館も無事。まだ引き返せる」

「何処に引き返せと申されますのか。引き返して頼方殿らを再び野に放つのですか」

「頼方殿は山城国から出ていくことになっている」

「頼方殿は己が行った悪行の数々をこの山城国に残したまま、罰せられることもなく京に戻るというわけですな」

悪行の中に影常の殺害も含まれている、と影昌は言い募りながら思った。

「いまだかつて、暴徒が鎮圧されなかったことは一度もない。全国隅々から召集されたおびただしい人々で鎮圧されるのは目に見えている。鎮圧に当たる人々はここに参集した百姓達と同じように田を耕し、種を蒔き、稲を刈り取る人々だ」

「とうとう暴徒にされてしまいましたな」

去ね、去ね、と連呼する百姓等に目を移した影昌が苦いものを吐き出すように言って、懐にねじ込んだ国司庁宣の封書を清経に差し出した。

「まさか庁宣があるとは思いませんでした。ないことを祈って今日まで、頼方殿を取り囲んで、ひたすら待ったのです。ここに参集した者が頼方殿と郎党に危害を加えなかったのは、国司庁宣は存在せず、頼方殿は国司代に任命されていない、そう信じていたからこそ、でした。しかし、その思いもむなしく、国司庁宣がわたくし達の前に公になりました。それは頼方殿の行った不法、強奪を帝も一の人も民部省も認めたことにほかなりませぬ。是非もありませぬわたくしは京に参りましょう。しかし、そのためにはここに集まった五千を超える百姓をなにごともなかったかのように、それぞれの家に戻るよう、蜂岡様自らが説得しなくてはなりませぬ」

去ね、去ね、と叫び続ける群衆の声はさらに大きくなっていった。

その猛り立つ百姓等をなだめ、説得してなにごともなく退去させる術など清経にあるはずもなかった。清経は困惑しながら影昌が渡した国司庁宣を懐に入れようとして、手をとめた。民部省で是兼から国司庁宣を渡され、その文面を確かめたとき、何か引っかかることがあったのを思い出したからである。

清経は国司庁宣を開いて、あらためて目を通した。読み進めていくがどこにもおかしいところはない。頼方を紛れもなく国司の代理人と証する定型の条文である。末尾に藤原孝忠の署名があり、民部卿、藤原斉信《なりのぶ》の署名、朱色の太政官印、そして庁宣を発布した日付。どこにも引っかかるような点はなかった。引っかかったのは己が公文書などの事務に疎いためであったのだ、そう思いながら庁宣を閉じて懐にしまった。

「頼方殿が参られる二年前までは紀伊郡はそれなりに国司ともうまく折り合いをつけて参りました。それが長保四年の九月に頼方様が山城国に参って以来二年余、この国はおかしくなりました。しかし、太政官や民部省が頼方様を国司代と認めたのであれば、是非もありませぬ」

影昌は検非違使に身をゆだねることに覚悟を決めたような口ぶりだった。

「長保四年九月」

清経は影昌の言葉を繰り返し、

「待ってくれ」

と叫びに近い声をあげて懐にしまった国司庁宣を再び取りだし、もどかしげに開いた。

「長保四年……」

繰り返しながら清経は再び国司庁宣の文面を声高に読み始めた。

藤原頼方
右、件《くだん》の人、国務を執行せしめんがため、目代職に補し、発遣のこと件の如し
在庁官人等、よろしく承知すべし
一事以上、勤むる所に従うべし、遺失すべからず　故に宣す
山城国国司　藤原孝忠
民部卿　　藤原斉信

清経はそこまで読み進めて影昌と頼方双方に目を移した。

影昌の憔悴した顔と頼方の勝ち誇った顔が同時に清経に向けられた。

「さて、末尾の日付のことだが、この日付に間違いはないか」

清経は後ろに控える民部省の官人におもむろに訊ねた。

「民部卿の名を記す、と申すことは、帝の御名に代えて記したことに他なりませぬ。帝がお認めになられたそのことに誤りなどあるはずもありませぬ」

官人は庁宣の日付を確かめもせずに言い切った。

「この日付は民部卿が帝に代わって頼方殿を国司代として任じた日付だな」

「はい、今上帝であらせられます一条天皇がお認めになった日付でございます」

「この日付より前ならば頼方殿は国司代ではないのだな」

「その日をもって国司代に任じられるのです。そのようなことご存じのはず」

法に疎い清経に民部省の官人はさげすみに似た一瞥を投げかけた。

清経の満面に喜色が浮かんだ。

「皆に告ぐ。頼方殿が二年前から行った政のことごとく、すなわち斗代、検田など諸々すべてを取り消し、旧に復する」

去ね、去ね、と連呼していた百姓等に清経の声は枯れ野を焼き尽くす炎のように広がっていった。

連呼はやみ、群衆に沈黙がおとずれた。

「防鴨河使主典などに帝がお認めになった国司代を取り消すことなどできぬ」

頼方が声を振り絞った。

「この庁宣に記されている日付は寛弘二年二月四日である」

清経が国司庁宣を高々とかかげて一喝した。すなわち、わずか二日前に頼方は国司代に任命されたばかりである。

「なんと」

頼方と民部省の官人が同時に驚愕の声をあげた。官人は清経から庁宣を奪い取るようにして手に取ると、文末に目をこらした。

「まさに、寛弘二年二月四日」

「誤りはないのだな」

清経が質すのを、

「先ほども申しましたが、民部卿いえ帝が誤りを犯すようなことは古今を通じて皆無でございます」

と応じた。しかしその声は心なしか、かすかに震えていた。

第六章　焼損

（一）

左京を南北に延びる東洞院大路と東西に走る鷹司小路が交わった近辺に藤原行成《ゆきなり》の邸はある。広大な庭を擁したこの一角は内裏にも近い。

行成は右少将藤原義孝《よしたか》を父に、中納言源保光《やすみつ》の女《むすめ》を母とし、十三才で従五位下に叙せられ、以後、右大弁、左大弁などの役を歴任し、今は一条天皇の蔵人頭《くろうどのかしら》を勤める三十三才の男盛りである。

掃き清められた行成邸の庭の一郭に建てられた東屋《あずまや》の縁に康尚は座して空を見上げていた。筆を走らせたような筋雲がゆっくりと流れていく。

康尚の膝の上には一尺四方の桐箱が大事そうに載せられている。庭に穿たれた池に浮かぶ小船の舳先に羽を休めた数羽の雀が体を丸めて早春の陽を浴びている。二月に入ったが、まだ朝夕の寒さは厳しかった。

「待たせましたな」

東屋の裏方からの声に康尚は桐箱を抱え直して縁から立ち上がり声の主に丁寧に頭を下げ、近づくのを待った。背が高く、細身の男がゆったりと歩いてきて康尚の前に立った。

藤原行成である。行成は軽く頭を下げて縁に置かれた円座に坐し、康尚に共に坐すように促した。

「中山郷の者から康尚殿がわが邸に來居してないかしばしば問い合わせがあった」

康尚が坐すのを待って行成が親しげに話しかけた。

「お騒がせいたし申し訳ございませぬ。乙妙女《おとたえ》が患っていたこと、ご存知とは思いますが先日身罷りました。葬るためにその夜の未明、誰にも告げずに密かに郷を出ました」

「乙妙女が？　やはり妹《いもうと》は亡くなったか」

訃報に行成が驚かなかったのは予め乙妙女の病状を康尚から報されていたからである。

乙妙女は行成の異母妹で行成とは十歳離れている。幼い頃、ふたりが一つ屋根に暮らしたことはなく、疎遠な兄妹であった。

それは行成が中納言源保光の女《むすめ》を母としたのに対し、乙妙女は義孝の館で働いていた市井の女を母としたことによるものであった。乙妙女は父、義孝が死してからは後ろ盾もなく母方の小さな家で母と下婢《はしため》の三人でつましく暮らしていた。

その母も乙妙女が十歳を迎えた春、突然亡くなった。以後下婢とふたりで暮らし、その下婢も乙妙女が十六歳になると亡くなる。

ひとりになった乙妙女の噂を聞いた行成は乙妙女を自邸に引き取ったが、馴染めぬまま数ヶ月が過ぎたある日、行成邸を訪れた康尚に見初められて娶られたのだった。

「未明に郷を出たのは何か郷人に知られたくないわけでもありましたのか」

「賀茂川に流葬したかったからでございます」

「流葬？」

行成は怪訝な顔を康尚に向けた。

「乙妙女の切なる願いなれば」

たとえ乙妙女の願いであっても流葬は心ある者がすべき葬り方ではない。いくら疎遠であっても行成にとっては異母妹である。流葬を行成が不快に思わぬわけはない。

「康尚殿と乙妙女、おふたりのこと。わたくしが乙妙女の願いを知ったとて詮なきこと」

厳しく非難されるだろうと覚悟していた康尚には意外な言葉であった。

「依頼のものが仕上がったようですね」

行成は康尚の顔から桐箱に目を移し、穏やかな口調で話をそらした。

安堵しながら康尚は桐箱を縛った房着きの組紐を解いて蓋を開け、中に納められている品を縁に移した。品は絹の布で包まれている。

「布をお取りくだされ」

行成が慎重に布を剥いだ。現われたのは六寸（約十センチ）ほどの銀製の如意輪観音である。手に

取りしばらく仔細に見ていたが、

「これこそがわたくしの思い描いていた観音像。よくわたくしのわがままを聞き入れてくだされた。これで母《おも》の一周忌供養が叶う」

と感に堪えぬ声をあげた。

五ヶ月前、行成は実母一周忌供養のために如意輪観音像を彫るよう康尚に依頼した。銀を素材に選んだ行成は自邸に蓄えていた銀および銀製品全てを鋳潰して康尚に供した。

康尚は銀の量から大きさを六寸ほどと定め、粘土で如意輪観音像を造り、それを型取りして銀を流し込み仕上げた。しかしその像は行成の意に染まず造り直しを命じられた。

ひと月後、康尚は造り直した観音像を再び持参したが、またしても行成の意を得ることはできなかった。

造仏の依頼主が作り直しを命ずることはしばしばあったが二度も造り直しを命ずることは珍しかった。

「先の観音像と比べるとこのたびは格段の出来映え」

「今にして思えば観音像を造りながら病床の乙妙女のことが気がかりで手が思うように動かなかったのでしょう」

「ほう、乙妙女が。どうもこの観音と乙妙女は微妙に絡んでいるようですね。嫌でなければ乙妙女のこと詳しく話してくだされ」

行成は如意輪観音を床に下ろしながら話を乙妙女に戻した。康尚は頷いてから、

「もともと乙妙女は工房に足を踏み入れることはなかったのです」

と前置きして次のように話を続けた。

行成から如意輪観音像の制作を依頼された康尚は、どのような姿に仕上げようかと思案していると
ふいに乙妙女が病をおして工房に姿をみせた。

そこで乙妙女は、この度の造仏はどなたから頼まれたのだ、と尋ねた。

康尚は乙妙女の真意を測りかねながらも、行成の母一周忌供養のために行成より依頼されたのだ、
と告げた。

それを聞いた乙妙女は、そうだったのですか、と答えて愁いを含んだ表情をみせた。康尚はなぜそのような表情を乙妙女がしたのか確かめもせず造仏の思案に耽り続けた。

その日の夜から乙妙女は、死んだら賀茂川に流してほしい、と懇請し続けるようになった。

はじめは病が高じたための妄言と聞き流して造仏を続けたが、毎夜、毎夜真剣に頼み続けるのを聞いているうちに、乙妙女が死に向かって歩む早さと造仏の仕上がり速度が時を同じくして流れてゆき、観音像の完成日が乙妙女の命尽きる日となるのではないかという考えにとらわれるようになった。つまらぬ思いだとはわかっていても粘土を竹べらで削り込んでいくに従って乙妙女の命を削っているような不吉感に脅かされるようになった。

康尚はそうした気持ちを断ち切るべく無謀を承知で一気に如意輪観音像を仕上げた。時を急いで造り上げた観音像は不満だらけの仕上がりだった。

案の定、観音像は行成に厳しく拒否されやり直しを命じられた。再度造り上げた像も乙妙女のこと

が脳裏を離れず急くままに仕上げ、行成に供したが不興を買い、突き返された。二度目のやり直しを命じられ、憔悴して京より戻ってきて工房に入ると、そこに息絶えた乙妙女が横たわっていた。


「その日、工房を閉《と》じ乙妙女と共に夜を明かしました。生前、乙妙女は何もわたくしに望まなかったのです。それをよいことに造仏にかまけて乙妙女には何一つ贅沢や楽しみを与えてやれませんでした。乙妙女になにか一つくらいは喜んでもらえたことがあったのではないかと自問してみましたが、全く思い浮かびませぬ。身罷ってしまた今になって乙妙女が望んでいたことをしてあげたいなどと思う己の愚かさを恥じながら、妄言と思っていた乙妙女の願い事がわたしの心内に残っておりました」

「願い事とは賀茂川に流して欲しいとの懇請か」

「はい。願いを叶えてやるため、未明、乙妙女を背負い賀茂川に向かいました」

「なぜ妹《いもうと》は流葬など願ったのであろう」

「わかりませぬ。わからぬからこそ敢えて乙妙女の望みを叶えてやりたいと思ったのです。そうすれば乙妙女の望んでいたものが何かわかるかもしれぬ、と」

「で、妹の望みはわかったのか」

「まるで霧の中に立っているようでございます」

そうなのだ、と康尚は胸のうちで呟いた。乙妙女の望み通り賀茂川に流してはみたものの乙妙女の真意は未だもってわからぬままであった。

「いずれその霧も晴れる時が来るかもしれぬ。あまり思い詰めぬことだ」

康尚の沈んだ表情から苦悶していることを察したのだろう、行成は慰めるように言って、

「ところで山城国の騒動が収まったのは存じていますか」

と話題を変えた。

「五千を超える百姓が国司代を取り囲んで六日六晩。その百姓等が穏便に退散した、と京人が噂しあっているのを聞いております」

「一時は宇治郡の百姓等も加わって、浄妙寺《じょうみょうじ》の落慶が遅れるのではないかと一の人も憂慮なされたが、事なきを得ました。浄妙寺落慶は予定通り十月吉日になりそうです。そこでかねて頼み置いた本尊の普賢菩薩の仏絵は画けましたか」

「描いて参りました」

そう言って康尚は懐から用紙を取りだし、行成の前に開いて置いた。用紙には白象の背に乗せた蓮華座に普賢菩薩が座し合掌している姿が描かれている。像の大きさは白象も含めておよそ二尺（約六十センチ）である。行成はその仏絵にしばらく見入っていたが、

「この普賢菩薩絵は世尊寺《せそんじ》の普賢菩薩像とよく似てますね」

と不満げに呟いた。

世尊寺は長保二年（一〇〇〇）に行成が創建した寺で、そこに安置した普賢菩薩像は康尚が造立したものである。

「お気に召しませぬか」

「それに亡くなられた東三条院様の菩提を弔うために造立した像をそのまま大きくしたようにも思え

ます」

　東三条院（藤原詮子《せんし》）は左大臣道長の姉である。円融天皇の女御《にょうご》で一条天皇のご生母にあたり、三年前、すなわち長保三年（一〇〇一）に逝去している。この普賢菩薩像もまた康尚が作っている。

「普賢菩薩は仏教伝来の頃より白象の背に乗って右膝をやや上げ、左足を踏み下げて座るお姿を常形としております。東寺講堂内の普賢菩薩像、さらには叡山横川《えいざんよかわ》の法華堂の尊像、いずれもこの絵のような尊容です」

　東寺は平安京の鎮護として遷都直後に創建され、貞観《じょうがん》時代に作られた仏像を多く蔵している。

「それらの像の大きさはたかだか三尺に満たない小像。この度の普賢菩薩像は浄妙寺三昧堂の本尊。三尺では小さすぎます」

　東寺、横川法華堂をはじめ南都の寺々に安置されている普賢菩薩像はせいぜい三尺ほどで白象を含めても六尺に満たない。

「行成様はいかほどの大きさを望まれますのか」

「康尚殿は浄妙寺三昧堂の広さをご存知ですね」

「方五間と聞いております」

　三昧堂とは先祖を供養するために創建された堂で元来は目立たぬ控えめな建物である。正面、側面共に五間（約九メートル）、これは通常の三昧堂の三倍弱もの広さとなる。

「その三昧堂に安置する本尊です。道長様は丈六でと申されたが、それでは釈迦如来像に模することになる。一丈が程よい大きさです」

「一丈でございますか」

康尚は思わず唸った。一丈はおよそ三メートル、丈六は四・八五メートルである。

釈迦の背丈は丈六であったといわれている。そこから釈迦如来像の立像は丈六で造られることが多かった。

「一丈とは白像も含めての大きさでしょうか」

「むろんそのつもりです」

康尚は頭の中で一丈に達する白象と普賢菩薩像を想像してみた。

「そのような像は彫れませせぬ」

しばらく考えていた康尚がおもむろに首を横に振った。

「なぜ、ですか」

「この仏絵のように普賢菩薩像は白像の背に乗って結跏趺坐しております。白像は牛数頭ほどの大きさ、四足、牙六本、鼻長くして耳は大、そう経典では教えています。白象と普賢菩薩像をふくめて一丈の大きさで刻むとなれば、そのほとんどが白像で占められ、白象の背に座る普賢菩薩像はかすんで尊像を仰ぎ見ることさえ叶いませせぬ」

「古《いにしえ》の形や大きさにとらわれることはありません」

「普賢菩薩像は法華経のなかで述べられた形を現わしたもの。古の形ではなくそれが定型であるのです」

普賢菩薩を説く教典は法華教が最も顕著で、仏滅後の濁悪《じょうくあく》の世に法華経を受持し、修行する者あれば、その者の前に六牙の白象に乗って現われ、守護すると教えている。

「なるほど法華経を重んじるのは道理です。しかしこの普賢菩薩絵に描いた白象をもっと小さくすればよいのではありませんか」

「白像と普賢菩薩像をより美しくみせるためには像と白象の釣り合いは無視できませぬ」

「古に縛られて、同じ姿で像を刻むなら、なにも康尚殿に造立をお願いすることもありません。ここに描かれた普賢菩薩像ならば東寺に収蔵されている普賢菩薩像を浄妙寺に移せばことは足ります。恐らく康尚殿が造仏するそれよりもはるかに拝む者には有難味があるでしょう。どうでしょう白象を今様にしては」

行成の言葉は辛辣である。

「白象なる生き物がまこと生息しているのか、その大きさ形は異国より持ち帰った書物や経典で知るのみでございます。四足、牙六本、鼻長くして耳は大、そう経典では教えています。しかしどうやら牙は二本が真らしく、足爪は四枚。今様な姿にと仰せられても描きようもありませぬ」

「わが国で最も大きな四足の生き物は牛、牙持つ生き物はイノシシ、耳大きな生き物はウサギしか思い浮かばぬ。鼻長き生き物にいたっては皆無。そのうえ牛の五倍もの大きさだと言われている。それを刻むのは至難のことでしょう。ならば一層のこと白象を省いて、立ち姿の普賢菩薩像にしては」

行成はこともなげに言った。康尚はしばらく目を閉じて無言。

「それほどまでにこの普賢菩薩絵は気に入りませぬか」

「白象にとらわれて一丈の普賢菩薩像が刻めないなら、白象をはずすのは道理ではありませんか。それに浄妙寺三昧堂に古の形にとらわれた仏像を安置するつもりはありません。今、この刹那に作りだされる仏像、古来の技や形にとらわれぬ新しい仏像が浄妙寺にはふさわしいのです」

「古《いにしえ》の造仏技法を歳月かけて学び取らなくては仏像を刻むことは叶いませぬ。仰せの通り仏師の多くは貞観仏や渡来仏と底で強く繋がっております。それを承知のうえで行成様の意に沿うようこの仏絵は旧来の仏像の影を努めて除いたつもりでございます」

「この菩薩絵のどこに新しさがありますか。ここが新しい、そこが違うと一つひとつ説き教えなくてはわからぬような仏絵ならば、わざわざ康尚殿に造仏要請せずとも南都の仏師で十分こと足ります」

「白象を省き、結跏趺坐から立ち姿に変える。果たして拝む者はその像を普賢菩薩であるとお認めになるでしょうか」

「たしか、旧都奈良法隆寺金堂内に立像の普賢菩薩像が安置されているはずです」

「あの像はそう言われておりますが、普賢菩薩像ではありませぬ。三百年も前に作られた像で、姿形は普賢菩薩とはかけ離れております」

「たとえそうであっても、今、法隆寺の僧侶等はあの像を普賢菩薩像と認め、安置しているのではありませんか」

たしかに、その像は普賢菩薩像として法隆寺金堂内に安置されている。だがそれを認めたとしても、その像の大きさは三尺に満たない小像である。

「わたくしは名筆家などといわれているが、なに、わが書はまだまだ甘い。京にはわたくしなど足元にも及ばぬほど墨痕鮮やかな字を図書寮の文官や大学寮の書博士などはこともなげに書く。だが惜しいかな、それらの字は旧来の教えられた形をそのまま写しとるだけで、なんの新しさも味も匂いもない。つまりその字は生きてない。造仏が墨書に当てはまるとは思えませんが言わんとしていることはわかっていただけると思っています」

康尚は瞑目しながら、この人の知性に己は遠く及ぶところではない、この人と話しているといつの間にか説得されその気になってしまう、桃園寺（世尊寺）の大日如来、普賢菩薩、十一面観音菩薩像の時も、また銀製如意輪観音像の時も何度もやり直しを命じられたが、この人は強引にやり直させるのでなく、訥々と話しかけ理を説き、事を分けて、いつの間にか己みずからが望んでやり直しに応じるよう仕向けてしまう、と思うのだった。

「描き直して参ります」

やや経って目を開けたが俯いたままで行成と目を合わせることはしなかった。そうすることでこの度のやり直しの件は納得したのでなく行成の命に従ったのだと康尚自身を納得させたのだった。

「次の仏絵は実物の大きさで描いてきてくだされ。この国の者が、この風土に合った、この国でしか刻めぬ菩薩像を新たに刻んでくだされ。康尚殿ならそれが叶うはず。わたくしの目を開かせるような普賢菩薩像、古都の仏師達に彫れぬ斬新な普賢菩薩像こそが浄妙寺に相応しいのです。またその時に三昧堂の四辺に安置する四天王像の仏絵も描いてきてくだされ」

行成の細い顎の線が微かに震えている。論理的で常に冷静な行成にしては珍しく強い語調であった。

（二）

工房の床に広げられた一丈ほどの和紙に描かれた普賢菩薩絵を囲んで康尚、市助、仏師侘助《わびすけ》、それに四名の小仏師が座していた。

康尚が率いる工房は仏師一名、小仏師四名、工人十数名からなっている。

康尚は父康行の跡を継いで四年前に大仏師の称号を南都及び叡山の寺々さらに僧籍を置く仁和寺から与えられている。

「行成様に普賢菩薩絵の描き直しを命ぜられたこと、皆も存じておろう。そこで何度か描き直し、行成様に承諾をしていただいた絵がこれだ。侘助、善勢《ぜんせい》、長助《ちょうすけ》、院俊《いんしゅん》、覚円《かくえん》、どんなことでもよい、この仏絵から思ったことを申してくれ」

康尚は一人ひとりの名を呼んで各人に視線を移した。

菩薩絵は行成の注文通り一丈の立像で、頭部は髻《もとどり》を高く結い上げ宝冠を頂き、身体には条帛《じょうはく》（絹布）・天衣・裙《くん》（裳裾）を着け、両手で如意の柄を軽く持っている。

「立ち姿とは随分と思い切った普賢菩薩像でございますな」

やや経って善勢が困惑気に言った。

善勢は小仏師の中では最高齢である。鑿捌きが的確で仏師修行中の工人達から信頼され頼りにされている男である。

「普賢菩薩像は白象の背に座しているお姿が定型」

覚円はこの絵は普賢菩薩像ではないと言わんばかりだ。

覚円は仁和寺の僧で五年前自ら欲して康尚の弟子となり、仁和寺に籍を置いたまま鑿を握っている。四人の中ではもっとも遅く小仏師になった男である。

「これが行成様ご要望の像でございますか」

院俊は仏絵が不満なのかあらためて康尚に確かめた。

院俊は最年少であるが彫りの腕は卓越して、しかも鑿を入れる時の思い切りの良さは他の小仏師が真似できぬ鋭さと正確さを持っている。

「従来の仏像と比べると随分お顔が小さく、まるで高貴な女性《によしよう》のように温和。腕の長さもより人に近く、両手で如意の柄を軽く持っているお姿はとても普賢菩薩像とは思われませぬ。菩薩像と申すより生身の慈母像のようです」

長助もやはり不満の声だ。

長助は康尚と幼少の頃より親しんできた男で早くから小仏師として認められた男である。院俊のような鋭さと思い切りのよさは持ち合わせていないが丁寧で精緻を極めた彫り技を持っている。

「いやこれは慈母像などではない。これは」

今まで黙っていた年長の侘助《わびすけ》が苦々しげに呟いて言葉を切った。康尚がその先を促したが侘助は黙したままだ。

「侘助、忌憚《きたん》のないところを申せ」

康尚は再度促した。

侘助は先代康行の片腕として仏を刻み続け、工房で唯一、仏師の称号を与えられている。侘助が彫り上げる仏顔は貞観仏や白鳳仏のそれと見分けがつかぬばかりか、高貴さと尊厳さえも彫り込むと南都の仏師や僧の間で賞賛され、奈良の仏師からも尊崇の念をもって遇されていた。

「この絵は艶《なまめ》かしさが勝ちすぎております」

侘助は敢えて菩薩絵と言わず、絵、と吐き捨てるように言った。それはこの絵を普賢菩薩像と認めたくない口ぶりに思えた。

「わたくしも侘助と同じだ。これは普賢菩薩絵ではない」

康尚があっさりと認めた。

「そう康尚様が思われるなら、この度の造仏要請はお断りなされ」

侘助の声には厳しさが混じっていた。

「左大臣道長様の命《めい》を断れるわけもない」

「仏像を人に似せればやがて生身の人を伏し拝むようになりますぞ。古来より造仏は人を真似て彫るものではない、と仏師達は肝に銘じて像を刻んで参りました。だからこそ不釣合いなほど大きな頭部、膝まである長い腕、女顔《めがお》を持ちながら胸は男。人が現わしきれぬ憤怒のお顔といった容姿をことさら強く彫り込むことに腐心してきたのです」

「わたくしも生身の人を手本に仏像を刻もうとは考えてもおらぬ。だが侘助の申すように人と離れた身体を持つ仏像を彫ろうとも思わぬ」

侘助の口調に反して康尚は穏やかだ。

「しかしこの絵の菩薩を刻むおつもりでしょう」

「刻む」

「これは人のお姿ですぞ」

「人に似て人を凌駕する仏像は彫れぬだろうが、それに近づくことは叶うかもしれぬ」

「この侘助、長く生きて参りましたがそのような仏像に未だかつて出会ったことはありませぬ。もしそうした仏像を彫れる仏師が居るとすれば吾等の技をはるかに超えた腕を持った者でしょう」

「確かにわたくしにそれだけの技はない。だからこそ侘助や皆の力を借りたいのだ」

「吾にもまたここに並ぶ小仏師等にもそのような技はありませぬ」

「技はなくとも刻まねばならぬ。やるしかないのだ」

「この仏絵は普賢菩薩像ではありませぬ。このお顔と立ち姿は人そのもの」

「この像は法華三昧に明け暮れる僧侶達が拝むのではない」

「はて、では誰が拝むのでしょうか」

「侘助や父が刻みあるいは修復した仏像は今どこにある」

「あるべき所、すなわち叡山や南都の寺々、さらに京では仁和寺、東寺などに安置されております」

侘助はわかりきったことを何故訊くのかといった顔だ。

「比叡山や高野山の仏像は女人には決して開帳されまい」

「勿論、叡山も高野山も女人は禁制、女人が二山の仏像を拝むなど皆無にございます」

「そうした仏像は仏法に深い造詣がある僧達に囲まれて守り続けられている。一朝火災があれば最初に寺から持ち出されるのは教典と仏像の数々だ。高野山や比叡山においてはそれでよし。だがな侘助、京にそれが当てはまらぬ時世がきているのだ」

康尚は侘助の方に身体を傾けて諭《さと》すが如くに言った。

「京においても仏像を尊ぶことに変わりはありませぬ」

「京内に建立される数多くの阿弥陀堂や三昧堂は比叡山や南都の寺々とは異なり修行僧や高僧に守られて安置される仏像ではない」

「なるほど経もろくに読めぬ権門者達が競って阿弥陀堂や三昧堂を建立しております。だがそこに安置される仏像の尊容は様々な教典や古来の習わしに則って刻まねばなりませぬ」

ふたたび侘助の舌鋒がきつくなった。

「京ではたびたび疫病に襲われている。今や公卿達や官人、京中の民が欣求浄土《ごんぐじょうど》、疫病退散を願って阿弥陀堂に押し寄せている。仏像に手を合わせる者達は高僧でも修行僧でもない、経も読めぬ人々、しかも半数が女人だ。そうした人々には結跏趺坐の形や指で結ぶ印の形、更には宝冠や天衣などどうでもよいのだ」

「では何を手本に仏師達は仏を刻めと」

「それはわたくしにも定かではない。だが人を誘い込むような優しさに溢れた人の姿に近い仏像があっても良いと思わぬか。眉間に皺を寄せ拝む者を睨みすえて萎縮させる仏像ではなく、優しく浄土へ導いてくれる仏像を市井の人々は欲しているのだ」

「眉間に皺を寄せ眼光鋭いお顔の仏像の奥底には常に慈悲と優しさが秘められております。それが仏像と申すもの。古の仏師達はそう心がけて彫ってきたのです」

「その心がけを捨てろと申すのではない、眼光鋭いお顔の中に優しさを刻もうとするより初めから優しいお顔を刻んでみてもよいのではないか」

佗助は康尚に反論せず首をわずかに傾けた。佗助が不満の時に表わす癖である。

「なあ、佗助よ」

両者のやりとりに耳を傾けていた市助が、

「三代にわたってお仕えしてきた者は佗助と吾の外に五指に余る。おぬしと吾、彼岸に逝き先々代、先代にお目にかかれる日もそれほど遠くではあるまい。その折に康尚様をしっかりお支えした、とご両所様に胸を張れるよう、もうひと踏ん張りしてみようではないか」

と穏やかな口調で言った。佗助はしばらく考えた後、

「随分と難しい像をお引き受けなされましたな。吾の技では遠く及びませぬが、市助が申す通り黄泉の国で康良、康行様に少しでも康尚様のお力になれたと言えるよう励みましょう」

言って初めて柔らかな顔つきになった。

「頼みますぞ」

康尚は佗助に頭を下げた。

父の片腕として古の仏像の形を忠実に守って磨き上げた彫り技を老い先短い侘助に行成流の仏像に生かせと強要することは康尚にとって辛いことであった。

「一丈の大像を一木で彫り上げるには巨木を手に入れなくてはなりませぬ」

善勢は張り詰めた雰囲気が薄れたのに安堵したのか造仏用の木材について話を切り出した。

「そのような大木は中山郷の工房には一木もありませぬ」

長助が眉を寄せる。

「よしんば一丈を超える大材があったとしても山深い中山郷のこと、曲がりくねった山道を人の手で運ぶとなれば、あの御経坂峠を担ぎ上げなくてはなりません。それは至難」

すかさず覚円が言い添える。

「中山郷で普賢菩薩像を刻むことは考えておらぬ」

「では浄妙寺の近くに工房を借りますか」

院俊が聞いた。

「山城国の騒動は収まったと聞くが、不穏な噂は日々伝わってくる。木幡の近くに工房は開けぬ」

「ではどういたしますのか」

院俊がさらに訊く。

「これを機に京内のどこかに工房を開き、そこで造仏したいと思っている」

康尚はかねがね山深い中山郷の工房を京に移したいと考えていた。

「いよいよ、京に工房を構える時が参りましたか」

仁和寺の僧でもある覚円は京への執着が強いようで、ことあるごとに京に工房を移すことを口に出して憚らない。

「工房を移すことよりも、まずは一丈の普賢菩薩像を刻める大材を探しだすことが先」

侘助が喜ぶ覚円にするどい一瞥を投げかけた。

「桃園寺の大日如来、十一面観音像などの造仏で用いた大材は確か旧都（奈良）の仏所の一つが好意で供してくれたのではなかったか」

善勢が長助に訊く。

「あの折は八尺ほどの大材。それがこの度は一丈を超えます。そのような材を旧都の仏所が蔵しているのでしょうか」

長助は思案げに首をかしげた。

「世は末法《まっぽう》と浄土、どこを向いても人々は仏像を欲しています。それも経も読めぬ富貴者が競って大きな仏像を安置しようとする。おそらく一丈の大材は京はおろか奈良の仏所にも残されておりますまい」

侘助は苦々しげに口をゆがめた。

この頃、公卿をはじめ京の人々の間には末法思想と浄土信仰が盛んとなっていた。

末法とは釈迦入滅の二千年後に仏法は衰えて修行の効もなく、人心悪化して、天変地異が起こり、その結果、悪が世を支配する、という思想である。

その末法がおよそ五十年後（一〇五二）に始まる、と信じられ、そのこともあって浄土信仰が貴賤を問わず広く民衆に迎えられた。

浄土信仰とは西方十万億土の極楽世界の存在を信じ、阿弥陀仏の手にすがって、極楽にゆけることを願う教えである。

公卿や富貴者は競って阿弥陀堂を建立し、そこに阿弥陀仏を安置し、その阿弥陀仏に導かれて極楽往生することを願った。

もちろん京の庶民や下級官人等に阿弥陀堂を建立する財力などあるはずもなく、疫病、賀茂川の洪水、飢えなどの日常に襲い来るもろもろ、そのものが地獄であった。それだからこそ彼等もまた浄土へのあこがれがより強かった。

桃園寺の建立を契機に堰を切ったように公卿、富貴者達によって阿弥陀堂が建立され、それに伴って阿弥陀如来像の造仏依頼が康尚のもとに寄せられるようになる。

依頼を受けた康尚の工房は惜しげもなく蓄材を用いて要請に応えた。これらの材は康尚の父康行達が近隣の山々を探し歩き選び抜いて伐採し乾燥させ貯蔵しておいた造仏用の貴重な木材であった。

祖父康良や父康行が南都や叡山で細々と造仏や修理を行うことを念頭に貯蔵した木材を康尚の代になって使い果たしてしまったのである。

造仏に用いる木材は十年近く寝かせて乾燥させなくては狂いや割れが生じる。不足したからとて直ぐに調達補充は叶わないのだ。

「わたくしは京内に工房に適した館を探す。皆は手分けして奈良や叡山に参り、一丈の普賢菩薩像を刻める大材を供してくれる仏所を探してきて欲しい」

康尚は一丈の大材がみつかることを念じながら侘助等に命じた。

（三）

山城国騒動が落着した十日後、三百人の百姓が再度四条堤に送り込まれてきた。そのなかには石原郷の顕秀も含まれていた。さらに広隆寺にかくまわれていた七名も加わった。教通に代わって三百人を仕切るのは顕秀である。

彼ら三百人に日当として支払われる報酬は米二升である。その差配は顕秀に任された。米は頼方が不当にため込んだ米を当てることになった。山城国十三郡八十三郷が農繁期をむかえた最中、半ば強制的に集めた百姓三百人である。百姓がしぶしぶながら応じたのは、十日間、と期限を明確に切ったからである。

顕秀等を筆頭とする一団が朝餉夕餉の用意をし、一人ひとりに米二升を給する。そのうちの一升を朝夕の食事に当てる。従って十日の労働が終わって百姓等の取り分は十升である。このうち三升は香の物、干し魚などの副食代として没収される。詰まるところ家に持って帰れるのは七升である。七升は今の量に換算すれば二升八合である。十日の労苦で得るのはたったの二升八合、一日働いて二合八勺に過ぎない。これでは農繁期でなくとも百姓が雇役を嫌うのは当たり前であった。まして、往復に掛ける日数には米の一粒たりとも支給されないのだ。

百姓らはひとり残らず、十日間の労働をさっさと済ませて田仕事に戻りたがっていた。防鴨河使下部はこうした百姓等の切実な思いを知りつつ堤の築造に彼らを従事させなければならなかった。幸い、顕秀が清経に好意を抱いたこともあって、百姓等をあるときはなだめ、ある時は庇いながら、下部と百姓との間で諍いが起こらないように腐心してくれたので、築造作業は順調に進むかに思えた。

作業は単純であるが重労働である。

今回の作業は堤の基底部に敷きならした小石の上に土を入れて堤体を築造していく作業である。土は近隣の畠や東岸の粟田近辺の斜面からモッコで運ぶことになる。流失した堤防二十間（三十六メートル）の跡地に三百人がモッコや鍬を持って群がることになる。

二月二十一日から始まった作業は順調に進むかに思えた。しかし作業三日目、朝から雨となった。雨はそれほど激しくはないが土を扱う作業には少しの雨でも致命的であった。水気を含んだ土は重くなり、堤を形成するための締め固めができないからである。

作業は休まざるを得なかった。これで一日を失ったことになる。残る七日間で八日間分の作業をしなければ、二十間の堤体は築造できない。清経は焦りながらも、まだなんとかなると楽観していた。

翌早朝、雨の中を清経は暗いうちから四条堤に行った。

すでに下部達も来ていて、皆不安げに明けやらぬ空を見上げる。

「この雨は今日一日やむことはありませんな」

亮斉が眉をひそめてうらめしげに天を仰ぐ。亮斉は天候を占うことに長けていた。

「やまぬか」

清経は嘆息しながら、残された六日間で八日間分の作業をこなすのは最早無理だと思った。

作業の中止を命じて清経は雨の中、後ろ髪をひかれる思いで七条坊門小路の館に戻ると、門前に老人を連れた壮年の男が蓑を着けて立っていた。

「そこもとはこの館で伏せっていたお方ではないか」

清経は驚きの声をあげた。

「蜂岡清経様でございますな。わたくしは康尚と申す者。命を救っていただき、ただただありがたく思っております」

康尚は蓑をとって深々と頭を下げる。

清経はふたりを館の中に誘った。気を失ったままで血の気がなかった男からは想像もできないほど威厳に満ちた相貌に清経は驚きと安堵の気持ちで何度も康尚に視線を走らせた。

「命を救ったのは吾でなく捨女殿。して捨女殿の消息はおわかりですか」

土間に続く板の間に坐すと気がかりであった捨女について訊ねてみた。

「病み上がりの心細さから、捨女殿にわたくしの郷まで送っていただきました」

「おお、では捨女殿は送った後に京に戻られたのですな。ならば、悲田院に参り、静琳尼様に消息を聞けばわかるかもしれませんな。なんせ吾は康尚殿の介護を捨女殿に押しつけて山城国に出かけておりましたからな。会ってひと言、詫びを入れたいと思っていたのです」

「捨女殿は今、わたくしの郷、中山郷に居られます。郷は一条末路を三里ほど遡った山奥」

「捨女殿は京でなくては生計《たつき》を立てられまい。山奥では捨女殿を雇ってくれるような所はないでしょうからな」

「それが……」

康尚はそこで言葉を切って困惑した顔を老人に向けた。

「捨女殿は今、康尚様の身の回りのお世話をしております」

康尚の供をしてきた市助が代わって答えた。

「身の回りのお世話？　捨女殿がそのような細々した下婢のような業を担えるとは思えぬ。それは真か」

清経は笑い出したいのをこらえて康尚を窺った。

「身の回りの世話をしていただくのでなく、しばらく郷に居残ってもらい、わたくしの謝意を表したかったのです」

「して、捨女殿は郷で静かにしておられますのか」

「わたくしは捨女殿に叱られてばかりです」

康尚はそう言って破顔した。

「いえ、捨女殿はよく働いてくださります。すっかり郷にとけ込んでおります」

市助がしんみりと呟く。

「確か、康尚殿が書き置いていった書面に、仏師であると認《したた》めてありましたが」

「はい仏師でございます。山奥の工房ですが折節、京に出て東寺、仁和寺あるいは広隆寺などの寺々で破損した仏像の修復を手がけております」

「ほう、広隆寺の仏像修復もなさいましたのか」

「広隆寺、勧運和尚様の要請で弥勒菩薩像の修復に半月ほど滞在したことがあります」

「勧運和尚は吾の大叔父。ならば康尚殿と吾は広隆寺で顔を合わせているかもしれませんな」

「してみると賀茂川で溺れたのを救っていただいたのも広隆寺の弥勒菩薩の縁《えにし》かもしれません」

「泳げる者なら誰でも溺れた者を救えましょう。しかし、救われた者が重い病に罹っているとなれば、その病を治してくれた者こそ真の救助者。それは捨女殿です。それにしてもよく助かったものです。捨女殿は物言いや所作は荒々しいが、心は観音様のような方。吾は康尚殿の高熱を疑って裳瘡に罹っていると思い、なるべく近づかないようにしておりました。それを捨女殿は恐がりもせず、親身になって取り見ておりました。今でも鮮烈に思い出すのは、康尚殿が水を欲した時、口と口を合わせて康尚殿の口中に水を流し込んだ、その姿です。あれは生身のうら若き女性《にょしょう》がなしたのではなく、観音様の化身、そう吾には思えました」

「良い話をお聞かせくだされた」

感に堪えた声の市助は、

「真《まこと》、捨女殿は心やさしいお方。今の康尚様には捨女殿のような方が付いていてくださることが、何よりの安らぎなのです」

と、告げて、康尚の生い立ちから今までにいたる来歴を清経に訥々と話した。

「どうやら、捨女殿には安住の地がみつかったようですな」

聞き終わった清経は一抹の寂しさを感じていた。その寂しさは捨女への恋情かもしれないと思って内心で苦笑した。

「今日、参りましたのは、もちろん蜂岡様への御礼の言上です。それにもう一つお願いごとがあって参りました。京に工房を開きたいのですが、工房に適した館に心当たりがありませぬ。蜂岡様に心当たりはありませぬか」

「廃屋に近い家は四条界隈にも何軒かありますが、それは手を入れないと工房として使えないでしょう」

「直ぐに欲しいのですが」

「ならば、どうでしょう。吾の館では」

「この館をお貸しくださる、と申されますか」

「このような廃れた館で構わないなら、お使いくだされ。吾は物心ついて以来、広隆寺で多くの僧達と共に暮らしてきました。それが今ではこの館でひとり。何とも寂しいものです。ただ、吾の館では多くの工人を寝泊まりさせることは叶いません」

そうは言っても清経の館は九十坪、およそ百八十畳、工房として充分に使える広さである。

「四名の小仏師とわたくし、煮炊きをこなす老婆、それに下僕。老婆には蜂岡殿の朝餉と夕餉も用意させます」

「それは願ってもないこと。朝夕の煮炊きをしなくてもよいとなると、吾はなにやら軽やかな気分になれます」

「では明後日に郷の者を寄こします」

康尚は肩の荷が下りた、というように力を抜いて相好を崩した。

翌朝、雨は止んでいた。清経は暗いうちに四条堤に行き着くと、そこに松明を掲げた亮斉を囲んで宗佑等防鴨河使下部のほとんどが集まっていた。

「水嵩は増しているか」

清経が最も案じていることを訊く。

「堤裾が没するようなことはありません」

すでに見回りをしてきたのか宗佑が応じた。

「雨が止んだとは申せ、今日の業は叶いませぬ」

「やはり叶わぬか」

「今日晴れれば、水気を含んだ土砂は上面だけでも乾きます。さすれば明日から土砂の運び込みと締め固めは再び叶いましょう」

亮斉はそれでも仕方ないと言った口ぶりだ。

「すると、八日間で仕上げる業を五日間で終わらせなくてはならなくなったのだな」

清経は腹から力が抜けていくのがわかった。

清経が四条堤築造に苦慮している頃、康尚は中山郷から三十名ほどの郷人を率いて清経の館を訪れていた。康尚は郷人と共に、清経の寝所を除いた館のあらゆる所を拭き清め整理し、庭の雑草も抜いて伸び放題だった立木も剪定した。それが終わると、康尚と賄いを担当する老婆ひとりを残して郷人は皆、引き上げていった。まだ、昼を少し過ぎたばかりで、晴れた空には雲一つなかった。

見違えるように綺麗になった庭に立って康尚はあらためて館に目をやった。この館に三日三晩正気を失ったまま、高熱を出して寝込んでいたことが一昔も前のことのように思われた。病が癒えてから今日まで、中山郷から京に四度も出てきている。往復に三刻（六時間）、これからはもっと京に来ることが多くなる。清経の館を借りることができて、その憂いもなくなった。京に工房を持つだけならもっと早く移ることができた。だが中山郷を引き払い、百五十人ほどの郷人全てを京に住まわせるとなれば、土地と家屋の手当て、それになにより、郷人全ての生計を立てられるようにしなければならない。

中山郷は仁和寺から貸与され、納税義務も免除されている。しかし、京に居を移せば、郷人はそうした恩恵を受けられなくなる。仏を刻むだけで多くの郷人を養っていけるほどの収入を得ることは難しいことであった。だが、中山郷を引き払うのは間近だ、と康尚は心内で呟いた。

「おお、やはり、この館でよかったのですな」

庭先に立つ康尚に聞き慣れた声が届いた。朽ちた門前に侘助が立っていた。

「待ちかねたぞ。して首尾はいかがであった」

「奈良の二つの仏所に参りましたが、一丈を超える大材はない、とのこと」

侘助はそう告げて首を横に振った。

「案じていた通りだな。だがまだ善勢、長助、院俊、覚円が戻ってきておらぬ。どこか一つくらいは大材を供与してくれる仏所が必ずみつかるはずだ」

「そうあって欲しいものですな。それにしてもここを仏所とするならば、この門を修復しなくてはなりませぬな」

侘助は朽ちた門を見て落胆したのか、それとも大材がみつからなかったことが老いの身にこたえているのか、疲れた顔を康尚に向けた。

「館内《やかたうち》は住み心地がよさそうで、工房としても満足のいく広さだ。わたくしは善勢等がここに来るのを待つ。小久目女《おくめ》が館内に居る。白湯でも飲ませてもらって休むがよい」

小久目女は捨女が郷に来る前、康尚の食事や身の回りの世話をしていた老婆である。中山郷では市助に次いで高齢で、郷の出産の手助けを一手に引き受けた産婆でもある。

侘助が小久目女にいれてもらった白湯を口にしていた頃、清経は民部省の一室で是兼を前に坐していた。

亮斉や宗佑等と今後の作業日程の打ち合せをしているところへ、民部省の秘書官が訪れ、直ぐに出頭するように、との要請で民部省に駆けつけたところだった。呼び出しを受ける心当たりは幾つもある。

清経が山城国の百姓等を穏便に退去させたことを公卿等は一応評価したが、頼方の悪行を白紙に戻したのは清経の独断で、政に関しては、その場で裁可せずに持ち帰り、太政官に委《ゆだ》ねるべきである、という厳しい叱責を受けた。

いつ暴走してもおかしくない百姓等を前にして、のこのこと京に戻り、公卿等の裁可など仰いでいれば、騒動は取り返しのつかないほど大きくなっていたはずだ、と清経は不満であった。その不満を公卿らに申し立てたとて、取り合ってくれるのは公任と民部卿くらいであろう。

今日、呼び出されたのは公卿等のさらなる叱責を申し渡されるのであろう。四条堤築造作業の最中に迷惑なことだ、と思いながら民部省に着いたのは閉庁する寸前であった。

「蜂岡殿に申し伝えることがあって至急に来省してもらった」

是兼が仕事じまいを始めた官人等を尻目に眉の間に皺を寄せる。その顔を見てよい報せではない、と清経は直感する。

「囚獄司《しゆごくし》の獄に送られた拝志郷の里長、影昌殿が獄死した」

是兼の声は辺りをはばかるように低かった。

「これは山城国の百姓等に極秘にしなければならぬ。知れば騒動が再発するかもしれぬからな。そうなれば、木幡の浄妙寺建立に支障がでる」

清経は黙したまま目だけ大きく見開いた。

「影昌殿の獄死より浄妙寺ですか」

清経は怒りを抑えて初めて口を開いた。

再発を憂慮するのでなく、再発によってひき起こされる宇治郡小幡の混乱が浄妙寺建立を危うくする。影昌の獄死などどうでもよいのだ。それはどう考えても本末を転倒しているとしか、清経には思えなかった。

「さよう、浄妙寺だ。今年の秋に落慶法要が行われる。これが遅れるようなことになれば、道長様、行成様をはじめ藤家の方々の面目をつぶし、しいては藤家の権威が失墜することにつながりかねぬ」

「影昌殿が獄死」

清経は是兼の言葉を聞いていなかった。

獄死とはすなわち病死でも衰弱死でも自死でもない。囚獄司の官人がいびり殺したことに他ならない、と清経は思った。すると、太政官宣旨の一文を忠実に守って、影昌を京に連行した己の愚かさに腹立ちを覚えた。そして腹立ちは直ぐ怒りに変わった。

「吾が影昌殿を京に伴ったのは影昌殿の命は保たれ、山城国が平穏に戻れば、影昌殿も再び拝志郷の里長として迎えられると、信じたからですぞ」

「蜂岡殿が申す通り、わたくしもそう思っていた。だがその前に影昌殿は獄死したのだ。死した者は戻らぬ。このこと山城国の百姓らが聞けば、影昌殿は司直の手によって拷問死したと思うに違いない。よいかこれは獄死、獄死なのだ」

是兼がことさら獄死を強調するのは、四条堤築造に従事する百姓らに影昌の死を知られたくないからである。ひとりが知れば、たちまち三百人に知れわたり、山城国に戻ったその日から瞬く間に国中に広がるのは目に見えていた。影昌の許に集まった五千を超える人々は京に連行された影昌の処遇を厳しい目で見据えている。頼方の悪政を白紙に戻せたのは、影昌が京に連行されるという犠牲のうえに得られたものであることを百姓等は肝に命じ感謝していた。

「影昌殿の獄死は囚獄司の限られた者と検非違使別当房行殿、公任様と行成様、それにわたくししか知らぬ。口外は無用。四条堤に携わる百姓等がよもや知ることはあるまいと思うが、不穏な動きがあったらば直ぐにこの是兼に教えてくだされ」

「せめて、影昌殿の遺骸を手厚く葬りたいのですが」

「蜂岡殿がそのような配慮をすることは無用。すでに囚獄司で葬ったとのこと」

影昌、影常父子は遺骸もわからぬままに闇に葬られることになった、と清経は怒りと憂いのまじった思いで唇をつよく結んだ。

民部省を退出するとすでに陽は西に傾いていて、四条堤に戻るには遅すぎる時刻であった。


陽が西麓の稜線に沈みかかる頃、奈良の仏所に行った善勢と長助が清経の館の門前に姿を見せた。出迎えた康尚にふたりは謝るように、四つの仏所を訪れたが一丈余の大材はないと、頭を下げた。さらに四半刻（三十分）ほどして、仁和寺や東寺近辺の仏所を訪れた覚円も清経の館を探し当てて訪れると、同じように大材はなかった、と告げた。

残るは比叡山山麓の仏所に行った院俊の報せを待つだけとなった。祈る気持ちで康尚は門前で院俊を待つ。陽が稜線に没した時、院俊が門前に立った。

「院俊、どうであった」

康尚は駆け寄って性急に問うた。

「比叡山の麓、八瀬の工房に一木だけ一丈二尺の材がありました。それを供してもよい、とのこと」

「あったか」

康尚は思わず院俊の手を握って、安堵の胸をなで下ろした。

八瀬は山城国愛宕郡小野郷に属する。比叡山西麓の集落で賀茂川の支流、高野川の上流に位置し、京より三里ほどの地である。

康尚はかつて比叡山霊山院の本尊、釈迦如来像、華台院の釈迦如来像の造立の要請を受けたとき、八瀬に工房を構えている一軒に協力を仰ぎ、その工房で像を刻んだことがあった。


二日後、その工房の前では巨大な修羅（橇《そり》）に一丈二尺の巨木が載せられていた。修羅の先端、左右から一本ずつ、太い稲縄が取り付けられ、それを十五名ずつ、計三十名ほどが手にしている。傍らには背丈ほどの長さに切り揃え半割にした竹を何本も背負っている男が三人、それに丸棒を携えた十人ほどの男が修羅を取り巻いていていた。

「心して曳け」

修羅の先頭に立つ康尚が大きく手を泳がせた。

綱を持つ男達の腕に力が入る。修羅はゆっくりと動き出した。男達は中山郷の郷人である。彼等は造仏やその手伝いの手が空くと、杣人《そまびと》として郷の生計を助けていた。杣人とは樵と同義で山から木材を切り出し、運搬することを職業とする人々のことである。

したがって彼等にとって修羅を扱うのは手慣れたことである。

早朝、八瀬を発った一行は途中、粘性の多い山道では割竹を敷き並べ、その上に修羅を滑らせ、急登坂は丸棒を修羅の後尾に差し込み、こじ起こしながら尺取り虫のように一尺、また一尺と修羅を進めていった。

高野川と賀茂川が合流するあたりで日が暮れた。川畔で康尚等は携えてきた干飯で夕餉をとると、修羅を囲んで仮眠をとった。

翌未明、康尚等一行が朝餉の干飯を食しているところへ、背丈の二倍ほどの太い丸太、七本を携えた防鴨河使下部達が清経に率いられてきた。

「約束通り、参りましたぞ」

清経が康尚に声をかけた。

「待っておりました。まずはその丸太を引き渡してくだされ」

康尚の要請に応じて下部達は携えてきた丸太を郷人に預ける。郷人達はその七本を修羅の底部に横に通してしっかり稲縄で固定した。その形は左右それぞれに七本の担ぎ棒が取り付けられた御輿のように見えた。

「位置取りせよ」

亮斉の号令に防鴨河使下部等は一本の担ぎ棒に三人、計四十二人が取りつくと、両手で腰の高さまで修羅を引き上げた。

「よーし」

亮斉の一声で四十二人は声を揃えて丸太を肩まで担ぎ上げた。

「渡れ」

再び亮斉が命じる。下部達によって担がれた修羅は賀茂川をゆっくりと渡りはじめる。おりしも二日続けて雨が降ったこともあって賀茂川の水位は胸元が没するほどに上がっていた。川底を知り尽くしている防鴨河使下部だからこそ、修羅と一体になった巨木を河水に濡らすことなく賀茂川を渡れるのだ。

渡りきって賀茂川に最も近接する東京極大路に修羅を運び終えると、下部達は足早に四条堤に向かった。そのとき、東山の頂きからやっと陽光が東京極大路を照らしはじめた。


四条堤にはすでに三百人の百姓が参集して、清経等が来るのを待っていた。

「今日が約束の十日目、最終日でございます」

顕秀が清経に遠慮がちに告げた。

「すでに田仕事は繁忙の最中《さなか》と聞く。今日の申刻（午後三時）をもって山城国に戻られよ。だが四刻（八時間）の間はしっかりと業についていただく」

「そのように務めるよう皆に申します。しかし堤の築造は未完に終わります。そのことがいささか気掛かりではあります」

「顕秀殿が案ずることはない。なんとかなるであろう」

言ってみたが清経に確たる策などなかった。

（四）

「あれから修羅は東京極大路を下り、七条坊門小路を西へおよそ二刻半（五時間）かけてこの館に着きました。修羅から下ろされた木材は庭内の土塀際に仮に建てた板葺き屋根の小屋に運び込みました。大材を賀茂川の水に浸すことなく運べたのは防鴨河使の方々のご尽力。お礼のしようもありませぬ」

四条堤築造の仕事を終え、館に戻ってきた清経に康尚は深々と頭を下げた。

「防鴨河使にとってはさしたることではありませぬ。お役にたてればなによりです」

「これでわたくしの方は一つ前に進みましたが、清経殿の方は進捗しておりますのか」

「今日が雇役の十日目。百姓三百人、全てが申刻の木鐘を合図に先を争って山城国に帰っていきました。もう河原には誰ひとり居りませぬ」

「なにか気落ちした口ぶり、わたくしには堤のなんたるかもわかりかねますが、話して少しでも心内に筋道が立つようでしたらお話してくだされ」

康尚の暖かい口ぶりに清経は一つ頷いて、今までの顛末を己に言い聞かせるようにして話した。

「これからは防鴨河使の方々が残された堤の築造を担うわけですな」

聞き終わった康尚が確かめるように訊ねた。

「そうしたいのだが防鴨河使下部は四十五名しか居りません。下部等は雨の日も雪の日もどんなときでも一里半（約六キロ）の長きにわたって築造された堤体を仔細に見廻し、かすかな変容が堤にみつかれば、そこをいち早く繕う。繕う箇所は一日数カ所にのぼることもあります。二百余年を経た賀茂堤は老いさらばえて、手入れを怠ると野分の増水でひとたまりもなく崩れますからな。四条堤の築造に手を割けば日々の業がおろそかになる。長雨の時節も目前。たった四十五名の下部で四条堤築造と日々の業の二つを共々こなすことは難しいこと」

「防鴨河使で無理なら、もう一度民部省に掛け合ってみるのはいかがですか。無事に山城国の騒動を収めたのは清経殿の尽力。民部省は清経殿の要請を無碍に断るようなことはいたさぬはず」

「民部省や検非違使庁は吾の尽力を評価してはおらぬ。それに百姓達の手が空いている冬枯れの時節は過ぎました。田の手入れを放《ほか》して堤の築造に応じる百姓はおそらくみつからないでしょう。これからは堤の管理と補修をしながら、四条堤の築造を下部等と共に細々と進めていくつもりです」

そのために終業時刻の未《ひつじ》の刻末（午後三時）を一刻延ばして申の刻末（午後五時）にすることを清経は考えていた。しかし下部達にその一刻（二時間）分を無償で働け、と命じる権限は清経に付与されていない。

下部達にとってその一刻は貴重であった。彼等の俸給は一日働いて米二升（今の八合）である。働かぬ日はもちろん米一粒たりともでない。つまりは雇役者の俸給と変わらないのだ。これで一家を支えていくしかない。下部の多くは親を抱え、子を養って、多い家族は八人を超える下部もいる。糊口を凌ぐため、下部達のほとんどは業が終えると家に戻らず、京内に赴き、公家や富貴者の家の雑事をこなして、わずかばかりの銭を得ている。公家や富貴者は下部のような最下級の官人に雑事を任せることを好んだ。それは市井の人に比べて出自もはっきりしていて、ある意味信頼も置けるからに他ならなかった。

「ところで山城国の騒動の顛末はどうなりましたか。まだ拝志郷や宇治郷あたりは何となく不穏だと聞いておりますが」

「頼方殿の処分が今一つ拝志郷や宇治郷の百姓には合点がいかぬらしい。それに投獄されていた影昌殿が獄死いたした。影昌殿の死を山城国の百姓等が知れば、再び騒動が起こるかもしれません」

影昌の獄死を告げてよいものかどうか迷ったが、康尚にうち明けてもかまわないと思った。

「夕餉になされ」

頃合いをはかったように、土間で炊事をしていた小久目女がふたりを促した。修羅を曳いた郷人はすべて中山郷に引き上げ、館には清経、康尚それに小久目女の三人だけである。

小久目女は康尚の幼少期から養育してきたためか夕餉の膳は康尚の好みに合わせてあるらしく薄味でやや甘めに味付けがしてある。その味はどこか公卿等の好みの味と通ずるもののようで、一日中、汗を流して動きまわっている清経にとっては塩味の強い方が好ましく思われた。しかしそう思ったのは最初の一口だけで、空腹に勝る馳走はない、との例え通り、小久目女が丹精込めて作った夕餉を無言でむさぼり食らった。そんな清経を小久目女はやれやれ、といった驚きの顔で見ていたが、清経に注ぐ視線はやさしさに溢れていた。

ひとり先に夕餉を終えた清経はこの十日間、三百人の百姓を監督指導した疲れと堤が未完で終わった空しさ、それと腹が満たされたためか急な眠気に襲われた。

何かきな臭い臭いで清経は目が覚めた。どうやら夕餉を終えてすぐにその場で眠ってしまったようだった。清経の伏した身体に夜具がかけられていた。起こすのはしのびないと小久目女が思ったのであろうか、清経の寝所から運んできて掛けてくれたに違いなかった。

きな臭い臭いはさらに強くなってきて、パチッと何かがはぜるような音が館外から聞こえた。清経は半身を起こして、音のした方角に目を向ける。すると蔀戸を下ろしたわずかな隙間から一条の光が差し込んできた。

「康尚殿、康尚殿。起きられよ」

清経は立ち上がりながら奥の部屋に向かって叫んだ。だが応じる気配がない。清経は手探りで土間に下りると、竈の横にいつも立てかけてある錫杖を手にし、それで竈をしたたかに打った。大きな音がし、同時に、

「如何した」

と応じる声が聞こえ、すぐに康尚が手探りで清経のそばにきた。

「なにやらものの焼ける臭い。尋常ではない。もしや隣家が火でも出したのでは?」

康尚も館外の異常に気づいたようだった。

「失火なれば、もっと人が騒ぐはず。康尚殿は棒術を使うと申されていたな」

「いかにも、いささか心得がある」

「ならばこれを」

清経は闇の中で康尚の声に向かって押しつけるようにして錫杖を渡した。清経はそれからいつも錫杖と一緒に並べて立てかけてある太い樫の棒を手探りで探し当てるとそれを手に取った。

「誰ぞ、賊でも襲ってきたのか」

「わからぬ。だが用心にこしたことはない」

清経は戸口に向かうと心張り棒を外して戸を一気に開けた。

瞬間、眩しいばかりの光が土間内に溢れた。目を細めて窺うと土塀際に設えた仮小屋が勢いよく燃えていた。それに気づいた康尚が叫び声をあげながら仮小屋に走ろうとするのを清経は立ちふさがるようにして押しとどめ、それから樫棒を胸元に引きつけて慎重に戸口から外にでた。

「待っていたぞ」

炎を背にして聞き慣れた声がした。

「おのれは教通」

教通をはさんで十数名の男が刀を構えていた。

「消せ、消してくれ。あそこには八瀬から運んだ木材が置いてある」

康尚は叫びながら仮小屋に行こうと清経の前に出る。男達がすかさず康尚の行く手を遮った。

「館に火をつけなかったのをありがたく思え」

教通の顔が炎で赤く映える。

「火付けは重罪」

「仮小屋に火付けしたとてなんのこともない。里長の館に踏み込んだ折は刀子《とうす》で不覚をとったが同じ轍は踏まぬ」

教通は構えた刀をことさら前に突き出した。刀子は一尺ほどだが刀は二尺三寸、それだけ武器としては長けている。

「意趣返しか。それとも頼方殿に命じられたのか」

「いかにもわたくしが命じた」

取り囲んだ男達の後方から肥満した頼方が男達を押しのけるようにして前に出た。

「謹慎の身ではなかったのか」

「謹慎せねばならぬようなことをした憶えはない。うぬに嵌められたのだ」

言い終わらぬうちに頼方は右手を水平に振った。前後から数名が刀の柄頭を腰元に当てて清経めがけて突っ込んできた。清経は半歩横に身をずらすと手にした樫棒を眼前の男の脳天に打ち込んだ。うめき声も発せず足下に転がる男を飛び越えた清経に次の男が顔面めがけて刀を打ち込んできた。のけぞって太刀筋をかわした清経は一歩さがりながら男のわき腹に樫棒の先を突き入れる。くの字に身体を曲げた男の後方から入れ替わるようにふたりが並び立ち、同時に上段に振りかぶった刀を清経の頭上に振り下ろす。樫棒を水平に捧げ持ってふたりの刀を防いだ清経の背後から雄叫びをあげて新たな男が刀を突き出した。避けるだけの間合いは残されていなかった。清経の背に切っ先が突き通るかに思えたそのとき、刀は男の手を離れて地に叩き落されていた。

「小屋の火を消さねばならぬ」

清経の背後に寄り添った康尚が錫杖を構え直しながら叫んだ。

「ともに小屋まで走るぞ」

清経はささやいて樫棒の端を右手で握ると頭上で大きく旋回させながら取り囲んだ男達へ躍り込んだ。ひとりが樫棒の先端にはじかれて崩れ折れる。その乱れをついて康尚が仮小屋に行きつくと、燃えさかる屋根を錫杖で激しく叩いた。火の粉が舞い上がり辺りがさらに明るくなる。消したい一心で康尚は叩き続けるが、それはさらに炎を大きくするだけだった。

「教通殿に訊く。拝志郷里長の息、影常殿を連れ去ったのはおぬしか」

清経は康尚を横目に見ながら樫棒を脇に収めて一足、教通に迫る。

「いかにも、七条河原にて影常をこの刀で切り殺して解文を焼き捨てた」

「許せぬ!」

叫んだ清経は樫棒を上段に構えて地を蹴り、間合いをつめると教通の肩先に怒りを込めて樫棒を叩きつけた。身を傾け間髪で一撃をさけた教通はたたらを踏みながら大きく伸び上がると両手で握った刀を清経の喉もとめがけて突き入れた。刃先が耳元でうなりを生じて過ぎるのを感じながら清経はわずかに飛んで身体を泳がせた。その虚を突いて三名が切り込んできた。清経はさがりながら態勢を立て直すと三名の眼前を横に走った。走りながらふたりの男の脛を樫棒で力任せになぎ払う。横転するふたりを越えて新手が清経に斬りかかる。刃先が清経に届く前に清経が繰りだした樫棒は男の脾腹を突いていた。男がのけぞったのを見定めて清経は一歩後退し、康尚を探した。康尚はまだ屋根を錫杖で叩き続けていた。

五名に手傷を負わせたはずだが、清経を取り囲む男の数は減ったように思えない。里長の館での戦いは闇を味方につけたが、燃えさかる仮小屋の周囲に闇はなかった。そのうえに教通達は刀子ではなくより威力のある刀を手にしている。己の棒術の力を知り抜いている清経に取り囲んだ全ての男達を打ちのめす自信はなかった。

どうするか、清経は教通を睨みすえながら迷った。その迷いを教通が見逃すはずはなかった。口を固く結び息を詰め身体を丸めて刀を水平に構えた教通が頭から清経の胸にぶち当たってきた。半身になって刃先をかわした刹那、清経の右腕に鋭い痛みが走った。数歩後退して樫棒を胸元に引き戻し防御の形をとる。樫棒を握る右手に力を入れた。痺れも握力もいつものままだ。教通の一撃は清経の右腕の肉を少しだけ削いだにすぎなかった。

怒りと気負いだけで攻撃を仕掛けた清経は右腕の痛みで初めて冷静になった。清経は頼方と教通のふたりだけに的を絞ることにした。他の男達の攻撃に反撃せず防備に徹すれば、それで時を稼げる。小屋の火事は隣家の者も気づいているはず。近隣の者達が鎮火に駆けつけるか、あるいは京職に駆け込み、官人等を連れてくるか、いずれにしてもさしたる時はかからない。清経は官人等が駆けつけるまで頼方等を館内に引きつけておくことに腹を決めた。

そう決めると清経に余裕が生まれた。男達の刀の攻撃を避け防ぎ続けて時をかせげば、官人等が駆けつけて後の始末はしてくれるだろう。だが頼方と教通を司直の手に渡す気はなかった。官人等が駆けつける前に頼方と教通に樫棒の一撃を見舞ってやらなければ、影昌、影常父子は浮かばれぬ、と清経は己に言い聞かせた。

「同じ轍を踏まぬ、と申したな。ならば吾を打ち負かしてみせよ。ぐずぐずすると火付けに気づいた京職や検非違使の者達がここに参じるぞ」

挑発する清経に、

「承知のうえだ。一気に屠ってみせる。ゆくぞ」

教通が刀を振りかぶって清経へ疾駆する。それに合わせて取り囲んだ男達全てが雄叫びをあげ清経に突き進んだ。清経は無言、樫棒を左から右、一閃して一歩前に出て教通を迎え撃つ。樫棒が教通の刀を跳ね返す乾いた音がした。清経は教通とすれ違いざまに樫棒の先端を教通の脾腹に突き込んだ。斜めに大きく跳んで一撃を避けた教通はたまらず地に転がる。打ちのめそうとする清経の前にふたりの男が割って入る。素早く立ち上がった教通はふたりを押しのけて清経の前に立った。教通の双眼が炎に映えて赤く光った。

「行くぞ」

清経は一声を発して樫棒を斜に構えると教通との間合いを一挙に詰めた。応じた教通も前進する。両者は行き違いざまに激しく打ち合った。樫棒の先端が教通の頭上で空を舞い、切っ先が清経の右脇腹をかすめた。反転した清経に男達がドッとなだれ込んだ。清経は男達が繰り出す刀を樫棒ではじき返しながら教通を見据えていた。

明らかに清経は焦りはじめていた。男達の執拗な攻撃は守るだけでは如何ともし難かった。清経は策戦を変えて、攻撃してくる男達を迎え撃つことにした。清経は一歩踏み込むと眼前の男の肩先に樫棒をしたたかに打ち込んだ。骨の折れるにぶい音を聞きながら、さらに返す樫棒で隣の男のこめかみに叩き込んだ。倒された仲間を乗り越えて男達は怖じることなく清経に肉薄する。と、男達のひとりが声をあげて倒れた。清経が見ると倒れた男の傍に康尚が錫杖を構えて立っていた。

「清経殿が目指す男と存分に戦いなされ。あとの者はこの康尚が引き受けた」

そう告げて康尚が清経の前に躍り出た。入れ違いに清経は教通めがけて走った。得たりと教通も歩を進める。ふたりは立ち止まることなくすれ違いながら打ち合った。樫棒を握った手にしびれるような手応えが走る。反転して教通を見ると右によろけて刀を落とすのが映った。

「頼方、出て参れ」

清経は教通が崩れ落ちるのを目の端に入れながら門前の暗がりに目をこらす。

黒い影がのっそりと現われた。清経は一気に黒い影へと走った。走りながら樫棒を上段に構える。見る間に頼方との間合いは詰まっていく。清経は樫棒を高く振り上げた。眼前に頼方が迫った刹那、

「ならぬ」

背後から声がした。

清経が振り下ろした樫棒は頼方の脳天をそれて、右肩の骨と肉を裂いて深く食い込んだ。

駆けつけた康尚が足下で悶絶した頼方を確かめると、

「間に合ってよかった」

と安堵の声をあげた。

「なぜ、止めたのだ」

「止めなければ、この者は頭を割られて死んでいたでしょう」

「そのつもりで樫棒を打ち込んだのだが、康尚殿の一声で手元が狂った。この男は死に値する罪業を犯した」

「わたくしもこの男を殺してやりたいが、この者を裁くのは民部省、いや検非違使」

「康尚殿が殺してやりたい、ですと」

「小屋に収めた木材はただの薪になってしまった」

康尚は力無く呻いた。

（五）

翌日、康尚、侘助、善勢《ぜんせい》、長助《ちようすけ》、院俊《いんしゆん》、覚円《かくえん》が清経邸の庭に集まっていた。

中山郷から急遽駆けつけた人々によって焼け落ちた小屋の残骸は片づけられ、焼損した木材がむき出しになって庭の中央に置かれていた。

「もはや一木で普賢菩薩を刻むことは叶わなくなった」

康尚の顔にはありありと憔悴した影が浮かんでいる。

「もはや、畿内のどの仏所にも一丈を超える大材はない。よしんば遠国で探し当てたとしても、その大材をここまで運ぶのは至難。浄妙寺の落成は十月。間に合うはずもない」

黒こげになった木材に目をやる侘助の顔はいかにも苦々しげだ。

「だが一丈の普賢菩薩像を造立せねばならぬ」

その言葉は康尚自身に言い聞かせているようだった。

「一丈の大材がこのようになった今、どのようにして菩薩像を刻みますのか」

善勢は焦げた木材を手でなぞる。

「吾等は叡山や南都、京の寺々で破損した像の腕や鼠に齧られた箇所、湿気で腐ったり、虫食いでボロボロになった仏像を修復することに腐心してきた。修復の技は他の工房より優れていると自負している。その技を役立てれば先は見えてくる」

康尚は拝むように侘助等に訴えた。

「技を役立てようにも刻むべき材がないのですぞ」

院俊は憮然とした顔である。

「修復に当たって破損や腐れ、虫食いくいの箇所を切り取り、あるいは削ってそこに新たな材を接《つ》ぎ足す。腐れのひどいものは半分以上を新しい材で接ぎ足した像もあった。その接ぎ足す技を新たに刻む普賢菩薩像に用いたいのだ」

「つまり一木でなく幾つかの材を寄せ集めて造仏するのですな」

長助は興味深げだ。

「そうだ幾つかの材を木寄《きよ》せして一材となせば大材を用いずとも一丈いや二丈もの仏像を刻める」

今までに二つの異なった木材を寄せて一材となし、それで仏像を刻むことが皆無であったわけではない。しかしそれは頭部と身体部、あるいは身体部と両腕を同質の材で合わせたに過ぎず、寄せた面がはっきりとわかった。

「仏像は何百いや千の年を過ぎてなおあり続けることが考えられます。漆も金箔も剥げ落ち木がむき出しになることもありましょう。二材を木寄せすれば必ずほころびます。共木《ともぎ》（同じ材質）での木寄せでも長い年月を経るうち全く異質のものであることが露《あら》わになるものです」

善勢は一木造りにこだわっているのか、木寄せ木材による造仏には納得していないようだ。

「皆が知恵を出し合えば、二材、三材いや十材をも未来永劫一材の如くに木寄せできる技が必ずみつかるはずだ」

皆を鼓舞するように康尚の声は強かった。

「かつて康行様のもとで異木（異なる材質）を寄せて一材となしたことがありました。それで刻んだ仏像は数年後、材と材を寄せた面が大きく離れておりました。二材の木寄せでこの始末です。それを五材、六材も木寄せすれば木寄せした数の分だけ離れが生じます。それで仏を刻めば、仕上がった像の尊容は今から目に浮かぶようです」

侘助は木寄せでの造立は無理であると言いたげだ。

「たしかに桜、欅、檜、楠はそれぞれ生い立ちが異なる。ある材は痩せた地に、ある材は陽さえ入らぬ北の斜面に、またある材は広々とした風通しの良い平らな地にと、一木一木硬さも育成の早さも異なる。それら異木を寄せて一つの材となせば、侘助が申すように各々が息をし、動きを異にするのは道理。異木でなく共木で木を寄せればつき合わせた面の離れは、いくらかでも小さく収まるのもまた道理。その離れをいかに見えぬ如くに小さくするかだ」

それは侘助等に語りかけるというより、康尚自身に向けたかのような力のない口調であった。

「そのような技があるのでしょうか」

善勢が諦めたように口を入れた。

翌朝、康尚は大きく伸びをして寝具の上に起き上がった。着替えを済ませ、それから炊事場に行った。康尚に気づいた小久目女が心得顔で朝餉の用意が整っていることを告げた。康尚は庭に出て井戸まで行き、つるべを落として水をくみ上げ、それで顔を洗い、口を注いだ。すると疲れも眠気も遠のき体は軽やかになった。土間に戻り、小久目女に清経のことを訊くと、とうに出仕したとのことだった。作業所から善勢等が鑿を研ぐ音や木材を整える木ずれの音が伝わってくる。その音を聞きながら康尚は朝食をゆっくりと味わった。ここで四日間伏せっていたことが遠い昔のことのように思われた。朝餉を終えた康尚は四枚の用紙を携えて作業場に赴いた。

「お目覚めでしたか」

康尚に気づいた善勢が話しかけてきた。

「造立にかかる準備はすすんでいるようだな」

そう言って康尚は携えてきた和紙を善勢等の前に広げた。四枚の仏絵である。

仏絵にはそれぞれ大胆に顔に修正の墨が入っている。墨を入れたのは行成であることは明らかだった。

「過日の行成様との話し合いで三昧堂の四隅に安置する四天王の尊容が決まった。この仏絵を忠実に彫り上げて欲しい」

四天王とは東方を守る持国天、南方を守る増長天、西方の広目天、それに北方の多聞天を指す。

康尚は持国天を善勢に、増長天を院俊、広目天を覚円、多聞天を長助に手渡した。像の大きさはどれも五尺ほどでほぼ人と同じ寸法である。

「この大きさなれば一木にて彫れる材が中山郷の工房に蓄えてあります」

善勢が安堵の声をあげた。

「いや、一木で彫ってはならぬ。かならず幾つかの材を寄せて造仏してほしい」

その言葉に善勢は渋い顔で康尚から目をそらした。

五十歳になった善勢は幼いころから先代康行の薫陶を受けて十七歳で小仏師として認められ、康行の教えを忠実に守り貞観仏を手本とした技を今に至るまで頑なに守っている。康行は常々、仏像は一木で刻むことによって仏心が宿るのだ、と教えていた。一木で彫れる材がありながら、わざわざ木を寄せた材を用いることに善勢は不満があるのだ。

「なるほど、まずは四天王像を木寄せした材で試作し、その伝手《つて》を普賢菩薩像に生かそうというわけですな」

長助が破顔して頷く。それに院俊、覚円が同意するかのように頷いた。長助は三十、院俊二十三、覚円は二十五歳と若く、木寄せした材での造立に好奇心を募らせているようだ。それが若さのだろうと康尚は羨ましくもあったが己の歳も三十八歳、どちらかと言えば長助等の年代に近い、そう思って思わず苦笑した。

「十月まであと半年。四像はこのひと月で粗彫りまで仕上げてほしい。本来ならわたくしと侘助もここに残って普賢菩薩像を刻むはずであったが、刻むべき大材は焼けてしまった。ふたりして中山郷に戻り、そこでいかに木を寄せればよいか、工夫をこらすつもりだ」

康尚は己に言い聞かすように声をおさえて言った。

（六）

清経によって検非違使庁に突き出された頼方と教通は一日留め置かれただけで放免された。

その放免と入れ替わるように清経が検非違使庁に呼び出された。対応したのは、清経の補佐として山城国に共に出向いた検非違使少志《しょうさかん》の男であった。まるで罪人であるかのような扱いに腹を立てながら、ことの顛末を供述し終わったとき清経は、

「頼方殿と教通殿の処置はいかがになりますのか」

と怒りを抑えながら少志に問うた。

「頼方殿は蜂岡殿を恨んでいたのではないか。その恨みを晴らすため小屋に火をかけた、と申して

いた」

「頼方殿に恨みを買うようなことをなした覚えはない。吾は山城国の内紛を中分するために遣わされたにすぎぬ」

「私恨でないとすれば、なぜ頼方殿は蜂岡殿を襲ったのだ」

「頼方殿は太政官がお決めになった処置に不満があったからであろう」

「ならば、頼方殿はその旨を太政官に申し立てればすむこと」

「申し立てを太政官が受理するとは思えぬ。太政官宣旨は帝の名において下されたもの。帝の御文がいまだかつて取り消されたことはないと聞く。拒まれることを頼方殿は先刻承知のはず。その鬱憤を少しでも晴らすために吾を襲ったに相違ない」

「そう言うのを私恨と申すのではないか」

「私恨であったなら、頼方殿の罪科はどうなりますのか」

「三坪に満たぬ急ごしらえの小屋に火をかけた罪。類焼もない」

「すなわち微罪であると申されるのか」

「吾が判ずるのではない。検非違使の別当がお決めになる」

「とは申せ少志殿が吾との尋問で得られた事柄を別当にお伝えするのであろう」

「尋問ではない。蜂岡殿は罪人ではないからの」

少志は皮肉たっぷりに言い返した。

「頼方殿等を厳しく裁可なさるようこの清経、曲げてお願い申す」

「襲われた腹いせか。ならばそれも私恨と申すもの」

少志はぬけぬけと嫌みを言った。

「私恨ではない。山城国の百姓等の総意だ。頼方殿を厳罰に処さなければ石原、拝志の里長の死をはじめ百姓等の苦渋を葬り去ったことになる。このままでは再び山城国の騒動が起こること必定」

「蜂岡殿はことのほか山城国の百姓に肩入れしているようだ」

人は会ったその時に嫌な奴だ、と直感することがある。まさにこの少志がそうだ。これ以上話を続けると少志の横っ面をぶん殴るに違いない、そうならぬ前に立ち去るのが懸命である、と清経は思いながら席を立った。すると、突然、亮斉の顔が思い浮かんだ。その顔は微かに笑っていて、よくぞ我慢なされた、清経殿も少しずつ思慮深くなっていくのですな、と告げているように思えた。

第七章　四条堤

（一）

「郷の者は捨女に辛く当たらないか」

「皆、優しくて有難いと思っている。とくに市助様は孫娘のように慈しんでくれる」

「市助は祖父の警護をしていた。祖父が亡くなると父の警護をするようになった。その一方で中山郷の者達をまとめる役もこなし、皆に慕われている。わたくしは幼少の頃より市助に護身の杖術を教えられた。その昔、市助は京で杖術の名手と噂されたそうだ」

「ここは居心地がいい。でもそう感じれば感じるほど、こんなことが長く続くはずがないといつも恐れている」

「居心地がよいならばいつまでもここに居てほしい」

「悲田院でお互いに助け合った人達、その人達を思うとひとり抜け駆けしたみたいで胸が痛くなる」

康尚の身の回りを世話するようになった捨女であったが、言葉遣いや思ったことをそのまま口にする気性の激しさは変わらなかった。その一方で京に話題が及ぶと急に気弱くなり涙声になる。

「訊こうと思っていたことがあるのだけど」

「何をだね」

「ぬしの母様《おも》のこと」

「母の何を訊きたいのかな」

「ぬしは一度も母様のこと教えてくれないし市助様も何も言わない」

「母のこと話したくとも知らないのだ。もの心ついた時にもう母は居なかった。父《てて》の話ではわたくしを産んで直ぐに亡くなったそうだ。母は市井の者だ。なまじ権門の出であるよりはしがらみが無いだけ良いと思っている」

「そうだったのか。訊いて悪かった」

捨女は深く頷いて康尚にやさしげな眼差しを送った。

「謝ることはない。どうしたのだ。捨女にしてはずいぶんと穏やかな物言いだが」

「ぬしの哀しみがわかるからさ」

「ほう、わかるのか」

「あたしの母《おも》もあたしを産んで直ぐに亡くなった。あたしさえ産まなければ母は今も生きていたはず」

「そうであったか。お互いに母の命とひき替えにこの世に生を受けたのか」

康尚は捨女の手を取ると両手でいとおしげに包み込んだ。

「辛かったであろう。わたくしは小久目女や市助が守ってくれたが、捨女は天涯孤独」

「人に情けをかけてもらうのはぬしが初めて」

それを聞いて康尚がかすかに笑った。

「心にもないことを言って、あたしをからかったのだろう」

捨女は康尚に握られた手を勢いよく引っ込め、笑いを咎めた。

「そうではない。市井《しせい》で思い出したことがあったからだ。光孝帝に四十五人もの御子がいた。また妻妾は二十三人いたと言われている」

捨女は何を言い出すのかと康尚を窺う。

「その二十三人のほとんどが市井の者だった。帝位に就く前は赤貧の暮らしをしていたとのことだ。そんな時に助けてくれたのは権門の女性《にょしょう》達でなく自ら身を賭して暮らしをたてている市井の女達だった。帝になられた時、宮中に何人もの市井の女達が貸した銭を返すよう押しかけたという。どうもわたくしの一族は高貴の血を好むより市井の闊達な血を好むらしい」

それは暗に康尚が捨女に好意を抱いていると言っているに等しかった。捨女はそのことに気づいたのか、

「あたしはいつになったらこの郷に受け入れてもらえるのかな」

とほとんどささやくような低い声で言った。

「仏像を造るために郷人全てがなり振り構わず働いている。造仏に携わっている者は皆、中山郷の者

だ」

「あたしはこの館でこまごまと動き回っているだけで工房に近寄ったこともない」

「造仏を刻む者だけが造仏に携わっているのではない。刻む者達の日々の暮らしを支える者、木材を管理する者、鑿を研ぐ者、漆を掻く者、仕上がった仏像を寺まで運ぶ者、それに赤子を育てる者、さらに家を守る者、つまりはこの郷に住む全ての者は等しく郷人なのだ」

康尚は話しながらあらためて中山郷の置かれている郷としての存在を有難いと思った。

中山郷は仁和寺の寺領である。祖父康良が仁和寺に僧籍を置いたことから父康行に中山郷の地が与えられた。康行は父康良が率いる仏師集団と共に移り住むことになる。

中山郷は山の奥深く、畑作物を作って糊口をしのぐには厳しい地であるにも関わらず、仏師の工房を構えられたのは仁和寺が一切の納税義務を科さなかったからである。

もちろん、その代償として康尚の父康行は仁和寺の仏像群の修理や補修、造仏を最優先に引き受けた。

父康行が死した後、康尚は仏師集団を束ねる地位を引き継ぎ、同時に仁和寺から納税の免除も継続された。

仁和寺は光孝天皇の第七皇子定省《さだみ》（宇多天皇）が創建した。宇多天皇は己を後継者として帝位に就かせてくれた父に感謝し、光孝帝が死して後、その菩提を弔うために仁和寺を創建した。

康良、康行、康尚と三代にわたって仁和寺が中山郷に税をかけないのは光孝天皇の血をひく故である。このことを康尚ばかりでなく郷人も身にしみてわかっていった。

「あたしが郷人になれたかどうかはわからないけど、市助様がいつもあたしを助けてくださる。市助様は時折、涙をみせるけど昔からあんなに涙もろかったの」

「市助がよく泣くようになったのは捨女が来てからだ。それまでの市助は滅多なことでは涙をみせなかった。あまり泣かすなよ」

「人は本当に辛い時は泣けないものさ」

「まるで、市助が長い間辛い日々を強いられていたような口振りだな」

「それは辛かっただろうさ。三代にもわたって大事なお方を守り続けてきたんだもの。それがやっと終わって市助様は心置きなく泣けるようになったのさ」

「羨ましい限りだ。わたくしはまだ泣いたことがない」

「いつになったらぬしは泣けるようになるのかな」

「なにも案ずるものがなくなったら泣けるかもしれぬ」

「そうじゃない。ぬしがいつになったら乙妙女《おとたえ》様のことで涙を流せるか、と訊いているんだ」

「なぜ急に乙妙女のことを言い出すのだ」

「あたしがここに居るのは乙妙女様のおかげだもの。乙妙女様が亡くならかったら、そして乙妙女様が賀茂川に流して欲しいと願わなかったら、さらにその願いをぬしが守らなかったら、あたしはぬしと会うことはなかった。悲しいけどすべては乙妙女様の死からは始まって今に至っている。そう思うとあたしは乙妙女様が生きていれば当たり前に受けられた幸せを全部あたしが横取りしてるようで辛くなる。乙妙女様のことを思うとさぞかし悔しく心残りだったろうと涙が出る」

捨女の瞼に涙が盛り上がり一筋頬を滑り落ちたが暗い表情ではなく、なにか吹っ切れたような明るさが宿っているように康尚にはみてとれた。

「わたくしが生きている限り乙妙女のことは胸の内にあり続けるだろう。だが今もって乙妙女がなぜ賀茂川に流して欲しいと懇請したのか腑に落ちない。それがわからぬうちは乙妙女に涙することはないかもしれぬ」

「男には女の心内なんかわからないのさ」

「捨女には乙妙女の心内がわかるのか」

「ぬしは乙妙女様が極楽浄土に行きたいからと言ったけどそれは違う」

「なぜそう思う」

「市助様が言ってた。乙妙女様は一度もぬしに甘えた素振りをみせたことがなかったたって」

「そうかもしれぬ。それは捨女とて同じであろう」

乙妙女と捨女が似ているとすればふたりとも康尚に甘えようとしないことかもしれない。

「人に甘えてたら、あたしはとっくに行き倒れて死んでる。甘える相手も居なかった。それにぬしの取り澄ました顔を見てると甘えたいにも甘えられない」

「ほう、捨女はわたくしに甘えたいのか」

冗談めかして言った康尚に捨女は、阿呆、と一喝して、

「女の心内もわからぬ者が、なんで仏を刻めるのかね」

と真顔で応じると、

「死を悟った乙妙女様は死んで後に一度だけぬしに甘えようと思ったのかもしれない」

とさりげなく言った。

「死んで後にわたくしに甘える？」

「生前乙妙女様がこうして欲しいと思っていることをぬしは叶えてあげたことがあるの」

「乙妙女が何かをして欲しいなどと申したことは全くない。申してくれれば叶えるよう努めただろう。だがそれが甘えることとどう繋がるのだ」

「男には女のことがわからないと言ったろ。仏を刻むことしか能のないぬしのような者にはわかれと言っても無理。なにかして欲しいと願うことは甘えることと同じ。乙妙女様は死を前にしてもなお、ぬしに甘えることは叶わぬと思ったのかもしれない。そして死して後に最初で最後の甘えをぬしに託したんだろう」

「それが賀茂川に流葬することであったと」

「ぬしは乙妙女様を長い道のり背負い続けて賀茂川にたどり着いた。乙妙女様はぬしの背に何刻も揺られてさぞや幸せだったに違いない。きっと乙妙女様にとってぬしの背は甘やかで暖かいものだったと思う。極楽浄土に行きたいためにぬしに無理な願いをしたんじゃあない。乙妙女様は死と引き換えに生前叶えられなかったぬしに甘えたんだ。ぬしの温かい背が乙妙女様にとっては極楽浄土だったのさ」

康尚の肩に乙妙女の重さが蘇ってきた。背に揺られて賀茂川に行き着く長い間を乙妙女が幸せだったに違いないという捨女には納得しかねたが、今まで乙妙女のことを思い出すたびに茫洋としていた想いが少しずつ晴れていくような気がした。

「もう一つわからないのは行成様のご生母供養に頼まれて如意輪観音を刻む、と乙妙女に告げたときなんとも言えぬ寂しげな顔をしたことだ」

康尚は心にわだかまっている疑問を呟いた。

「さびしい顔するのはあたりまえ。行成様ご生母供養の仏像を刻む前になぜ乙妙女様ご生母の菩提を弔うための仏像を刻んであげなかったの。どんなに忙しくてもそのくらいのことはぬしにできたはずだ。同じ父親《てて》の血を受け継ぐ行成様と乙妙女様。行成様のご生母には銀製の如意輪観音、乙妙女様の母様《おも》には仏像を刻んであげようともしない。乙妙女様が寂しげな顔をするのは当たり前だよ」

そうだったのか、捨女の言葉が乙妙女の全てを代弁しているとは思わないがおそらく間違っていないだろう、と康尚は胸の奥深くで頷いた。

「ずっと心にわだかまっていたものが、消えていくような心地がする。わたくしは七条仏所にしばしば足を運ばねばならぬ。中山郷を離れていることも多くなる。心細いかもしれぬが市助には何でも人語《ひとかたらい》(相談)してくれ。市助は一度も娶らなかった。天涯孤独で今日までわたくし達一族に誠心誠意尽くしてくれている。その市助が捨女を孫のように思う、その気持ちがわたくしには痛いほどわかる。捨女が来る前、市助は親子で語り合う郷人等を寂しげに眺めていることがしばしばあったが、この頃は仲の良い親子に柔和な顔を向けている。市助はもうわたくしの警護をするには老い過ぎた。これからは老いを労わり、心安らかな日々を送ってほしいと願っている。そのためにも捨女がここに居てくれることが大事なことなのだ」

捨女の瞳から涙がこぼれ落ちた。康尚は捨女の両肩に手を掛け己の胸に抱き寄せた。

（二）

「このように早く参られなくともよかったものを」

行成邸を訪れた康尚を朝餉を終えたばかりの行成がいつものようにゆったりと迎えた。

「行成様のお呼び出し、おそらく浄妙寺の件ではないかと気になってじっとしておられませんでした」

「浄妙寺でなく、実は土佐講師《とさのこうじ》のことです」

康尚は四年前に土佐講師に任じられている。

講師とは諸国の国分寺にあって僧、尼に関することを司り、仏典の講義をする僧官のことで任期は六年または四年である。講師には帝や藤家に深い関係がある寺の官僧が選任されることが通例である。僧籍をもっているとはいえ僧位も高くない康尚が土佐講師に選任されたのは異例中の異例であった。それはとかく低く見られがちな仏師の地位を引き上げる画期的な処遇と言えた。

「今年で土佐講師の任が切れます」

「土佐講師に命ぜられて四年。その間一度も土佐に下向しないことに忸怩たる思いでした。浄妙寺のこともあります。仏師としてますます繁多の身。任が解けて安堵いたしました」

仏師が本業であってみれば土佐に赴任することなど考えられなかった。だが講師に与えられる俸給は中山の郷人に安定した豊かさをもたらす一助であるのも確かで捨てがたいものがあった。

「土佐講師に代えて食封《じきふ》五十戸が与えられることに決まりました」

食封五十戸とは、ある一つの郷の五十戸から税として納められる稲の半分が与えられる制度のことである。五十戸となれば土佐講師の収入よりずっと多いことになる。

「ありがたいご配慮、痛み入ります。そこで一つお願いがございます」

「何か不服なことでもありますか」

「いえ、あるはずもございませぬ。ただ食封五十戸の郷ですが、わたくしから郷の名を申し上げてよろしいでしょうか」

通常ならば官が安房の国の何某郷、などと決めて与えるもので、与えられる側の者が郷を指定することなどなかった。

「ほう、意中の郷があるのですか」

当然どこでも良いと答えると思っていた行成は意外な顔をした。

「山城国、紀伊郡、拝志郷でございます」

「拝志とは近頃世を騒がせた、あの拝志郷のことか」

行成は眉をひそめ、

「まるで火中のクリを拾うようなものですぞ。なぜ拝志郷を」

と訝《いぶか》しい顔をした。

「工房として館をお借りしている蜂岡様を手助けいたしたいのです」

「蜂岡？　はてどこかで聞いたような名だが」

「かの者は防鴨河使の主典でございます」

「おお、問民苦使として山城に赴いた、今評判の男《おのこ》だな」

「蜂岡殿は賀茂川で溺れ死ぬ寸前に助けていただきました命の恩人。その縁で蜂岡様の館を仏所として借りております」

「拝志郷五十戸の食封を受けると、なぜ蜂岡殿の恩に報いることになるのか」

「山城の騒動が穏便に収まったのは拝志郷里長の働きがあったからだ、と蜂岡様が申しております。その拝志郷里長は過日、囚獄司内で獄死したと蜂岡殿から聞き及んでおります。また山城国国司の子息である頼方殿の振る舞いも蜂岡殿より逐一伺っております。拝志郷は里長を失っていつまた百姓が騒ぎを起こすかもしれませぬ。どうでしょう。そんな拝志郷を山城国と離してわたくしの食封として与えてくださらないでしょうか」

「里長が京に送られたのを発端となって拝志郷の百姓の半分ほどが郷から逃げ出したと聞いています。となれば納米も当てにはなりませんぞ」

「行成様、道長様のお引き立てによりすでに身に余る様々な恩恵を頂いております。食封を頂かぬとも中山郷の者達は最早、困窮することはありませぬ」

「そこまで康尚殿が望まれるなら道長様に上奏しましょう。しかし、これはなかなか一筋縄ではいかないかもしれませんぞ。康尚殿の望み通りになれば、わたくしが一つ康尚殿に貸しを作ったことになりますな」

行成は冗談とも本気ともわからぬ口調で穏やかに言った。

「お借りしたお返しは浄妙寺三昧堂の本尊普賢菩薩像を行成様はじめ左大臣道長様に得心のいくように彫り込むことだと心得ております」

「心得ているだけではなりませんぞ。必ずや一の人やわたくしをはじめ藤家の方々を感歎させる像を造ってこそ、借りを返した、と申せるのですぞ。普賢菩薩像の造立でこれから頻繁にお互いに話を持たなくてはなりません。当然、普賢菩薩像はその蜂岡殿の館で刻まれるのでしょうな」

「そのつもりでしたが、予期せぬことが起こり中山郷で刻むことになりました」

「予期せぬこと?」

「それが」

そう言って康尚は一瞬顔を曇らせた。聡明な行成がその表情を見逃すはずはなかった。

「なにか、かの館で刻めぬわけでもあるのか」

「はあ……」

「康尚殿らしくない。その予期せぬことを申されよ」

康尚はしばらく逡巡していたが、

「この度の普賢菩薩像は一木で彫り上げるのでなく様々な木を寄せて一材となし、それで彫り上げたいと考えております。木寄せに工夫をせねばうまく彫れませぬゆえ、今しばらく中山郷で思索にふけりたいと思っております」

と言葉を選んで話した。

「はて、今まで一木で刻むと康尚殿は申していたはず。浄妙寺落慶は十月。木寄せに工夫をこらしている暇などありませんぞ」

「確かに一木で刻むため、八瀬の工房から一丈余の大材を七条の蜂岡様の館まで運びました。ところがその大材が焼損いたし、もはや一木で刻むことはかなわなくなりました」

「浄妙寺の本尊を刻む大材を焼損させるとはゆゆしきこと。ずいぶんと手ぬるい管理をしていたものですな」

「大材は蜂岡様の館に仮の小屋を造ってそこに収納しました。決して管理に手を抜いてはおりませぬ」

「しかし、焼損させたのであればやはり手ぬるかったのではありませんか」

「焼損したのは管理が手ぬるかったのでなく付け火でした」

「付け火、とは穏やかではありませんね。でその不埒者は捕縛されましたのか」

「蜂岡様によって検非違使庁に突き出されました」

「蜂岡殿と係わりのある者でしたのか」

「山城国国司の息、頼方殿でした」

「なんと、頼方殿ですと。頼方殿がなぜ」

「頼方殿と蜂岡殿はご存じのように問民苦使と国司代の間柄。両者に確執があったと伺っております」

「それで蜂岡邸の納屋に付け火したと。なんと愚かな。で頼方殿は」

「蜂岡様によりますと放免され自邸に戻っている、とのことです」

「腑に落ちぬ裁可。これはただの付け火ではない。藤家一門の菩提を弔う浄妙寺三昧堂の本尊を刻むために用意したかけがえのない大材。それに火を掛け焼損させたのだ」

「それがゆえに一木での造立はあきらめざるを得なくなりました。木寄せでの造仏に手間取れば浄妙寺の落慶までに普賢菩薩像造立は間に合わぬかもしれませぬ」

「そのようなこと、あってはならぬこと」

「鋭意、心魂を傾けて刻む所存ですが、確約は心もとないばかりでございます」

「落慶は十月十九日に決まりました。その日を違えることはあってはならないこと。必ず浄妙寺三昧堂に安置せねばならぬ。頼方め、なんということをしてくれたのだ」

いつも冷静穏和な行成にしては過剰なほどの怒り方であった。行成は奥に向かって大きな声で家人を呼び出すと、

「直ぐに検非違使庁の別当と防鴨河使主典の蜂岡殿をここに呼びだせ」

と命じた。


半刻後、別当藤原房行と清経があわただしく行成邸に駆けつけた。

康尚が行成と並んで坐しているのに気づいた清経はなぜ緊急に呼び出されたのかわかったような気がした。

「頼方殿を放免したそうだな」

房行が坐すのを待って行成が前触れもなく切り出した。

「頼方殿はここに坐す蜂岡殿に深い傷を負わされ、留置、尋問に耐えられぬゆえに放免いたしました」

房行は行成のいつもと違う語気の強さに逡巡しながら答えた。

「蜂岡殿に深い傷を負わされた？　まるで蜂岡殿が悪人のような言い様だな」

「頼方殿が徒党を組んで蜂岡殿の館を襲ったのは紛れもないこと。頼方殿を庇う気は毛頭ございませぬ」

「尋問に耐えられぬからと申して、頼方殿が犯した罪は放免できるような軽いものではない」

「蜂岡邸襲撃は私恨によるものと聞いております」

「私恨であると誰が判じたのだ」

「この房行でございます。私恨なれば蜂岡殿、頼方殿双方の言い分を聞いたうえで、と思いましたが肩に深手を負った頼方殿は痛みで泣き叫ぶだけ。とても尋問を続けられる状態ではありませんでした。痛みが去るまで検非違使庁に留め置くことも考えましたが、自邸に戻し、しかるべき医者《くすし》に施療をしてもらうのがよい、と裁可いたしました」

「頼方殿にそのような温情を掛ける房行殿を一の人が知ったらどのように思われるか」

行成は吐き捨てるように声をとがらせた。

「道長様がわたくしの裁可にご不満をお持ちになる、と申されますか」

左大臣道長の名が行成の口から発せられるに及んで房行は困惑するだけだった。

「頼方は藤家一門を侮蔑したのだ。一の方だけではない。吾等藤家一門ことごとく、房行殿の裁可に異議がある」

「藤家一門を侮蔑？」

なにか重大な過ちを犯したのかもしれないという不安と恐怖が房行の胸中を襲った。

「蜂岡邸は浄妙寺に安置する菩薩像を刻むために工房として康尚殿が借りた仏所。そのこと房行殿はすでにご存知のはず」

「浄妙寺、並びに七条仏所のこと京の民で知らぬ者は居りませぬ」

「ならば、頼方も先刻承知のはず。それを知っていながら、蜂岡邸内の仮小屋に火を放った。頼方は館、いや仏所が類焼しても構わぬと思ったからこそ、小屋に火を掛けたのであろう。十月に浄妙寺は落慶を迎える。もし仏所が類焼していたら本尊の完成は落慶に間に合わなくなるかもしれなかった。つまり頼方は藤家一門が総掛かりで進めている先祖を供養するために創建する浄妙寺建立を火付けで妨げたのだ。これが藤家一門を侮蔑する以外になんと呼べばよいのか。房行殿はその頼方に温情をかけて、野に放したのですぞ」

いつにない行成の強い言葉に房行は震え上がった。傍らで耳を傾けている清経に康尚がかすかに頷いてみせた。

（三）

四条堤の前に清経、亮斉、宗佑等が集まっている。

二十間にわたって流失した堤は一間三尺（二・七メートル）の高さまで盛土《もりど》され、きれいに整地されていた。しかし、既存の堤防の高さから比べるとおよそ三尺（九十センチ）ほど低かった。その低い四条堤の外側に沿うように幅二間、高さ三尺、長さが二十間にわたって土が乱雑に積まれ、放置されていた。その光景はあたかも二筋の未完な堤防が並んでいるように見えた。

「亮斉殿、吾等防鴨河使四十五名で野分が来るまでに四条堤を元通り造り上げられますのか」

宗佑は盛土の山を不安げに見る。

「たった五日間の百姓追い回し、これが最良の形。それは宗佑も得心したはず」

「いたしましたが、こうして闇雲に運んだ土の山を目の当りにすると、さっさと国に戻った百姓等が恨めしくなります」

宗佑はそう言ってとなりに立つ清経に同意を求めるように顔を向けた。

「山城の百姓は国に戻るその日まで土を懸命に運んでくれた。彼らになんの不満もない。これから先は吾等下部四十五名が河川の見廻、補修の合間をぬって野分が京を襲う前に元の四条堤に仕上げなくてはならぬ」

清経の口ぶりは宗佑の懸念を払拭するかのような自信に満ちていた。

「わかっているおりますが、果たして吾等だけで野分襲来前に仕上げられましょうか。それにしても雨さえ降らなければ、なんとか仕上げられましたのに」

「宗佑、今さらそれを申したとて百姓等が戻ってくるわけではない」

亮斉は未練がましく愚痴る宗佑に苛立った声をあげた。

二日間降り続いた雨は三日目に上がったが、水を含んだ土を運ぶことはできなかった。結局、その後二日間は休まざるをえず、百姓が堤防築造に従事できる日数は五日間となった。つまるところ十日間必要な築造工事を半分の五日間しかとれなくなったのだ。そしてすでにそのうちの二日は使ってしまったのだ。

清経は亮斉等下部と諮って、残る三日間を四条堤の外側の裾に沿って土を運び込むだけの工事内容に変えた。

築堤は土を所定の場所に一尺（約三十センチ）ほど敷き均《なら》し、そのうえをタコ、あるいは叩き板で締め固める。タコとは径が一尺ほどの丸太を輪切りして周囲に掴み棒を付けて、それを数人が手で引き上げ打ち下ろして盛土を締め固める道具である。叩き板も締め固めを目的とした道具で一尺四方の厚い木板に柄を取り付け、それを叩きつけて土を固める。これを順次繰り返しながら二間（約三・六メートル）の堤高さに仕上げる。築堤でもっとも手数を要するのはこの盛土の締め固め作業である。締め固めの手を抜くと堤は賀茂川の増水に耐えられない。それだけに締め固め作業には膨大な人力を要した。残された三日間のなかで締め固め作業に手をさけば土を運ぶ作業まで手が回らないのは明らかだった。

残された三日間、下部達の指揮の下、百姓は闇雲に近隣の休耕地や対岸の粟田郷近辺を掘り返し、その土を築造する堤の裾に沿ってひたすら運び込んだ。

こうして乱雑に運び込まれた土は堤の形とはほど遠く、ただ土を寄せ集めて積み上げただけのものであった。

「野分が来るまで四ヶ月ある。これからが吾等防鴨河使下部の腕のみせどころ」

清経は困惑気味の宗佑を尻目に笑みさえ浮かべている。

「本来、流失した堤の築造は民部省が雇役の百姓を手当てして行うもの。その手当てが叶わぬのですから、防鴨河使には堤を造る責務はありません。このまま放《ほか》しておけば、あわてた民部省が再び雇役者を寄こすでしょう。それまで待ちましょう」

そう告げる宗佑の考えが下部等の思いであった。

「民部省はあてにならぬ。あてにならぬものをいくら待っても、先は見えぬ。もし民部省で百姓等を徴集できなかったら、四条堤は未完のままとなる。そうなれば賀茂川の氾濫で家屋の流失、溺死など路頭に迷う者は賀茂川沿いに住んでいる数万の京人だ。それをわかっていながら防鴨河使が日々の賀茂堤の補修と見廻だけで責務を果たせたと嘯《うそぶ》くことなどできぬであろう」

清経の言もまた等しく下部達の思いであった。

「まずは、堤裾に仮置きした土を盛土なかばの堤の上に薄く敷きならすことから始めましょうぞ」

亮斉が下部を鼓舞するように大声をあげる。四十五名の半数ほどが日々定例の賀茂堤巡視を行うため、その場を離れた。残された下部等で小山に積んだ土をモッコに入れてすでに一間三尺ほど土を盛った堤上に敷きならす。土を運ぶ距離は目と鼻の先、少人数でも捗《はか》がゆく。通常は一尺(約三十センチ)ほどの厚さに敷きならした土をタコや叩き板で締め固めるのだが、今回は五寸(十五センチ)ほどと薄く敷きならしたままで放置した。

「これからが見物《みもの》ですな」

亮斉は盛土なかばの四条堤の上に立って清経と宗佑に頷いてみせた。

「賀茂河原に通じるすべての堤乗越《のっこし》は封じました」

宗佑が心得顔に告げる。

堤乗越とは京内から堤防を越えて河原へ往き来する通路のことである。乗越ヶ所は一条堤から九条堤に各一ヶ所、計九ヶ所に設られている。

「封じた堤乗越に案内する下部を配したか」

亮斉が訊く。

「よく言い聞かせて、早朝より各々の堤乗越に立たせました」

「京と河原を行き来する者には不便をかけるが火急の時だ、力を貸してもらわねばならぬ」

亮斉はいかにも楽しそうだ。

「その代わり苦情も出ますぞ」

宗佑が試すように清経を窺う。

「苦情は吾が一手に引き受ける」

清経が頼もしげに胸を張る。

「問民苦使とその後始末で清経殿はずいぶんと心情が丸くなりましたからな。京人の苦情もうまく裁けるかもしれませぬな」

亮斉の口調はいかにも感慨深げだ。

「亮斉らしくないぞ。短慮、なんにでも首を突っ込む、軽薄者、と罵倒してくれる方が吾にはどれだけうれしいか」

「いやいや、清経殿は半月前と比べるとずいぶん成長なされました」

「その物言い、つまらぬ只人《ただびと》に成り下がった、と聞こえるぞ」

「清経殿は昔からつまらぬ只人。それは今も変わりませんぞ。それが証拠《あかし》には、この亮斉のひと言にすぐ食いついて不平不満を漏らす」

亮斉はそう言って口を開けて笑った。歯の欠けた亮斉の口を見ながら清経も思わず破顔した。

賀茂河原は京人の遊興や流葬の場だけではない。伊賀、伊勢、志摩、尾張、駿河、武蔵から京に入るには東海道を使う。東海道は山城国の粟田郷で賀茂川の東岸につきあたり、そこから渡河して三条大路の東端で京に入ることになる。また粟田郷近辺に公卿等が設けた別邸や寺院も建つようになって京人の行き来も頻繁だった。

人々は堤乗越を通って京に入り、あるいは京から出ていく。

ところが今、それらの堤乗越はすべて防鴨河使の手で封鎖され、河原に向かう人、出る人は閉鎖した堤乗越に立っている防鴨河使下部等の誘導で四条堤に廻された。

続々と人々が四条堤前に集まってくる。

「河原に行かれる方はここからお通りくだされ」

四条堤に新たに設けられた仮通路に立った下部が人々を丁寧な言葉付きで誘導する。人々は築造中の堤防を目の前にして困惑の表情をみせる。

それでも人々は所用を足すため下部の声に従って堤の斜面に応急に取り付けられた木製の階段を登る。するとそこには土を五寸の厚さに敷きならした堤頂部が二十間ほど続いている。人々はここでも下部のへりくだった誘導で敷きならした土の上を二十間歩かされる。そこで河原に下りるために設けられた斜路を歩いて河原に下りた。

同じように粟田口から渡河してきた人々も逆順で築造中の四条堤の頂部に敷きならした土の上を歩かされることになった。こうして京から東に向かうすべての人々は築造半《なか》ばの四条堤の頂部を通らなければ往来できなくなった。

二日も経たぬ間に京人ばかりでなく、公家等から京職《きょうしき》に苦情が殺到した。京職は京内の道路、橋梁および司法を司る役所である。

案の定、京職に呼び出された清経は大夫《かみ》（長官）から叱責と一条から九条の堤乗越全てを即刻開放せよ、との命を受けた。

「そうは申されますが、もしこのような処置をとらなければ、今夏、京は再び洪水に見舞われます」

亮斉を伴って京職に赴いた清経は穏やかに言った。

清経の短慮、豪腕は京職にも聞こえていた。京職は東市を取り締まる役所でもあって、四年前まで、東市で清経が『悪清経』と呼ばれていたことを知らぬ者はいなかったからである。

稳和な顔で応じる清経に大夫は安堵しながら、堤乗越の封鎖を解くとなぜ洪水に見舞われるのか、と聞き返した。

「山城国の騒動はご存じのはず。雇役で徴集された山城国の百姓が四条堤築造の半ばで戻ってしまいました。堤を造り上げるには吾等防鴨河使で行うしかありませぬ。ところが防鴨河使はたった四十五名の下部しかおりませぬ。どう転んでも人手が足りませぬ。そこで京に出入りする人々の足裏をお借りすることにいたしました」

「足裏を借りる？」

大夫は怪訝な顔をして聞き返した。清経は築堤にもっとも手間がかかるのは堤体を締め固める作業であることを意を尽くして述べ、

「そこで薄く敷きならした土の上を人に歩いていただき、土をその人の重さで締め固めるのです」

と穏やかに話した。

「足裏などさしたる重さではあるまい。そのように歩くだけで土は硬く締まるものなのか」

「ひとりやふたりではとてもとても。しかしながら何十、何百、いや何千もの人々が歩けば、タコや叩き板で締め固めるよりも硬く締まると考えております」

「そのようなものかの。だが堤乗越封鎖解除の命は京職で決めたのではない。公家や公卿の方々からも苦情が届いているのだ」

「もし、大夫様が公卿様らの言にしたがって、乗越を即刻開放せよ、と強いて命ぜられるなら、吾はその命に従います。しかしながら、その命に従えば今夏の野分で京は洪水に見舞われましょう。十月には宇治、木幡の地に藤原御一門の先祖を供養する浄妙寺が建立され、そこに安置する普賢菩薩像の開眼が催されるとのこと。落慶は華々しいものになると思われます。しかるに京では洪水で疲弊し落慶を祝う心など誰ひとり持つことは叶いますまい。それもこれも京職大夫様が吾等防鴨河使に堤乗越の封を解けと命じたことによるもの。そうなれば左大臣道長様をはじめ藤家の方々がどうのように評されますか。このことよっくお考えくだされ」

亮斉が目を丸くして清経をのぞき込んだ。まるで短慮軽薄の清経とはかけ離れた弁であったからだ。

「わたくしも十月の浄妙寺落慶には加えていただけるよう道長様にかねがねお願いしているところだ。なるほど主典殿の言われるとおり、京が洪水で疲弊している最中に浄妙寺落慶を催したところで、今一つ祝えないのは一理ある。主典殿の申すとおり堤乗越はこのまま封ずるよう民部省、太政官に諮ってみよう」

大夫は、もっともだというように何度も頷いた。

ふたりが京職の門を抜けて朱雀大路に立ったとき、亮斉が、

「いやはや、清経殿は、まこと、つまらぬ只人《ただひと》になりましたな」

と感に堪えない声で呟いた。亮斉は清経が育っていくことで己の苦言や忠告が少しずつ減っていくことにどこか寂しい思いを感じるのだった。

（四）

清経の館、七条仏所の板の間に一辺が二尺ほど、高さが人の背丈ほどの角材が四つ置かれている。

「わたくしが刻むのは広目天。頭部は一材、体部は左右二材、前面部と背面部も二材の四材を木寄せした材で刻むことにしました」

覚円は四つの角材のひとつに手を触れながら康尚に告げた。その角材は五つの異なった角材を組み合わせて一材となした、いわゆる集成木材であった。

「木寄せ五材の樹種は」

康尚が集成角材に目を近づけながら訊く。

「頭部は檜の一材、体幹は檜を前面二材、櫻を背面二材にと思っております」

康尚は五材を寄せた集成角材を仔細に観察する。

檜と檜を合わせた面にそれとわかる離れが見て取れる。それにもまして、櫻と檜を合わせた面ははっきりと誰にでもわかるほどの離れが生じていた。

「院俊はどのように木材の組み合わせをしたのだ」

康尚は難しい顔をして覚円の集成角材から院俊の前に置かれた集成角材へと目を移した。

「わたくしも覚円殿と同じ木寄せとしました。ただ頭部は欅、前面二材は檜、背面二材は楠でございます」

康尚はその木寄せ材も仔細に検分した。同じように異なった材を合わせた箇所は、はっきりと継ぎ合わせた跡が隠しようもなく露呈していた。

「長助のはこれか？」

康尚は難しい顔をしたまま長助の集成角材に目をやった。

「木寄せは院俊殿、覚円殿と同じでございます。ですがわたくしは五材すべてを檜にいたしました」

長助の木寄せした角材は接《は》ぎ合わせた所が異木でのそれと違って突き合わせ面の離れは小さかった。

「どうやら木寄せした材と材の突き合わせ面に生じる隙間を気づかぬほどに細めることは叶わぬようだな」

康尚は眉のあたりに皺を寄せながら己に言い聞かせるように呟いた。

「この木寄せ材で仏像は彫れませぬな」

長助が開いた接ぎ合わせ部に手を這わせながら声をおさえて言った。

「もう一度考え直そうではないか。二材をつき合わすとわずかな隙間がでる。これを見えぬごとく細くするにはどうすればよい」

康尚は四人を鼓舞するがごとくに訊いた。

「銅鏡《かがみ》と銅鏡《かがみ》を合わすと合わせ目が全く見えなくなるばかりか引き離すことさえ難しいと聞いており

ます。接する材の面と面を銅鏡の面のごとく平らにすることが叶うなら、合わせ目は小さく細くなるかもしれませぬ」

覚円がおそるおそる言った。

「銅鏡は手のひらほどしかない。しかるに木寄せする材の面はその十倍、二十倍の広さ。銅鏡は小さいがゆえにまさに鏡のごとく平らに磨くことが叶うのだ」

院俊は覚円の取って付けたような思いつきに渋い顔だ。

「では二材をつき合わす面を手のひらのごとくに狭くすればよいではないか」

覚円がいささかむっとして言い返す。

「銅鏡のごとく狭くするということは、六尺に満たないこの角材の木寄せの数を何十にも増やさなければならぬ、増やせば増やした数だけ接ぎ合わせ線が増える、と言うことだぞ。そのようなことがわからぬのか」

院俊の顔が険しくなる。

「それに木材には狂いの他に干割れという厄介なものがある。それが木、というもの」

長助も覚円の思いつきを一蹴する。

「干割れは背割《せぐ》りで防げます」

顔をしかめて覚円は食いさがる。

四季が顕著な日本で育った木の木質は密と粗が交互（年輪）に刻まれる。伐採して乾燥した木は生きている如く息をし、外気を取り込んだり吐き出したりする。そのとき外気に含まれる水分を取り込んで木は膨張し、また吐き出せば収縮する。その水分を取り込む量が疎の部分と、密の部分では大きく異なるため割れが起こる。

これを干割れ、と呼び、防ぐためには木材に縦に木芯まで達する一筋の切り込みを入れて予め割れを生じさせておく。

こうした知識は木を加工する者ならば誰でも持ち合わせていることであった。

仏師とて例外でなくこれらの技術はすでに飛鳥時代の法隆寺百済観音像にも施されている。すなわち一木で彫った仏像の背部に長方形の切り込みを施して、そこから木の芯部を取り除き干割れを防ぐ技で、これを『背刳《せぐ》り』と呼んだ。だが背刳りは極めて小さく浅いものであった。

「善勢、まだ善勢の木寄せを訊いていなかったな」

康尚は院俊、覚円、長助のやりとりが険悪になるのを避けるかの如く、ひと言も話に加わらず、終始うつむいている善勢の前に置かれた角材に目を移した。

「善勢、これには全く継ぎ目がないが、どうしたのだ」

「いえ、継ぎ目はあります」

康尚はもう一度角材を仔細に見た。

「これは一木ではないか」

康尚が非難の目を善勢に向けた。

「はい、一木でございます。一木を二つ割りにいたしました。康尚様のお言いつけで木寄せをしようと心がけましたが、わたくしは六尺に満たない仏像を木寄せした材で刻むのに得心しかねたのでございます」

善勢はそう告げて居住まいを正し、懐から布の包みを取りだすと、康尚の前に置いた。

「この包みはなんだ」

「これは康尚様からお預かりしていた鑿でございます。これをお返しいたします」

鉄は貴重で高価なため、手に入れるのは困難だった。それは仏を刻む者とて例外でなく、鑿を所有できるのは大仏師か仏師に限られていた。小仏師や見習い工人は大仏師から貸与されたものを使っていた。鑿を返すということは仏像を刻むことをあきらめることにほかならない。

「返すわけも訊かずに、受け取れると思うか」

「わたくしは康行様にお仕えして二十五年、康尚様には十年になります。康行様はわたくしに、仏像は一木にて刻むからこそ彫った者の心《うら》が宿るのだ、と教えてくださいました。己の心を宿せぬような仏像を彫ってはならぬ、とも申されました。木寄せした材となればその材のどれに己の心を宿せばよいのでしょうか。わたくしにはわかりませせぬ」

「それで鑿を返すと申すのか」

「鑿を握らぬ者はもはや小仏師とは申せません。中山郷に戻り、杣人《そまびと》（木こり）となって過ごすつもりです」

「ではなぜ一木を二つ割りにしたのだ」

「この一木は檜でございます。これに楔を打ち込んで真半分に割り裂きました。そしてそのまま再び合わせてここに持って参りました」

「なるほど、割り裂いた面に手を加えず、そのまま再び合わせたので合わせ目がほとんど見えなかったのか」

康尚はそう言って、善勢の前に置かれた一木を二つに分けた。すると裂いた内側は丸木船の底のように刳りぬかれて空洞になっていた。

「このように内刳りを入れたのは？」

「さきほど皆が申していたように一木造りの仏像には干割れを防ぐために背刳りを施し、そこに蓋板を当てがいます。背刳りをするなら一層のこと思い切って前後に二つ割りにして内側を刳り抜いてしまえばと考えたのです。しかしながらこれは康尚様のお言いつけに背いて一木で像を刻むことになります。大材が用意できぬために小材を木寄せする、という本来の主旨から外れた戯れのものでございます」

康尚はしばらく善勢の前に置かれた一木に目をやっていた。院俊、長助、覚円が固唾をのんで康尚がなんと答えるかと窺っている。

しばらくの沈黙があった。

「善勢、その包みは受け取るわけには参らぬ。一木を二つ割りしたそれで持国天を彫り上げてくれ」

うつむいていた善勢が驚いたように顔を上げた。

「よろしいのでしょうか」

「是非ともそうして欲しい。良いことを教えてくれた」

「良いこととは？」

善勢が小首を傾げながら訊いた。

「一木をあえて二つに割り裂き、それを再び合わせて像を刻む、そのような考えをわたくしは一度も持ったことがない。おそらく侘助もまたここにいる長助等もそうであろう。干割れを防ぐには木芯を取り去ればよいことはわかっている。木芯を取り去るために仏像の脊にあたるところから細長く切り込み、そこから木芯を取り出す。いわゆる背刳りだ。しかし、なるべく背に跡を残したくないため開口はできるだけ小さくするよう仏師は心がけている。そのためか背刳りでは木芯すべてを取り除けないことも多かった。そのうえ、開口を蓋板で塞がねばならぬ。背刳りを施していながら、干割れがある仏像をわたくしはたくさんの寺々で見てきている。ところが善勢が施したごとく、一木を前後二材に割り裂いてそれで像を刻めば、背刳りでなくあらかじめ二材に内刳りを深く施すことができる。背刳りを塞ぐ蓋板も要らぬ。そのような工夫をなぜ今まで誰ひとり気づかなかったのか。いやそれを気づかせてくれたのは善勢だ」

康尚は感に堪えた声で善勢に頷いてみせた。

「それで思いついた」

院俊が大きな声をあげた。

「背刳りは像がほとんど出来上がってから施すものと決まっておりました。だが、木寄せした材であればはじめから内刳りを施しておけばよいこととなります」

「しかも木を寄せる前ですから、それぞれの材に思う存分鑿を入れられます。木芯をすべて取り除くことも叶いましょう」

長助が院俊の後を継いで深く頷く。

「内刳りが深く広くできれば、材と材がつき合う面は小さくなります。つまりは二つの木椀を合わせたようなものですな。合わせ幅は限りなく細くなります。そうなればつき合わせの隙間は小さく目に見えぬ程になるかもしれませんな」

覚円が得たりとばかりに続けた。

善勢のこの手法はこの後、一木彫りの比較的小さな仏像で取り入れられるようになる。これを『割《わり》矧《は》ぎ造り』と呼んだ。

「善勢は一木を割り裂いた材を再び矧《は》ぎ合わせたもの。しかるに他の者達は異なる材で組み合わせることになる。内刳りを先に施せばつき合わせる二材の面も細くなる。そのように小さな面なら銅鏡のごとく平らにすることも叶うかもしれぬ。だがこれは言葉の上だけだ。果たしてうまくいくか否かやってみなくてはわからぬ。また行きつ戻りつしながらの積み重ねとなろう。これから先は古に学んだ様々な彫り技だけでは先へ進めぬ。各々が創意工夫して取り組んでほしい」

康尚は善勢の前に置かれた包みをとって、それを善勢の手に渡した。

第八章　一木の末

（一）

激しく降り続く雨に身を打たせながら、清経と亮斉が四条堤の頂に立って川面をにらんでいる。

昨夜来からの激しい雨で賀茂川の水位は堤高さの中ほどまで上がっていた。

「やはり、今年も野分は京を襲いましたな」

亮斉が天を仰ぐ。低くたれ込めた黒雲が西から東へ急速に流れていく。

「宗佑等は持ち場に着いているか」

「一条堤から九条堤まで、それぞれ五名ずつが堤頂で河水と堤に目を懲らしております。異常がみつかればここに報せに参じましょう」

亮斉の口ぶりには数知れずの野分から賀茂堤を守り抜いてきたという自負が感じられた。

「全ての堤乗越《のっこし》を封じて五ヶ月。そのあいだ、なぜ乗越を閉じるのだ、と京人に詰め寄られ罵声を浴びせられた。それも今日で終わる」

清経は顔にかかる雨滴を腕で払いながら亮斉に心底ホッとした表情をみせた。

「河原に出入りする京人や旅人には不便をかけましたから彼らが苦言を呈するのも無理はありません。それをなだめすかして今日まで四条堤に新たに設けた通路だけで押し切れたのは清経殿の尽力。あの短慮の塊のような清経殿が京人に温和な顔で説得している姿を下部等は信じられぬ、といった顔で眺めておりましたぞ」

「短慮をどこかに置き忘れてしまったようだ」

「忘れたままでいなされ。さすれば、わたくしも心安らかになれるというもの。それにしてもこの五ヶ月は長かったですな」

亮斉は横殴りの雨滴を全身に浴びながら刻々と増してゆく河水に目を細めて見入る。

二月下旬から今日までの五ヶ月間、四条堤に設けた通路には引きも切らずに人々の往来があった。全ての堤乗越を封鎖したのだから、人々は四条堤に仮に設けた通路を利用して河原への行き来をするしかないのだ。五寸ほどの厚さで土を敷きならした四条堤頂を人々が歩けば歩くほど土は締め固まってゆく。そうして十日後、すっかり土が締め固まると、その上にまた五寸ほどの厚さで土を敷きならす。そこを同じように十日間、人々が往来する。

敷きならす土は四条堤裾に沿って仮置きしたのを運べばよい。

防鴨河使下部達は十日に一度、土を敷きならすだけで、後は定例の業務である河原の監視巡回に従事できた。その繰り返しを五ヶ月間行い、終わってみれば他の堤防の高さとみごとに同じになっていた。もちろん、堤裾に運び込んだ土も一握りとして残っていなかった。こうして堤防の築造が終わったとき、野分の季節となっていた。

五ヶ月間も人々が辛抱したのは、築造半ばの四条堤頂を歩けば、野分の増水でも四条堤は昨年のように崩壊流失するようなことはない、と諭す清経の言葉を信じたからである。

「この堤がもしまた崩れるようなことになれば、吾は京人を欺いたことになる」

「それはあと二刻もすればわかりましょう」

亮斉は篠突く雨の中で刻々と増してゆく濁水に目を細める。水面は築造なったばかりの四条堤の斜面を少しずつせり上がっていく。

「問民苦使など引き受けなかったらと、ふと考えることがある」

亮斉と共にしばらく水面に見入っていた清経が唐突に呟いた。

「問民苦使を引き受けたことを悔いているような口ぶりですな」

清経のいつにない沈んだ口調に亮斉は内心で驚きながら、つとめて平穏を装った声で訊いた。

「問民苦使を断っていれば頼方殿と顔を合わせることもなかった。そうであるなら頼方殿も吾を襲うようなことはなかったであろう」

「清経殿だからこそ、頼方殿の悪行を白日に晒せたのです。悔《くゆ》ることなど何ひとつありませんぞ。それで思い出しましたが、あの国司庁宣の末尾に記された日付。あれは民部卿の思い違いだったのでしょうか」

亮斉は清経の心中を察しながら労るように訊いた。

「そのこと、是兼様にお訊ねいたしたが、民部卿の署名並びに押印は今上帝の御名の下《もと》になされたもの、誤謬《ごびゅう》はない、と強く申された」

「では、あの日付は思い違いではなかったのですな」

「是兼殿は、国司庁宣の日付は上申された日を末尾に記することになっている、決して遡った日付を記すことはない、とも申された。思えば民部省から問民苦使を押しつけられた発端は、四条堤築造に雇役者として徴集された山城国百姓等の逃亡。そこから次から次へと抜き差しならぬ瑣事《さじ》が生じ、この野分をむかえることになった」

「瑣事？　つまりはとるに足らぬ出来事だったと清経殿は申されますのか」

「防鴨河使は京人を賀茂川の氾濫から守るために精魂を傾けるのが役務、そのほかのことはすべて瑣事、そう亮斉はいつも申しているではないか」

「清経殿はこの五ヶ月、寝食を忘れて勤めてきたではありませんか。それに瑣事に首を突っ込んだことで、今まで見えなかったものがうっすらと見えてきたのではありませぬか」

「何が見えてきたと申すのだ」

「頼方殿が遠島になったこと、すでにご存じのことと思います」

「遠島は佐渡だったな。それに教通殿は越後に遠流《おんる》と聞き及んでいる。それにしてもふたりが京より護送されてまだ十日も経っておらぬ。ずいぶんと遅い執行だと思わぬか」

「清経殿が負わせた肩の傷が癒えるのに時を要したのでしょう」

「他の郎党は百叩きの杖罰《じょうばつ》で放免された。孝忠殿は国司の職を辞するそうだ」

「頼方殿の罪科が明らかとなって、自ら国司を辞することに決めたのでしょう」

「罪科とは頼方殿が山城国で行った苛政と影常殿と石原郷里長の殺害のことか」

「いいえ、清経殿の館に火をつけたことです」

「吾の館は燃えてはおらぬ。一本の材が焼損しただけだ」

「一本の材とは修羅に乗ったあの造仏用の木材のことですな。わたくし達が水濡れをせぬよう担ぎ上げて賀茂川を渡した、あの一木」

「そうだ、一丈二尺の檜だ」

「その焼損こそが頼方殿を極刑に追いやったもの。焼損が道長様をはじめ藤家一門の逆鱗に触れたことは清経殿が重々存じているはず」

「極刑に処するはずだったのが、父親の孝忠殿が国司を辞することで罪一等を減じ佐渡に流されることになった。おかしなものだ。頼方殿の遠島は、山城国での苛政でも影常殿等を殺害した罪によるものでもない。一丈二尺の一木を焼損させたためだ」

「それが今まで見えなかったものがうっすらと見えてきたのではないか、とわたくしが申したことです」

「一木の焼損で何が見えてきたと申すのか」

「もし、頼方殿が一木を焼損しなかったら、頼方殿は島流しにはならなかったはず」

「島流しにはならずともどこぞの遠国に放逐されたであろう」

「いえ、遠流にはならず、また孝忠殿も国司を辞せずにすんだでしょう」

「人をふたりも殺し、影昌殿を死に追いやった極悪人だぞ」

そうだったのかと亮斉は、ここで清経が沈んだ口調で話を続けるわけがわかった。

頼方の遠島は影常と石原郷里長を殺害したためでなく、一丈二尺の木材を焼いたためである。そのことに清経は割り切れぬ憤《いきどお》りとさらに影昌をむざむざと獄死させてしまったことに、己の力の至らなさを深く恥じているのだ。

「そう申す清経殿の顔には、わたくしが申した通りかもしれぬ、と得心している色が見てとれます」

「それがうっすらと見えてきたものだと申すのか」

清経は亮斉を見返しながらかすかに顔をしかめた。

「そうではありませぬか。頼方殿が島流しの刑に処せられたのは、政を行う権門者の逆鱗に触れたからです。決して人を殺めたからではありませぬ。為政者の意に反する者は誰であれ、厳しく罰せられますが、市井の者を殺しても罪さえ問われぬ、それが清経殿の心内を暗くし、うっすらと見えてきたもの」

「為政者が過ちを犯すこともあろう」

「是兼殿が、帝の御名の下《もと》で行われる政に誤謬はない、と申したこともうお忘れですか」

「うっすらと見えてきたものは、帝の御名の下に行われる政、と申す物の怪《け》のことか」

「強風と雨、そしてわたくしと清経殿だけしかおりませぬから、何を申しても構いませぬ。しかし公任様や諸行様さらには是兼様の前では決して、政が物の怪であるなどと申してはなりませぬ。物の怪に首を突っ込み、白日に晒すことは防鴨河使主典である清経殿がすることではありませぬ。わたくしがなんにでも首を突っ込むと、清経殿に苦言を呈するのは、まさにこのことを案ずるがために申してきたのです。うっすらと見えてきたものはそのままうっすらと見ているしかありませんぞ」

「それでは影昌父子が浮かばれまい」

清経は獄死した影昌が従容として検非違使の縛について京に向かう姿に思いを馳せた。

――おそらく山城国の百姓等は誰ひとり、京だけを守る賀茂堤を快く思っておりますまい――と告げた影昌の苦々しげな顔がよみがえった。すると石原郷の顕秀は賀茂川の濁水を今どのような心境で監視しているのであろうか、と思った。

これから襲う野分の豪雨で築造したばかりの四条堤が決壊することなく京を洪水から守ったとしても、その濁流は下流の石原、拝志、岡田に襲いかかるのだ。京が洪水に見舞われなかったことを喜び、それを防いでくれた防鴨河使に京人は感謝の眼差しを向けるであろう。しかし石原郷や拝志郷の実情を知ってしまった今、己はそれを素直に喜べるのであろうか、と清経は自問した。

「物の怪を己の手で糺すことなどできるはずもありませぬ。糺そうとすれば、影昌殿と同じように、獄死が待っているだけです。わたくしがこうして七十二歳になる今日まで、防鴨河使下部を勤めてこられたのは、うっすらと見えてきたものをうっすらと見続けてきたからにほかなりません」

清経は雨滴に顔を打たせる亮斉を改めて見た。そこには隠しおおせようもない老いが刻まれていた。

そうなのだ、亮斉や宗佑、さらには捨女等がうっすらと見えている物の怪の不可解さと理不尽さに翻弄されながら、できる限り触れずにきたからこそ、生き延びられたのだ。そうして己は防鴨河使主典という役を物の怪の尻尾に乗ってこなしているのだ。

「見なされ、賀茂の河水はさらに増えて参りましたぞ。わたくし達が今、目を向けるべきは賀茂川。清経殿が首を突っ込むのは、物の怪でなく、この堤が野分に耐えられるか否かを見守ることですぞ」

亮斉はそう告げて清経に笑顔を向けた。

「亮斉等が知恵を出し合って仕上げた四条堤だ。崩壊も流失もせせぬ」

清経は力強く亮斉に頷き返しながら、いつか、その物の怪をうっすらと見るのでなく、正面からはっきりと見てやろう、と思った。しかし今は刻々と増水する賀茂川の水面を見守るしかない、と思い直した。

「まだわかりませぬぞ。野分が去り、賀茂の水が退くまでわたくし達がこの堤の上に居残れて後、はじめて四条堤の築造が終わったと申せるのです」

そう言う亮斉の顔は自信に満ちていた。

「やるべきことはやり尽くした。もしこの堤が崩壊するようなことがあれば、吾は堤と共に濁流に身を任すつもりだ」

「清経殿が流されぬためにも、堤は残ってもらわねばなりませぬな」

「亮斉は危ないと思ったら逃げ出せ」

「もちろん、清経殿を見捨てて逃げ出しましょう。それが長生きの秘訣ですからな」

清経に向けた亮斉の顔は優しさにあふれていた。それは野分がどんなに大きくとも、四条堤は決して崩壊しないという、強い自信と清経への限りない愛しさが亮斉の胸中を占めていたからだった。

（二）

野分が去った空には雲一つなかった。青くぬけた空を清経は自邸の庭から見上げていた。

「堤は無事でしたな」

康尚が清経にならって空を見上げた。

「一昼夜、四条堤の頂で過ごしました。今日から堤乗越《のっこし》の封はすべて解きます」

「すると、賀茂川を渡ることも叶いますのか」

「まだ水嵩も高く、ここしばらく渡河は無理」

「明日、中山郷より普賢菩薩像をここに運んでくることになっております」

「焼損した木材に代えて幾つかの小材を寄せ集めて、それで一丈の仏像を刻んでいる、ということでしたな」

「流された四条堤を築造し直すのに五ヶ月かかったと申されましたが、木寄せした材で普賢菩薩像を造立するまで同じように五ヶ月かかりました」

「この館で四天王像を刻んでいる院俊殿や長助殿もその木寄せで随分と苦心していたようです」

「中山郷で木寄せして刻んだ像を解体し、それぞれを布に包んでここに運ぶ用意は済ませてあります」

「幾つの材を寄せたのですか」

「頭部は左右二材。体部は腰を境に上下二つに分け、前部と背面部を二つに、さらに身体の中央から左右二つに分けましたから、木寄せした数は十材ということになります」

「善勢殿の像をのぞいた他の三像は五材で木寄せしたと、聞いております。それでも工夫に工夫を重ねているのが見て取れました。それが十材ともなれば、さらに様々な工夫を凝らさねばならなかったのでしょうな」

「その苦労も終わりました。十に分けた材は一材ずつ十人の背に担がれて、ここに明日届きます。それぞれの材の大きさは三尺ほど、ひとりで背負っても御経坂峠《みきようざかとうげ》は越えられます」

康尚は今までの苦労を思い出したのか顔を上向けて深いため息をついた。

「康尚殿が工夫に工夫を重ねた普賢菩薩像。ここで拝観するのが楽しみです」

「いえ、ここでは組み立てません。十材のまま木幡の浄妙寺に送ります。すでに浄妙寺三昧堂は建て終わっております。本来ならこの時期、普賢菩薩像は三昧堂に安置されていなければならないのです。それが木寄せの工夫に時をとられ、半月も遅れてしまいました。ここで組み立てている暇はないのです」

「浄妙寺落慶は十月十九日と聞いております。今が七月、まだ三ヶ月ちかくもありますぞ」

「三昧堂に普賢菩薩像を安置し、そこで直すべき所を探しだし、鑿を加えなくてはならないのです」

「康尚殿と侘助殿。大仏師と仏師、京で名を馳せたふたりが手がけた仏像に手直しをするような所があるのですか」

「いくらでもあります。工房で刻んだ像は工房内でもっとも見栄えのする尊容に仕上げます。ところがこの像をお堂に安置すると、陽光の射し具合、堂内の明るさとその広さ、そして仰ぎ見る目線の位置、すべてが工房と異なります。工房内で満足がゆく像を刻めても、堂内に安置すると様々な手直しがあるものなのです」

「それにしても手直しに三ヶ月もの期間はかからぬはず」

「手直しが終わった後、漆箔《うるしはく》を施します」

「金箔を施すのですか。一丈に余る金色の普賢菩薩像、それは華やかだ」

「漆を塗り、箔を置くのに二ヶ月はかかります。ですから一日も早く普賢菩薩像を三昧堂に運び込まなくてはならないのです。運ぶにはどこかで賀茂川を渡らなくてはなりませぬ」

「渡り板を設けるのは賀茂川の水が退いてから。五、六日はかかります」

賀茂川には一条、三条、五条河原から対岸（東岸）に渡れる橋が架けられている。橋といっても対岸から対岸へまっ直ぐに架かっているのではない。流れの浅瀬を選んで河原石を水面上まで積み上げ、それを橋台とした。橋台と橋台の間隔はおよそ二間（約三・六メートル）。橋台は浅瀬を選んで築かれるため対岸に向かって一直線に並ぶことはない。橋台間に木材（渡り板）を渡して、その上を人々が往来する。渡り板の高さは川面から一尺ほどで、二日も雨が続けば河水を被る。防鴨河使は渡り板に水が被りそうな雨が降ると予想されるときは、渡り板を前もって撤去することを課せられていた。

この度の野分でも三つの橋の渡り板は撤去されて、賀茂川は渡れなくなっていた。

清経が渡り板を設ける、と告げたのは回収した木材を再び元に戻し、対岸との往き来が復活することを指していた。

「五、六日後……」

康尚は困惑した顔を清経に向けた。

「その頃までに渡り板が架けられれば幸運というもの。架ける前にまた野分が襲えば、渡り板を架ける時期は大幅に遅れるでしょう」

それを聞いて康尚はしばらく思案していたが、

「どうにかして賀茂川を渡れるような浅瀬はないものでしょうか」

とすがるような目をした。

「それほどまでにして三昧堂に菩薩像を運びたいのですか」

「焦《じ》れて、胃の腑が口からとび出しそうです」

言葉ほど康尚はせっぱ詰まっているようには見えなかったが、いつもおっとりと構えている康尚にしては、めずらしいほど、困っている様が清経に伝わってきた。

「康尚殿が拝志郷五十戸の食封を戴くようになったのは二ケ月前でしたな」

「そう、五月《さつき》でした」

「拝志郷の東方を賀茂川は流れております。その対岸は木幡が属する宇治郡。浄妙寺三昧堂にも近い地。まずは拝志郷に普賢菩薩像を運びなされ」

「たしかにここから運ぶより拝志郷の方が近い。しかし、そこに運んだとて賀茂川を渡らなければならないのは同じ」

「あそこなら川を渡れるかもしれません」

「そのような浅瀬がありますか」

「野分で降った大量の雨で水嵩が増した河水は賀茂堤で狭められた河原に一気に流れ込み、激流となります。平常の時でさえ賀茂川の流れが速いことは康尚殿が身をもって存じているはず」

「それは拝志郷まで流れ下った賀茂川でも変わらぬのでは」

「拝志郷を流れる賀茂川には堤などありません。川幅は広く、その分、流れは遅くなり浅瀬も多くなります。あそこなら、明日か明後日、渡れるかもしれませぬ」

康尚の顔が一瞬で明るくなった。

「ここに普賢菩薩像が運ばれ次第、時をおかずして拝志郷へ参ります」

「中山郷で川に詳しい者は居りますか」

「生憎、山の中で木を相手に暮らしている者ばかり、心あたる者は居りませぬ」

「ならば、拝志郷の百姓の手を借りるのですな。常日頃から拝志郷と宇治郡の百姓は川の浅瀬を選んで行き来しております。百姓等は手のひらを指す如く川底を知っているはずです」

「頼んでみますが、百姓等のわだかまりが解けていればいいのですが」

康尚のゆるんだ口元がたちまち固く結ばれた。

「百姓のわだかまり、とは影昌殿のことですな」

「さよう、影昌殿のことです。それに影昌殿が捕らえられたことで、身の危険を感じた拝志郷の二十戸ほどの百姓が田と家を放り出して姿を消しました」

「康尚殿は拝志郷の百姓等に影昌殿の獄死を報せましたのか」

「食封を拝志郷にしていただいた時から、そのことがわたくしを悩ませでおりました。思いあまって捨女に助言を求めたのです」

「で、捨女殿はなんと」

「捨女は洗いざらい真《まこと》のことを告げるべきだ、と」

「では拝志の方々に里長の獄死を告げたのですな」

「捨女は、影昌殿の獄死を百姓に告げれば、囚獄司がいびり殺したと疑うのは明白。再び騒ぎを起こすかもしれない。騒ぎを起こせば第二、第三の影昌殿を出すことになる、そのようなことを獄死した影昌殿は喜ばぬ、とわたくしに申し、それからわたくし自らが拝志郷に赴き、郷人に今申したことを誠意をもって説き、地に膝をついて頭を下げよ、と申した」

「それで康尚殿は膝を折り頭を下げましたのか」

「捨女は、それでも百姓の哀しみや怒りは収まらないだろうから、今年は食封の稲税を免除し、逃散した百姓が戻ってくるなら咎めずに家と田を旧に復して迎え入れるように、と付け加えたのです」

「康尚殿はその言に従ったのですか」

「従いました。ただわたくしはその一度しか拝志郷を訪れておりませぬ。捨女の申したことが功を奏したのか否かはわかりません。それ故、賀茂川を渡るに際して拝志郷の方々が手助けしてくれるかを案じているのです」

「極貧を生き抜いてきた捨女殿には、困窮する百姓等の心内が己のことのように、わかるのでしょう。

康尚殿や吾ではとてもそのような大胆な配慮を思いつけません。捨女殿だからこそのこと。おそらく拝志郷の方々は快く康尚殿一行の渡河に手を貸してくれるでしょう」

「それを聞いて、ますます一日でも早く拝志郷に向かいたいと思うようになりました」

「拝志の実情が話にでたので、吾から康尚殿にお願いがあるのですが」

改まった口調に康尚は頷くように優しい顔を向け、清経の次の言葉を待った。

「拝志郷の里長影昌殿には妻女とまだ加冠を済ませていない十四歳になる影次《かげつぐ》殿が居ります。影昌、影常殿が亡き今、妻女と影次殿の寄る辺ない身を思うと胸が痛みます。そこで康尚殿に影次殿の後見を引き受けてもらいたのです。また影次殿が加冠を済ませた後には、亡き影昌殿の後を継いで、拝志郷の里長になれるよう力を貸して欲しいのです」

清経は康尚に深々と頭を下げた。

「清経殿に懇請されなくともそうするつもりでした。烏帽子親《えぼしおや》には清経殿を頼もうとさえ思っていたのです」

「よろこんで引き受けましょう。これで肩の荷が下りたような気がします。ところで先ほどの話からすると捨女殿は中山郷に馴染《なじ》んだようですな」

清経には捨女が山奥でおとなしくしているようには思えなかったが、康尚が捨女を頼りにしているのを聞くにつけても、中山郷を居場所と定めたのかもしれない、とも思うのだった。

「それが、捨女は」

康尚はそこで言葉を切って、思案げに清経を窺った。その顔を見て、清経は、やはり捨女は中山郷が窮屈で京に戻ったか、と思った。

「それが捨女はどうやら、身ごもったようなのです」

「身ごもった？」

思わず清経は声を高めた。

「ここに来る前日、そのことを捨女から報されました」

康尚の声は消え入りそうに細かったが、喜びが隠しようもなく表われていた。

（三）

「なりませぬ、清経殿。そのような防鴨河使の役務とかかわりのないことに首を突っ込もうとするは」

三条河原で宗佑が、またかといった顔で清経を睨んだ。亮斉は清経のとなりで口をへの字に曲げている。

「野分が去って今日で七日目だ。しかるに渡り板を設けることも叶わぬ」

「しかたありませぬ。野分が去って二日間は晴れましたが、その後三日続きの雨」

宗佑の顔に警戒の色がありありとでている。

「そして昨日、雨が上がったと思ったら今日は、もう、なにやら湿り気を帯びた西風が吹き出した。

また野分が京を襲うのかもしれぬ」

清経は恨めしげに空を仰ぐ。

「野分の季節ではよくあること」

宗佑はなだめるような口ぶりだ。

「康尚殿のことを思うとじっとしていられないのだ」

「清経殿は仏師ではありませぬぞ。防鴨河使の主典《さかん》。賀茂川の管理と見廻《みまわし》が役務。要らぬことに首を突っ込むのは懲りているはず」

宗佑が言葉を尖らせる。

「康尚殿に拝志郷の地から賀茂川を渡れ、と助言したのは吾だ。その康尚殿が途方に暮れているのだ」

清経の助言に従って、普賢菩薩像が届いた翌日、総勢二十五名の康尚一行は拝志郷に向かった。

里長の館に着いた康尚は渡河の手助けをして欲しいと百姓等に頼んだが、百姓等は、今は水嵩が高すぎる、渡れるようになるのは二日後であると、口々に申し立て、二日後には必ず川を渡たる手助けをする、と快く承諾してくれた。康尚は百姓等が協力的であることに安堵した。翌日は雲の多い一日であった。康尚は川縁に立って対岸を見はるかした。昨日より河水は確実に減ってきているように思えた。康尚は翌日の渡河に備えて百姓等に改めて手助けを要請し、その夜を里長の館で過ごした。真夜中、雨の降る音で康尚は目を覚ました。

それから雨は降り止まず、とうとう三日間降り続いた。

「康尚殿は動くに動けず、里長の館でひたすら賀茂川の水が退くのを待っている。この分では五、六日経たなければ川は渡れぬであろう。しかも、今、なま暖かい風が吹いている。おそらく明日か明後日、再び野分が来るかもしれぬ。そうなれば康尚殿一行が川を渡ることなど、先のまた先になる」

「康尚殿には行成様や左大臣様が親しくお目をかけておられます。なにも清経殿が案ずることではありますまい。そう言うのを、要らぬことに首を突っ込むと申すのですぞ」

宗佑の顔が苦虫をかみつぶしたように歪む。

「宗佑に手を貸せなどと申してはおらぬ」

「清経殿が気をもんでも賀茂川の水が急に退くわけではありませんん」

「退かなくともよい。防鴨河使には三艘の川舟があったな」

「まさか防鴨河使舟を使って康尚様等を対岸まで運ぶ、などと申すのではないでしょうな」

宗佑が目をむく。

防鴨河使庁は三艘の小舟を擁している。一条河原、三条河原それに五条河原に建てた小屋に一艘ずつ陸置きしてある。船底が平らで賀茂川の急な流れでも安定して繰船できた。河川管理には欠かせない舟であった。

「宗佑、吾に手を貸さなくてもよいが下部等を集めて、舟をこの川縁に浮かべよ。丈夫な竿二本も忘れるな」

宗佑は己の耳が信じられぬといった顔を亮斉に向け、助けを求めた。

「問民苦使で懲りて、二度と要らぬことに首を突っ込むようなことはしない、と思っておりましたが、いやはや。宗佑、是非もない防鴨河使主典殿の命令だ、舟を用意せよ」

亮斉はあきらめたように眉根に皺を寄せた。

「そのように亮斉殿が甘やかすから、清経殿は次から次、あらぬものに首を突っ込むのですぞ」

「宗佑、考えてもみよ。わたくしが諌めたとて、清経殿が思いとどまると思うか」

「まあ、無理でしょうな」

「ならば、諌めても仕方なかろう。それにな、宗佑、清経殿がおとなしく民部省や太政官の顔色を窺って、ひたすら防鴨河使の役務だけに血眼になっている姿を思い描いてみよ」

「思い描いただけでも虫ずが走りますな」

「こうしてわたくし達が気さくに清経殿に忠言できるのが、きつい防鴨河使の業の息抜きになっている、そうではないか」

亮斉の言葉に宗佑は頷くしかなかった。

「是非もありませぬな」

宗佑はしぶしぶ下部を呼び集めて舟の陸揚げ場に向かった。

「亮斉、舟がきたら、吾の供をせよ」

「首を突っ込むなら、ひとりで突っ込みなされ。わたくしは問民苦使の供でもうこりごり」

「ならば吾ひとりで舟を繰り、拝志郷まで下る」

「この急流をひとりで舟を操ることなどできませんぞ」

「たしかに九条堤が終わって石原郷に入る川筋は岩礁も多い」

「それがわかっているなら、おやめなされ」

「さきほど、亮斉が申したではないか。とめてもとめられぬ、とな」

「清経殿の舟を操る腕はまだまだ未熟。この流れでは石原郷辺りで舟は岩に当たって砕け、沈むのは目に見えています。死ににいくようなもの」

「康尚殿が困っているのだぞ。指をくわえて見ていることなどできぬ」

「清経殿にはまだ死んでほしくはありません。もう一度申します。おやめくだされ」

「くどいようだが吾は康尚殿の手助けをしたいのだ」

「死を覚悟していかれるほど、康尚殿に恩義はないはず」

「康尚殿は拝志郷を救ってくれた。もし康尚殿が拝志郷五十戸の食封を申し出なかったら、拝志郷の百姓は逃散し、影昌殿の妻女や遺児は路頭に迷っていたはずだ。問民苦使となってただ一つ吾のなかで忸怩たる思いがあるとすれば、その拝志郷の行く末だった。それを康尚殿が救ってくれたのだ」

「しかし、清経殿の繰船の技では命を落とします。そのようなことはさせたくありませぬ」

「ならば、どうだ、亮斉、吾の供をして、命を落とさぬよう助けてくれぬか」

「先ほども申しましたが、要らぬことに首を突っ込む清経殿にかかわりたくありませぬ」

「亮斉は防鴨河使第一の繰船の技を持っている。それは下部等すべてが認めている。しかし、それは亮斉が今のように年老いるまえのこと。今の亮斉では無事に拝志郷まで舟を繰れる自信がないのであろう」

「自信がないですと」

亮斉が唾をとばして目をむいた。

「そうであろう。みすみす死ぬとわかっている吾を見捨てて、舟を繰ろうともせぬのは、繰船の技に信をもてなくなった証《あかし》」

「亮斉、この年になっても下部の誰よりも繰船の技は勝っております」

「ならば、舟に一緒に乗り、吾にその技を見せてくれ。そうすれば亮斉が誰よりも優れている、と認めよう」

「よろしい、お見せいたしましょう」

息巻く亮斉に清経は思わず笑いかけた。

（四）

普賢菩薩像は清経、亮斉の繰る舟で賀茂川を渡り、無事木幡の浄妙寺三昧堂に運び込まれた。

高齢の侘助は解体された材が損傷しなかったかと終始気をもみながら、休むまもなく小仏師等を指揮して普賢菩薩像を組み立てた。

普賢菩薩像の定型といえる白象の背に乗せた蓮華に坐す小像から大きく逸脱して、一丈を超えた立像は工房では異様に思えたが広い三昧堂に安置され、さらに四天王像の四体が東西南北の角に安置されると、あたかも古よりその場にあったが如くに堂に馴染み、見事な調和ときらびやかさを出現させた。

侘助は目を細めて長い間、普賢菩薩像を仰ぎ見ていたが、それから三日三晩、康尚と供に普賢菩薩像に鑿を入れ続けた。

四日目の朝、侘助は、

「終わりました。これで先代のもとへ心置きなく逝くことが叶います」

と傍らの康尚に呟いた。

康尚は普賢菩薩像を見続ける侘助の顔から、その真意を確かめようと窺ったが、侘助の呆とした顔からは何も読み取れなかった。

以後、侘助は再び鑿を手にしなかった。


寛弘二年十月十九日、時の帝、一条帝を招いて行われた落慶に道長、行成をはじめ公卿らは金色に輝く普賢菩薩像の柔和な御顔で温和に見下ろす眼差しのもと先祖への追悼供養を心ゆくまで勤行した。

だが行成を除いた公卿らは誰ひとり、五体の像が木寄せによる造仏であることを知る者は居なかった。また公卿らがそのことを知ったとしても何の感慨も持たなかったに違いない。

その木寄せの一材は侘助等仏師の苦渋と精進であり、一材は清経等防鴨河使の助力、さらに一材は中山郷の郷人、そしてもう一材は康良、康行、康尚と受け継がれた孤高の誇りなのだ。その材がまるで一木の巨大な材となった末に、この普賢菩薩像は刻まれたのだ。

「一木の末」

康尚は呟いて普賢菩薩像に静かに手を合わせた。


それから七ヶ月後、捨女が男児を出産した。

中山郷の人々、特に市助はわがことのように喜んだ。郷人は生まれた男児の名に、当然『康』の一字が入ることを望んだ。光孝天皇の幼名、時康から康良、康行、康尚と続いた康、の一字は郷人にとって誇りであり、生きていく上での縁《よすが》でもあった。

しかし郷人の思いをよそに、男児に命名されたのは、定朝《じょうちょう》、であった。

命名に当たって捨女の思いが込められていたのか否かは康尚ひとりが知ることである。

定朝誕生後、ほどなくして康尚は郷人すべてを率いて、京、三条に仏所を構えた。後世、三条仏所として名を馳せることになる。


十七年後、道長が大患後小康を得た寛仁三年（一〇二〇）、定朝十七歳のときのことを藤原忠実（一〇七八〜一一六二）は日記「殿暦」に次のように記している。

道長は病気平癒を願って無量寿院の建立に取り掛かり、造仏を康尚に命じた。

翌寛仁四年三月には供養が行われ丈六の阿弥陀如来像九体の仏像が開眼された。完成した九体の阿

弥陀は車両に分乗して運ばれ、安置するに及んで道長は康尚に、

「直すべきところがあるか」

と尋ねた。

「ございます」

と答えた康尚は早速、足場を組んでひとりの若者を呼ぶと、

「登れ」

と命じた。年のころ二十歳ばかりの若やいだ装束の法師が鑿と槌を持って登り、金色の仏面をなんの外連味《けれんみ》もなく削った。あまりのみごとさに、

「あの者は誰だ」

と道長が問うた。

「定朝にございます」

と康尚は答えた。その後精励して、世の一物、になった。


後世、仏師の祖、と仰がれた定朝と道長との初めての出会いであった。

康尚が死して後およそ三十年、天喜元年（一〇五三）、父康尚の厳しい指導と薫陶を受けて高度の木寄せ法を受け継いだ定朝は道長の長子頼道の命により宇治川畔に創建された平等院鳳凰堂の阿弥陀如来像を作成する。

阿弥陀如来像の頭体部は前面を通して二材を中央で矧ぎ寄せ、背面部は頭体を各二材、また両腰脇部も同様に数多くの木材で矧ぎ合して造られた。

三条仏所で造仏された阿弥陀如来像は宇治に運ぶに際し、各材を分解して牛車で運ばれ鳳凰堂内で組み立てられた。

九百六十年近く経った今も矧ぎ寄せた突合せ面が開くこともなく、あたかも一木をもって彫り込んだ如くで飛天光を背に九蓮華座に座る丈六の優雅で整った姿は永く仏像の典型と仰がれることになる。

康尚が死して後の捨女の消息は詳らかではないが、康尚に接したように歯に衣を着せぬ言葉と奔放で暖かい眼差しを定朝に送っていたに違いない。

完

【著者経歴】

西野 喬（にしの たかし）

一九四三年、東京都生まれ。
一九六六年、大学卒業後、都庁に勤める。
二〇〇四年、都庁を定年退職。
二〇一二年、第十三回歴史浪漫文学賞 創作部門優秀賞受賞
『防鴨河使異聞』出版。
二〇一五年、『壺切りの剣』出版。

黎明《れいめい》の仏師《ぶつし》 康尚《こうじょう》
―防鴨河使異聞《ぼうがしいぶん》（二）―

平成二十八年六月二十九日 第一刷発行

著 者 西野《にしの》 喬《たかし》
発行者 佐藤 聡
発行所 株式会社 郁朋社《いくほうしゃ》
東京都千代田区三崎町二―二〇―四
郵便番号 一〇一―〇〇六一
電 話 〇三（三二三四）八九二三（代表）
ＦＡＸ 〇三（三二三四）三九四八
振 替 〇〇一六〇―五―一〇〇三二八

印 刷
製 本 日本ハイコム株式会社

落丁、乱丁本はお取替え致します。
郁朋社ホームページアドレス http://www.ikuhousha.com
この本に関するご意見・ご感想をメールでお寄せいただく際は、
comment@ikuhousha.com までお願い致します。

ISBN978-4-87302-622-0 C0093